MISSTRAUE DEM
LICHT

FLORIAN MICHAEL SCHMITT

Umschlag:

Konstruktionszeichnung Michelson-Morley-Interferometer in Potsdam

ISBN: 9798397679855

1

Ros/Aki-11 war erschöpft von einem langen Arbeitstag. Die störrischen Rinder, die es auf diesem wilden, grünen Planeten namens Rhea gab, waren kaum gezähmt und wenig hilfreich. Aber nie hätte er seinen Kindern eingestanden, dass ihn ein großes Gemüsefeld, wie er es heute umgepflügt hatte, an den Rand seiner schwindenden Kräfte brachte. Angelehnt an eine schwankende Wand aus Zweigen und getrocknetem Schlamm saß er auf dem gestampften Lehmboden seiner einfachen Hütte. Zum Glück würde ihn das Blechdach vor dem Regen des aufkommenden Frühlings schützen. Das Wellblech war ein Vermächtnis der ausgestorbenen Ureinwohner des Planeten, dessen ursprünglichen Namen Ros/Aki-11 längst vergessen hatte. Seine Haut schimmerte fahl durch die grauen Locken seines Bartes, die er gerade dabei war zu stutzen. Schließlich kämmte er seinen langen Haarkranz nach hinten, der fettig glänzte und einen strengen Geruch ausströmte, wie auch der Rest seines Körpers. Die Sonne war gerade erst untergegangen. Auch seine tüchtige, fast schon erwachsene Tochter Hena/Ta hatte hart gearbeitet und schlief bereits, in zwei weiche Felle gehüllt, in der Wärme des Feuers, dessen rosa glimmende Glutbrocken durchsichtig schimmerten wie Eiswürfel. Ihr jüngerer Bruder Lon/Lopa war noch hellwach. Sein Gehirn, das gerade in einer schwierigen Umbauphase steckte, dachte sich neugierige Fragen aus, die Ros/Aki-11 oft nur noch mühsam beantworten konnte.

„Vater, warum musst du eigentlich immer so viel auf dem Feld arbeiten? Können die anderen nicht helfen?“ fragte Lon/Lopa.

Einer der grün beblätterten Zweige, die Lon/Lopa unbeholfen zur Verschönerung der scheußlichen Wellbleche unter der Decke befestigt hatte, löste sich und fiel auf das Feuer in der Mitte der Hütte. Die prasselnden Flammen erloschen, und beißende Rauchschwaden behinderten mehr und mehr die Sicht im Raum. Ros/Aki-11s Augen schmerzten. Er beschloss, draußen die Abenddämmerung zu genießen und nahm seinen Sohn mit zu einer roh gezimmerten Sitzbank vor die Hütte. In einiger Entfernung erhob sich aus den dicht stehenden Bäumen die Silhouette eines ebenmäßigen, flachen Hügels, der einen Durchmesser von etwa fünfzig Metern aufwies. Vor einigen Jahren wäre Lon/-Lopa beim Spielen beinahe in den makellos runden Abgrund gefallen, der sich am Gipfel des Hügels auftat und unter sich einen großen Hohlraum erahnen ließ.

„Welche anderen denn? Wir sind doch nur fünfzig Personen auf Rhea, da muss eben jede Familie für sich selbst sorgen. Außerdem hilft mir ja keiner“, antwortete Ros/Aki-11, nicht ohne einen vorwurfsvollen Unterton, denn Lon/Lopa hielt es meist für unnötig, seine Unterstützung bei der Arbeit anzubieten. „Wenn eure Mutter noch da wäre, dann wäre alles viel einfacher“, seufzte Ros/Aki-11.

„Warum sind wir denn auch nur so wenige in unserer Welt?“ fragte der Junge, den latenten Vorwurf umschiffend.

„Das ist eine lange Geschichte“, murmelte Ros/Aki-11. „Es ist heute schon zu spät, sie zu erzählen.“ redete er sich wie so oft heraus.

Der schwarzblaue Himmel, der sich über dem Hügel wölbte, ließ die ersten Sterne erkennen. Eine Weile saßen die beiden schweigend beisammen, bis das silbrig schillernde Band der Galaxis über dem Horizont aufschien. Ros/Aki-11 zeigte seinem Sohn einige Lichtpunkte, die seitlich davon flackerten. Viele davon waren keine Sterne, vielmehr zahllose weitere Galaxien, und jede davon besaß Milliarden von Sternen. Da geschah etwas Merkwürdiges. Ein kleineres, schwach flimmerndes Objekt blitzte plötzlich auf. Dann veränderte sich die zuerst tiefviolette Erscheinung über blau, weiß und gelb bis hin zu einem dunklen Rot. Nach wenigen Sekunden erlosch sein Licht ganz. Während Ros/Aki-11 noch darüber grübelte, welche astronomische Erklärung er seinem Sohn dafür anbieten konnte, wurde ihm eine furchterregende Möglichkeit bewusst. Er durchforstete den Sternenatlas, der fest in seinem Hirn eingebrannt war, nach der Identität des betroffenen Sternsystems und seiner Planeten. Alles passte zusammen. Aber wie konnte das sein? Das Ereignis musste vor zweihundertvierundachtzig Jahren geschehen sein, denn ebenso viele Lichtjahre war das System entfernt. Ros/Aki-11 wusste aber zuverlässig, dass es noch vor vierunddreißig Jahren existiert hatte, sonst könnte es ihn selbst gar nicht geben. Er kam zu einer schrecklichen Erkenntnis und wurde leichenblass. Lon/Lopa verfolgte ängstlich die Veränderung im Gesicht seines Vaters, das ihm jede Sekunde um Jahre zu altern schien.

„Vater, was ist denn passiert?“ fragte seine helle, klare Stimme.

Doch es kam keine Antwort. Ohnmächtig glitt Ros/-Aki-11s Oberkörper über die Kante der Sitzbank auf die Knie. Er kippte vornüber, und sein Kopf fiel mit voller

Wucht in den feuchten Sand. Verzweifelt zog der schmächtige Lon/Lopa den Vater aus dem Dreck und hievte ihn mit größter Mühe auf die Bank. Er besorgte einen Becher frisches Wasser, streichelte den Vater liebevoll und benetzte seinen Mund mit dem kühlen Nass. Nichts passierte. Hilflos und entmutigt rief er seine große Schwester. Noch halb im Schlaf wankte die magere Hena/Ta aus der Hütte und beschwerte sich mürrisch über das unsanfte Wecken. Ihre blonden Haare standen ungeordnet zu Berge. Als sie den reglos auf der Bank ausgestreckten Vater bemerkte, begann sie sofort mit seiner Wiederbelebung. Fünf endlos gefühlte Minuten später konnte Hena/Ta seinen dampfenden Atem sehen, und das Leben kam endlich zurück in den Vater.

„Steh nicht so untätig herum! Hilf mir doch, ihn sauber zu machen. Er hat sich die Nase gebrochen“, blaffte sie ihren Bruder an, der wie erstarrt neben ihr stand.

Gemeinsam schleppten sie den schweren Leib des Vaters in die Hütte und legten ihn zwischen die Felle, die von Hena/Ta noch angewärmt waren. Mit einem entsetzlichen Knirschen richtete sie die Nase des Vaters wieder ein und verband sie mit Wolle, um die Blutung zu stillen. Erschöpft, dennoch beruhigt von seinem gleichmäßigen Atem, fiel Hena/Ta kurz darauf in einen tiefen Schlaf. Lon/Lopa hingegen machte sich noch lange Vorwürfe, dass er es ohne die Hilfe seiner Schwester nicht geschafft hätte, seinen Vater zu retten.

Am nächsten Morgen regte sich Ros/Aki-11 nicht. Auch nicht an den zwei folgenden Tagen. Immer wieder versuchten die Kinder vergeblich, den Vater mit einer dünnen Gemüsesuppe zu füttern. Regelmäßig tauschten sie seinen Verband. Tag und Nacht wechselten sie sich bei der

Wache ab und bangten darum, dass sein Atem nicht stockte. Am dritten Morgen schlug Ros/Aki-11 die Augen auf. Mit einem schwachen Augenzwinkern wollte er der überglücklichen Hena/Ta etwas mitteilen, nachdem er verzweifelt versucht hatte, zu sprechen oder seine Finger zu regen. Sie dachte, er müsse durstig sein und brachte ihm einen Becher voll Wasser. Nach zwei weiteren Tagen der Stärkung befand sich Ros/Aki-11 langsam auf dem Weg der Besserung und konnte sich wieder ein wenig bewegen. Eine Woche später erwachte Lon/Lopa nachts durch ein leises Raunen des Vaters. Ros/Aki-11 saß auf seiner Strohmatte, angelehnt an die Wand in seinem dunklen Schatten.

„Lon/Lopa. Wie geht es euch?" war das erste, was er mit schwachem Tonfall von seinem Sohn wissen wollte.

„Ach Vater, das ist doch ganz unwichtig. Wir sind nur glücklich, dass du diesen Schlaganfall überlebt hast", antwortete dieser leise.

„Warum habt ihr denn gar kein Feuer gemacht? Welche Tageszeit haben wir?" wunderte sich Ros/Aki-11.

Durch die vertraute, lange stumm gebliebene Stimme aus ihrem Schlaf geweckt, setzte sich nun auch Hena/Ta leise neben die Beiden. Sie umarmte und küsste den geliebten Vater und bedeckte die Beine aller mit ihrem angewärmten Fell.

„Aber das Feuer brennt lichterloh. Schau doch! Spürst du nicht seine Wärme?" entgegnete Lon/Lopa und sah den Vater zweifelnd an.

„Ich kann nichts sehen! Meine Augen sind doch geöffnet! Aber alles ist dunkel!", jammerte Ros/Aki-11.

Er hatte sein Augenlicht verloren.

„Papa, mach dir keine Sorgen. Sprechen konntest du auch erst nicht, das wird schon wiederkommen", beruhigte ihn die pragmatische Hena/Ta. Dass sie darüber unsicher war, zeichnete sich nur in ihren traurigen, graugrünen Augen ab, die Ros/Aki-11 nicht erblicken konnte.

„Aber bitte sag uns jetzt, was dich so erschüttert hat, dass du beinahe gestorben wärst.“ wollte Lon/Lopa wissen, der seinen Vater eigentlich als zähen Mann kannte.

Ros/Aki-11 hatte viel Zeit zum Nachdenken gehabt. Dazu kam, dass die Abwesenheit des Lichtes seine Gedanken schärfte. Bis jetzt hatte er stets mit Erfolg vermieden, Antworten auf Fragen zu geben, die weitere Fragen zu seiner Herkunft hervorrufen mussten, denn er war unsicher, was er den Kindern zumuten konnte. Er war entschlossen, nichts Anderes zu erzählen als die Wahrheit, die ihre Auffassungsgabe weit übersteigen würde. Sein eigener Verstand reichte schon kaum, all das zu begreifen. Die Kinder kannten nur diese einfache archaische Welt, in die sie hineingeboren wurden. Ros/Aki-11, der in einer modernen, hochtechnisierten Welt aufgewachsen war, konnte die Lebensumstände auf Rhea selbst erst nach vielen Jahren der Gewöhnung und Selbsttäuschung ertragen.

Wäre er dem Tod nicht gerade noch einmal davongekommen, würden all diese Geheimnisse für immer vergraben bleiben. Die Kinder mussten endlich die ganze Geschichte erfahren. Ros/Aki-11 atmete tief durch und dachte nach, wie er es anstellen sollte, diese Erzählung auszumalen. Es war seine Lebensgeschichte, aber wie ein Leben ohne Kindheit und Jugend unvollständig war, so konnte seine Vergangenheit nicht ohne die seiner Vorfahren erzählt werden, in ihrer langen Reise durch die Zeit. Die Erlebnisse von Männern, die eine irrwitzige Verkettung sagenhafter Ereignisse angezettelt hatten. Niemand hätte sie als jene gesehen, die die Bestimmung der ganzen Weltgeschichte prägen sollten. Am wenigsten sie selbst.

„Kina, meine Heimat, ist zerstört." flüsterte Ros/Aki-11.

„Was ist Kina? Deine Heimat ist doch hier?" wunderte sich Lon/Lopa.

Ros/Aki-11, der den fassungslosen Blick aus Lon/-Lopas noch kindlichen Knopfaugen nicht bemerken konnte, fuhr unbeirrt fort. „Kina ist eine Welt in einem anderen Sonnensystem, das viele Lichtjahre entfernt ist. Ich wurde auf einem fremden Planeten geboren."

Lon/Lopa schnappte nach Luft, und von Hena/Ta war nichts zu hören. Lediglich an seinem Hals spürte Ros/Aki-11, wie ihr warmer Atem immer schneller wurde.

„Meine Vorfahren, die Abstrakten, waren lange an ihren Heimatplaneten gefesselt. Sie besaßen längst die Technik, fremde Sonnensysteme zu besuchen, doch eine Theorie über das Wesen des Lichts behauptete, dass die Lichtgeschwindigkeit unüberwindbar sei. Entfernte Weltraumreisen waren damit unvorstellbar. Obwohl die Abstrakten wussten, dass es im Universum kein räumliches Zentrum geben konnte, fühlten sie sich zumindest als geistiger Mittelpunkt der Welt. Deshalb nannten sie ihren Planeten Kina, denn das bedeutete, in einer längst ausgestorbenen Sprache ‚die Mitte'. Schon vor meiner Abreise von Kina hatte eine terroristische Gruppierung, die sogenannten Gaiaiden, die Ordnung auf dem Planeten durcheinandergebracht. Jetzt haben sie es anscheinend geschafft, Kina mit ihren schrecklichen suprakinetischen Waffen ganz zu zerstören", seufzte Ros/Aki-11. Diese Explosion war das letzte Licht, das er vor seiner Erblindung gesehen hatte. Ohnmächtige Stille beherrschte jetzt die Hütte.

„Und unsere Mutter? Kam sie auch von Kina? Sind wir auch Abstrakte?“ fragte Hena/Ta, die, anders als ihr Bruder, ihre Fassung wiedergefunden hatte. Sie stellte die schwierigste aller Fragen, denn Ros/Aki-11 wusste selbst keine genaue Antwort darauf.

„Eure Mutter...“, das stechende Grün seiner Augen wurde fahl, „Eure Mutter war eine besondere Frau. Sie konnte den Geist der Natur in Darstellungen abbilden und für das Augenlicht sichtbar machen. Die Abstrakten haben dafür noch nicht einmal einen Begriff. Von ihr allein habe ich mehr gelernt als von allen meinen Vorfahren zusammen.“

Ros/Aki-11 fühlte die wechselhafte Wärme des Feuers. Er stellte sich dabei lodernde Flammen vor, in deren Licht urzeitliche Ahnen seiner verstorbenen Frau Zeichen in die Wände ritzten.

„Du wolltest nie mit uns über Mutter sprechen. Wie hast du sie denn überhaupt kennen gelernt? Und wie ist sie eigentlich gestorben?“ wollte Hena/Ta wissen. Ros/Aki-11 hatte auch früher stets den flehenden Blick der Tochter missachtet, wenn sie nach ihrer Mutter fragte. Aber jetzt war er gezwungen, sich ganz auf ihre bebende Stimme zu konzentrieren. Zum ersten Mal wurde ihm bewusst, was er den Kindern all die Jahre durch sein Schweigen angetan hatte.

„Wie es dazu kam, ist eine lange Geschichte. Ich will sie euch erzählen“, überwand er sich endlich.

□□□□□

2

Die Besiedlung des Planeten Rhea war der erste Versuch der Abstraktschaft, das Weltall zu erschließen und meinen Heimatplaneten Kina zu verlassen. Ein ungeheuerlicher Schritt, den die Evolution nur alle paar Millionen Jahre für eine Spezies vorsieht. Vielleicht werdet ihr euch fragen, was mich so besonders machte, dass ich an dieser Reise teilnehmen durfte. Meinen Vorfahren, ihr würdet ihn Vater nennen, habe ich nie kennen gelernt. Das war durchaus üblich, denn die Verhältnisse waren ganz anders als in unserer kleinen Familie hier auf Rhea. Die Biologen waren lange davon überzeugt, dass sich bei Zeugung eines Abstrakten mütterliches und väterliches Erbgut unverändert vermischten. Ein Unsinn, wenn man bedachte, wie die Evolution die Vielfalt der Wesen so schnell geformt haben wollte. Erst einige hundert Jahre vor meiner Geburt wurde verstanden, dass sich auch während eines Lebens Erfahrungen in die Gene einprägen, zuweilen sogar erlerntes Wissen und Fähigkeiten. Seit dieser Erkenntnis zeugten die Abstrakten ihre Nachfahren erst im höchsten Lebensalter, um der Evolution noch etwas nachzuhelfen. Folglich konnte auch ich meinen Ahnen Ros/Aki-10 nicht bewusst erleben, denn er hatte wie die meisten seine Restlebensdauer korrekt berechnet.

Die Abstraktschaft schrieb das Jahr 3682, als ich fünfzig Jahre nach meiner Zeugung auf Kina ein junger Mann war. Schon mein Vorfahre befasste sich ausgiebig mit den Geheimnissen des riesigen Weltalls und der Möglichkeit außerkinetischer Lebensformen. Deshalb wählte ich eine Berufsausbildung, die erst mit der Entdeckung von Rhea überhaupt entstanden war, die Ektozoologie. Dieser Forschungszweig war so neu, dass selbst die übelsten Faulenzer dringend in den Instituten gebraucht wurden. Beste Voraussetzungen also für mich, zumal auch mein Sachverstand in der Ektozoologie von Anfang an dürftig war. Ich ahnte natürlich nicht, dass ich mit meiner Auswahl für die Reise zu einem erlauchten Kreis von Personen gehörte, deren Wissen eigentlich unverzichtbar war. Meine Teilnahme daran war also gewissermaßen erschlichen.

Leider gab es für die Beschäftigung mit exoplanetaren Lebensformen kaum Studienobjekte, außer einfachen Einzellern benachbarter Planeten und Kometen, wo das Licht dem Leben auf seiner eisigen Reise nur in der seltenen Sonnennähe erlaubte, sich ein winziges Stück weiter zu entwickeln. So musste sich die Ektozoologie mit theoretischen Methoden begnügen. Sie untersuchte Rahmenbedingungen wie Schwerkraft, Magnetfeld, Klima, Kinalogie und Seismik auf einem Himmelskörper, um Aufschluss darüber zu erhalten, mit welcher Art von Leben auf einem Exoplaneten zu rechnen wäre.

Es war purer Zufall, dass unsere Forschung die Existenz intelligenter Wesen auf Rhea treffend vorhersagte. Denn insgeheim klammerten wir aus, dass Leben auch in einer Form vorkommen könnte, für deren Wahrnehmung unsere Sinne gar nicht geeignet sind. Vor allem Wesen, die höher entwickelt gewesen wären als wir selbst, hätten sich unserer Beobachtung entziehen können.

Zudem war es unklar, wie wir den Begriff Lebewesen tatsächlich bestimmen sollten. Denn viele kleine Organismen sind Teil jedes Geschöpfes und formen ohne ihr eigenes Wissen doch ein größeres Ganzes. An welcher Stelle ist ein Lebewesen hier überhaupt abgrenzbar, wer oder was ist eigentlich das Lebewesen? Ein schönes Bespiel dafür war eine Insektenart, die komplexe Bauwerke und Städte erschuf. Ihre Konkregatsgebilde waren weit intelligenter als die einzelnen Tiere, und ihre Art überlebte damit erfolgreich seit Jahrmillionen. Vielleicht war es mit anderen Spezies genauso? Auch die Geschichte der Abstraktschaft nahm oft einen Verlauf, den man einzelnen Personen gar nicht zuschreiben mochte. Vielleicht war auch hier ein höheres Lebewesen am Werk, das sich dabei ausschließlich aus abstraktischen Individuen bildet? Die Frage nach der Existenz höheren Lebens hätte auch auf diese Weise beantwortet werden können. Auch die Physik hatte schon vor langer Zeit erkannt, dass das Seiende, das auf jeder Maßstabsebene aus statistisch überlappenden Zuständen besteht, nicht genau zu fassen ist. Warum sollte es sich bei lebenden Wesen nicht auch so verhalten? Denn im kleinen Maßstab besitzt unser Körper eine ebenso unscharfe Schnittmenge mit seinen Darmbakterien, die eigenständige, aber unverzichtbare Organismen sind, wie im großen Maßstab mit seinem gesellschaftlichen Umfeld, das seinerseits eine Schnittmenge mit dem gesamten planetarischen Ökosystem bildet. Wir fragten uns, warum also eine Gesellschaft oder ein Planet nicht auch ein eigenständiges, gar intelligentes Lebewesen sein konnte. Vielleicht war dieser Gedanke sogar in noch größere Maßstäbe übertragbar?

Unsere windigen Forschungsergebnisse genügten der Abstraktschaft natürlich nicht, nun eine derart teure und weitreichende Entscheidung für eine Mission nach Rhea zu treffen. Die optischen Teleskope waren zu schwach, um das sichtbare Licht ferner Welten zu erblicken. Aber die Radioteleskope lauerten schon lange auf Zeichen einer intelligenten Spezies und empfingen schließlich elektromagnetische Wellen von Rhea. Sie kamen aus einer Entfernung von sechshundertsiebenundneunzig kinetischen Lichtjahren, einfache Signale, ähnlich denen, die die Abstrakten schon vor beinahe tausendachthundert Jahren für die Übertragung von kabellosen Nachrichten gebraucht hatten. Seit dem ersten Überlichtflug Jahre zuvor arbeiteten bereits mehrere Institute unter der Leitung der interkonkregalen Raumfahrtbehörde ISA an der Konstruktion eines superluminaren Raumschiffs. Es musste genug Fusionstreibstoff und eine möglichst große Zahl an Passagieren für eine achtzehnjährige Reise transportieren können. Dazu Lebensmittel, Fahrzeuge, Labors und Materialien zum Bau von Unterkünften. Doch mit dem Gewicht des Raumfahrzeugs wuchs auch der Energieaufwand exponentiell. Damit wiederum der Treibstoffbedarf und noch mehr das Gewicht, um die ständige Beschleunigung aufrecht zu erhalten und eine so kurze Reisezeit zu ermöglichen. Ich konnte mir damals kaum vorstellen, wie das überhaupt funktionieren sollte und malte mir ein unfassbar großes Schiff aus.

□□□□□

Ros/Aki-11 kam ins Stocken, die Kinder waren mucksmäuschenstill. Er konnte sich nur vorstellen, wie Lon/Lopa ihn mit seinen erstaunten Augen ansah, und sicherlich würde Hena/Tas Blick unter ihren scharf geknickten Augenbrauen skeptisch auf ihm ruhen. Er fühlte, dass sie diese Flut der Ungeheuerlichkeiten schon jetzt nicht mehr begriffen. Ein Sturm von Fragen musste in ihren Köpfen toben. Warum hatte der Vater nie erzählt, dass er von einem fremden Planeten kam? Wie hatte es auf Kina ausgesehen? Was war ein Radioteleskop? Was ein Fusionstreibstoff? Was erlebt man auf einem Überlichtflug? Aber sie brachten keinen Ton heraus, so überlastet waren ihre Gehirne. Wie sollte er ihnen verständlich machen, was er selbst kaum glauben konnte? Wie sollte er ihnen jemals das Geheimnis ihrer Herkunft erklären? Dennoch, es war aussichtslos, die Kinder schonen zu wollen. Ros/Aki-11 erzählte weiter.

□□□□□

3

Der berühmte Physiker, der die Wahrheit über das Licht aufdeckte, hieß Les/Aht-9. Mit seiner Gravitulenztheorie schuf er die Grundlage für Überlichtflüge und widerlegte die sogenannte Äquivalenztheorie. Er war ein Freund unseres Ahnen Ros/Aki-10 und stand wegen einer wichtigen Angelegenheit in seiner Schuld. Les/Aht-9 spielte ihm einen Platz an Bord der Forschungsmission nach Rhea zu. Die Fertigstellung des superluminaren Raumschiffes war zwar erst nach dem Tod von Ros/Aki-10 gelungen, aber Les/Aht-9 bestand darauf, dass das Privileg meines Vorfahren auf mich übertragen wurde. So wurde mir die unverdiente Ehre zuteil, die erste exokinetische Lebensform zu erforschen, von deren Intelligenz wir Kenntnis erhalten hatten.

Die Ingenieure hatten eine ungeheuerliche Leistung vollbracht. Das Raumfahrzeug war fertig gestellt. Sie nahmen dabei billigend in Kauf, nicht alle Details zur vollen Zufriedenheit zu lösen. Denn sie wussten, dass die Kosten für vollkommene Perfektion bis ins Unendliche wachsen konnten, bei zweifelhaftem Mehrnutzen. Die Mannschaft zählte fünfzig Personen, bunt gemischt aus hervorragenden Wissenschaftlern, Ingenieuren und Vertretern aus allen Bereichen der Kultur und Gesellschaft. Ebenso viele Männer wie Frauen bildeten die Reisegesellschaft, die das Potenzial der gesamten Abstraktschaft widerspiegelte und schließlich auf Rhea eine Zivilisation gründen sollte.

Das Raumschiff schwebte in einem Orbit, wo es auch gebaut worden war. Ein Raumgleiter brachte uns an Bord. Da es die ungetrübte Sicht im luftleeren Raum dem Licht nicht erlaubt, Auskunft über Entfernungen zu geben, kann sich das Auge nur an relativen Größen orientieren. Trotz der hohen Geschwindigkeit des Raumgleiters wuchs die Größe des trichterförmigen Objektes, das jetzt vor uns auftauchte, nur langsam. Erst als sein Format das ganze Kabinenfenster füllte, entdeckte ich in der Mitte der totalen Schwärze seines riesigen Schattens einen winzigen, bläulich leuchtenden Punkt. Mit Staunen begriff ich diese unerhörte technische Meisterleistung, als der Punkt allmählich auf die Größe eines Dorfes heranwuchs. Dies war der eigentliche Rumpf des Schiffes, der ganz aus Treibstoff und Fusionsantrieb bestand. Nur wiederum ein kleiner Teil davon, der dem eigentlichen Zweck der Reise diente, war eine quaderförmige Hülle, die den gesamten Aufenthaltsbereich enthielt. Vor dem Schiffsbug breitete sich ein riesiger, trichterförmiger Schirm bis zum Horizont aus, ein Netz aus ultraleichtem Nanofasergewebe, das von einem speziellen elektromagnetischen Feld durchdrungen war. Der Schirm wehrte die harte Gammastrahlung ab, zu der sich bei hohen Geschwindigkeiten jede Wellenlänge des

Lichtes verkürzte. Außerdem war er auch Teil des besonderen zweiten Raumschiffmotors, der erst ab sieben Prozent der Lichtgeschwindigkeit wirksam werden konnte und als Scramfusionsantrieb bezeichnet wurde. Der Energiehunger für eine achtzehn Jahre andauernde Beschleunigung eines derart großen Schiffs war unvorstellbar. Nicht einmal theoretisch konnte es genug fusionierbare Nahrung dazu mitführen. Doch glücklicherweise ist das Vakuum im All nicht so leer, wie die meisten denken. Selbst dort, wo kein Staub mehr zur Verdünnung des Nichts beiträgt, ist das Weltall mit einer geringen Menge an Molekülen erfüllt. Diese Materie galt es einzufangen, weshalb der Schirm einen Durchmesser von fast zweihundertfünfzig Kilometern aufspannte. Durch Magnetfelder und Geometrie in sein Zentrum geleitet, wurde das Material mit steigender Geschwindigkeit so stark verdichtet, dass es zur spontanen Selbstfusion kam. Die entstandenen energiereichen Teilchen wurden mittels Magnetfeldern in einer Röhre durch das Raumschiff zum Heck gelenkt, wo sie einen gewaltigen Schub entfesselten.

Bis zur Hälfte der Reise war die Aufenthaltsschale in Flugrichtung gedreht. Die ständige Beschleunigung bewirkte einen Schwerkraftersatz entsprechend der etwa dreifachen Gravitation auf Kina, gerade noch erträglich für uns. Danach musste das Raumfahrzeug wieder abbremsen. Die Schale schwenkte von allein in die Gegenrichtung und erzeugte so auch das Schwerefeld für die zweite Reisehälfte. Das Innere des Raumschiffs war von technischer Sachlichkeit bestimmt, nur der Gemeinschaftsraum und unsere Doppelschlafkojen waren wohnlich gestaltet. Sie besaßen den Luxus von Fenstern, die uns einen spektakulären Ausblick auf Kina boten. Im Aufenthaltsraum schwebte eine große holografische Animation unserer gesamten Galaxis, die auch vergrößerte Ausschnitte der Raumschiffposition in Echtzeit simulierte. Licht und elektromagnetische Wellen waren untaugliche Informationsträger bei weiten Reisen, denn sie konnten nur aus der Vergangenheit sprechen. Deshalb hatte unser Schiff eine Televergenzclava an Bord. So konnte es über beliebige Entfernung simultan und komfortabel mit der Kommandozentrale auf Kina kommunizieren.

▫▫▫▫▫

Lon/Lopa war völlig verstört.

„Vater, jetzt musst du aber mal eine Pause machen", unterbrach er ihn. Er schüttelte seine halblangen blonden Locken. „Ich verstehe fast gar nichts von dem, was du da sagst!"

„Das ist typisch. Du verstehst eben nie etwas", antwortete die kluge Schwester scharf. Ros/Aki-11 hatte noch nie bemerkt, dass ihr die alttiefe Stimme dabei auch ohne den dazu passenden Gesichtsausdruck, den er so gut kannte, eine gouvernantenhafte Strenge verlieh. Aber diesmal entdeckte er auch noch eine kindliche Trotzigkeit, die er mit den Augen nie gesehen hatte.

„Ich hätte eigentlich nur gerne gewusst, was in Gottes Namen bitteschön eine Televergenzclava ist?", sagte sie.

▫▫▫▫▫

4

Seit sie denken konnte, lebte La/Bme im Hochsicherheitstrakt eines sterilen Laborgebäudes in Gefangenschaft. Außer einem uralten Computer, den man ihr wegen ihrer merkwürdigen Allergie gegen die Televergenzclava überlassen hatte, besaß sie keine persönlichen Gegenstände. Selbst die Labormäuse, dachte sie oft, lebten in einer würdigeren Unterkunft. Ein vergittertes Fenster ihres kleinen Apartments stellte die einzige Verbindung zur Außenwelt her. Es erlaubte den Blick auf den Rasen einer gepflegten Gartenanlage, die von einer Reihe niedriger Obstbäume vor einem silbergrau schimmernden Holzzaun umfasst war. Manchmal drangen wandernde Schatten durch die Ritzen der verwitterten Latten. Ihre Urheber indes blieben stets verborgen. Einst, noch als Kind, hatte sie aus Neugier einen Fluchtversuch gewagt. Die Sicherheitstechnik, die wegen der oft geheimen Forschungsprojekte eigentlich gegen Eindringlinge gedacht war, taugte auch gut gegen die Flucht von Versuchstieren, wie sich dabei herausstellte. La/Bme hatte sich deshalb in ihr Schicksal gefügt und die kalte Welt der Forschungsangestellten mit ihren weißen Kitteln als ihren Lebensinhalt angenommen. Und so besaß sie nur eine stückhafte Kenntnis der Wirklichkeit, was sie indes lehrte, ihre Umwelt umso feiner wahrzunehmen.

La/Bme hatte mit nur zwei Personen eine persönliche Beziehung, die über die wissenschaftliche Zusammenarbeit hinausging. Die eine, Iros/Ateh-21, war eine freiberufliche Gesellschaftsforscherin, die La/Bme bei einer Untersuchung ihrer sozialen Kompetenzen kennen gelernt hatte. Iros/Ateh-21 bestätigte sie stets in ihrem Gefühl, rechts-

widrig ihrer Freiheit beraubt worden zu sein. Schon deshalb empfand La/Bme freundschaftliche Gefühle für Iros/-Ateh-21, die sie regelmäßig besuchte und eine ergiebige Quelle für Informationen von der Außenwelt war. Die zweite Person war eine angestellte Wissenschaftlerin, die die Forschungen an ihr leitete und Edon/Moal-14 hieß. Um ihre Langeweile zu vertreiben, hatte sie La/Bme einen Mikrozoo geschenkt, den diese gerade neugierig beobachtete.

Dort fand eine spannende Jagd statt. Vier geschmeidig schleichende Raubtiere, deren größtes nur fünf Zentimeter maß, stellten einer Herde von Huftieren nach. Nicht weit davon war ein Rudel vierbeiniger Aasfresser mit kräftigen Kiefern und merkwürdig flachen Hüften bei seiner Mahlzeit. Die Tiere horchten auf und zogen ihre vom Blut besudelten Köpfe aus den Gedärmen ihres Fangs. Obgleich schon gesättigt, schlichen sie vorsichtig in ein dorniges Gebüsch und lauerten auf die Gelegenheit, den Raubtieren im rechten Moment eine weitere unverdiente Beute zu stehlen. In Wartestellung zogen bereits einige Aasvögel, klein wie Fliegen, ihre Kreise über der gesamten Szenerie. Etwas weiter schabte ein zwölf Zentimeter großer Dickhäuter sein Hinterteil an einem der großen Bäume, dessen Stamm genauso prall mit Wasser gefüllt war wie der Bauch des Tieres.

Lediglich mit der Lupe konnte La/Bme den Schwarm unzähliger Singvögel erkennen, deren gewebte Nester das Astwerk des Baumes vollends ausfüllten. Wie eine Wolke winziger Mücken flogen sie erschrocken aus dem Baum auf. Obgleich sie nicht sichtbar waren, musste es auch die mikroskopischen Bewohner in den turmartigen Hügeln geben, die diese aus braunem Bodenmaterial zu einer Art

Stadt aufschichteten. Noch viel kleiner waren all die Bakterien in den Gedärmen der Tiere, denn der gesamte Zoo bildete ein in sich geschlossenes Ökosystem. Nur mit frischem Wasser musste La/Bme das Terrarium gelegentlich begießen.

Eine weibliche Stimme schallte trocken aus einem Lautsprecher. Sie befahl La/Bme wie jeden Tag zur Mittagszeit, sich für die heute geplante Untersuchung im Labor einzufinden. Sie durcheilte das Labyrinth der verzweigten Flure des riesigen Institutsgebäudes. Dabei dachte sie mit gemischten Gefühlen daran, welche Aufgaben ihr wohl diesmal gestellt würden. Schon als Kind musste sie beinahe täglich als Forschungsobjekt für Experimente herhalten. Anfangs waren es meist medizinische Tests, an die sich La/Bme kaum erinnern konnte. Spätere Versuche erkundeten ihre mentalen Leistungen, ihr Reaktions- und Sprachvermögen, ihre Lernfähigkeit und viele andere geistige Kräfte. Ihre herausragenden Ergebnisse in diesen Tests waren den Verhaltensforschern indes bis zum Schluss rätselhaft geblieben, vor allem ihre Intelligenz und Phantasie, die jeden bekannten Maßstab sprengten. Wie ein exotisches Tier erschien sie den Forschern, wenn sie mit ihren besonderen Fähigkeiten überraschte. La/Bme erinnerte sich zwar nicht an schmerzliche Eindrücke, dennoch schnitten die Experimente Narben in ihr Gemüt, denn sie fühlte sich missbraucht, als eine Art Gegenstand, über den andere verfügten. Das Misstrauen war ihr deshalb zur zweiten Natur geworden, und sie führte nur ungern Gespräche.

□□□□□

„Ihr wolltet wissen, was eine Televergenzclava ist. Habt ihr eigentlich jemals die flache Beule an meiner Schläfe bemerkt?“ fragte Ros/Aki-11.

Er spürte, wie sein Sohn vorsichtig die kaum sichtbare Unebenheit zwischen Auge und Ohr mit dem Zeigefinger befühlte.

„Das habe ich ja noch nie gesehen!“ rief Lon/Lopa verblüfft.

Auch Hena/Ta schien ihn zu betrachten, denn sie stöhnte:

„Das sieht ja gruselig aus, Papa.“

„Die Abstrakten lebten in einer ganz anderen Welt. Über tausend Jahre hatten sie Maschinen entwickelt, die jedwede körperliche Anstrengung aus ihrem Leben verbannten. Die Abstraktschaft hatte sich ein komfortables Leben auf Kina eingerichtet. Dann erfanden sie die Televergenzclava, einen winzigen implantierten Computer. Gewissermaßen ein verlängertes Gehirn, das ihnen auch noch die geistige Arbeit abnahm“, erklärte Ros/Aki-11. „Ich habe sie immer noch, meine Televergenzclava, jede Generation hat sie weitergegeben. Die Erlebnisse unserer Vorfahren sind da gespeichert.“

„Uuuuh, das ist ja gruselig, Papa!“ wiederholte Hena/-Ta und schüttelte sich, „Ich will gar nicht wissen, was die Televergenzclava bei dir schon angerichtet hat, weil du nicht mehr denken musst.“

„Dann wird er sie eben mir vererben, du Angsthase“, rief Lon/Lopa forsch. Aber Ros/Aki-11 entging nicht das Beben in der Stimme des Sohnes, das seine Angst beim Gedanken an eine solche Implantation verriet.

„Die Televergenzclava macht alles möglich. Ein simples Software-Update hätte mir auf Kina sofort mein Augenlicht zurückgegeben.“ erklärte Ros/Aki-11 und überlegte dabei, welche Information ihm das Licht wohl liefern würde, wenn sie nicht von seinen eigenen Sinnen käme. Bestünde dann seine ganze Wahrnehmung aus der Sicht eines anderen?

Hena/Ta zupfte aufgeregt an seinem Arm und riss ihn aus seinen Grübeleien. „Papa. Wenn auf der Televergenzclava alles gespeichert ist, dann kannst du uns doch über das Leben unserer Vorfahren erzählen!“

„Das ist durchaus möglich. Allerdings kann ich dabei nicht steuern was ich sage, nicht einmal für meine eigenen Erinnerungen. Die Televergenzclava speist die Aufzeichnung direkt an meine Stimmbänder. Es gibt keinen Filter und ich kann nur hoffen, dass alles für eure Ohren geeignet ist, denn ich habe mir die Geschichten selbst noch nie so genau angehört.“ warnte Ros/Aki-11 mit besorgter Miene.

„Ach das macht doch nichts, ich will einfach alles wissen. Mussten die Abstrakten wirklich nicht auf dem Feld arbeiten? Mussten sie überhaupt arbeiten? Womit haben sie dann ihre Zeit vertrieben, welche Dinge gab es, wie haben sie gelebt?“ bettelte Hena/Ta. Ihr war noch nicht bewusst, in welch ärmlichen Verhältnissen sie eigentlich lebte.

Ros/Aki-11 sah ein, dass er am Anfang beginnen musste. „Die Abstraktschaft schrieb das Jahr 2189, als unser erster von der Televergenzclava dokumentierter Ahne Ros/Aki-2 lebte.“ sagte er und ließ die Televergenzclava seine Geschichte erzählen.

□□□□□

5

Ros/Aki-2 war vierundfünfzig Jahre alt und lebte in einer hübschen Kleinstadt mit kaum dreißig Millionen Einwohnern, die Teil eines Konkregats aus acht Städten mit insgesamt über neunhundert Millionen Abstrakten war. Zweihundert Jahre Behäbigkeit der politischen Systeme auf Kina hatte längst einen Teufelskreis der großen gesellschaftlichen Probleme zementiert. Die Überbevölkerung führte zu Energieknappheit, diese zu Umweltbelastung, Armut, Krieg, Völkerwanderung und Freiheitsbeschränkung. Schließlich löste der Mangel an Bildung erneute Überbevölkerung aus, und es folgte die nächste Runde der unaufhaltsamen Abwärtsspirale. Der Untergang der Abstraktschaft, den die halbherzigen Bemühungen der Politik allenfalls verzögern konnten, war nur eine Frage der Zeit. Dabei hätte es genügt, nur wenige, vielleicht nur ein Glied dieser Kette zu lösen. Die Geschwindigkeit des Teufelskreises hätte sich verlangsamt. Er wäre womöglich zum Stillstand gekommen oder hätte sich sogar ins Gegenteil verkehrt. Dazu sollte es auch kommen, aber der unberechenbare Lauf der Geschichte wendete die Geschehnisse zuerst noch in eine ganz andere Richtung.

Seit die Physik des zwanzigsten Jahrhunderts glaubte, dem Universum die meisten seiner grundlegendsten Geheimnisse entrissen zu haben, waren die theoretischen Kenntnisse der Abstrakten hochentwickelt. Das neue Verständnis von Raum, Zeit, Gravitation und Materie äußerte sich in den erstaunlichsten technischen Errungenschaften. Allerdings waren fast dreihundert Jahre seit dieser letzten wissenschaftlichen Revolution durch Äquivalenztheorie und Televergenzprinzip vergangen. Auch die Disziplin der

Biochemie hatte seit der Entdeckung der Genmanipulation im einundzwanzigsten Jahrhundert keine nennenswerten Fortschritte mehr gemacht. Vielmehr gab es immer größere Probleme. Lange bevor ihre Existenz erkannt wurde, gerieten Mikrowürmlöcher, die die Physiker mit ihren Beschleunigern unwissentlich erzeugt hatten, in den Besitz von Kriminellen und Superreichen. Niemand wusste so genau, was diese damit überhaupt anstellten. Ebenso schleierhaft war es, wo sich die vielen Hybridinsekten versteckten, die zum Schutz der Pflanzen mit ebensolchen gentechnisch verschränkt worden waren, und was sie in den Ökosystemen eigentlich trieben. Am schlimmsten hingegen war, dass die Abstraktschaft ihre größte Erkenntnislücke noch nicht einmal ahnte. Denn seit Jahrhunderten täuschte das Licht die Abstrakten über seine wahre physikalische Natur.

Nach einer durchzechten Nacht mit mehreren Brainshots taumelte Ros/Aki-2 eines Tages gegen Mittag aus einer Art von Pflichtbewusstsein, die er selbst nicht ganz begriff, direkt aus der Bar in sein fensterloses Großraumbüro am Institut für Umweltforschung. Sein langes Haar, das er notdürftig nach hinten gestrichen hatte, glänzte vernachlässigt. Seit Monaten war er damit beschäftigt gewesen, kilometerlange Datenlisten in einen Computer einzugeben. Nur in viel früheren oder späteren Zeiten hätte jemand diese Arbeit als stumpfsinnig bezeichnet. Bei dem damals herrschenden Bildungsniveau, das längst katastrophal eingebrochen war, handelte es sich hierbei um eine hochanspruchsvolle Tätigkeit. Auf keinen Fall wollte er diesen gut bezahlten Job verlieren. Gerade deswegen war Ros/Aki-2 in einer schwierigen Lage, denn die Auswertung seiner Daten lieferte kein aussagekräftiges Ergebnis. Sein Vorgesetzter Horos/Psohp-1 hatte ihn zu einer Besprechung bestellt, in der er Rechenschaft über den Stand seiner Arbeit ablegen sollte. Wie konnte Ros/Aki-2 dem Vorgesetzten nur sein missliches Versagen vorteilhaft verkaufen? Um zugleich seine Alkoholfahne zu verbergen, wankte er mit gesenktem Blick in den Konferenzraum.

Horos/Psohp-1 saß bereits am Tisch und rührte seelenruhig etwas Weißpulver in seinen dampfenden Quicktrunk. Keine Faser seines Gesichts verriet die Ungeduld, mit der er auf den verspäteten Ros/Aki-2 gewartet hatte. „Nun, mein lieber Ros/Aki, wie weit sind wir denn mit der Datenerhebung? Du weißt doch, das Umweltministerium drängelt schon“, fragte Horos/Psohp-1 überaus freundlich und leise, nachdem sie Begrüßung und Ziergespräche hinter sich gelassen hatten. Ros/Aki-2 sah sehnsüchtig dabei zu, wie Horos/Psohp-1 mit geschürzten Lippen einen Schluck des herrlich duftenden, heißen Getränks genoss.

„Es gibt Schwierigkeiten bei der Auswertung. Wir haben festgestellt, dass die Probanden bei regnerischem Wetter zwar transpirieren, aber wegen der hohen Luftfeuchte kriegen wir kein signifikantes Messergebnis“, berichtete Ros/Aki-2 zerknirscht.

„Wie sieht es bei heißem Wetter aus?“ wollte Horos/Psohp-1 wissen. Seine graublauen Augen durchdrangen Ros/Aki-2 mit kaltem Blick. Dennoch strahlte er weiterhin freundliche Gelassenheit aus.

„Nun, wir mussten feststellen, dass sich unsere Probanden dann überwiegend in gekühlten Räumen aufhalten. Auch da haben wir also leider keine statistisch belastbaren Ergebnisse“, erklärte Ros/Aki-2. „Auch in der kalten Jahreszeit gibt es ein Problem. Die Probanden transpirieren nicht. Rein wissenschaftlich gesehen müsste man folgern, dass die Abstrakten gar keine Schweißdrüsen besitzen", ergänzte er kleinlaut. Horos/Psohp-1 kamen Zweifel, ob es eine gute Idee war, einen Teil des Forschungsetats für ein privates Projekt abzuzweigen, statt Ros/Aki-2 die eigentlich geplante zweite Arbeitskraft beizustellen.

Plötzlich brüllte er dem armen Ros/Aki-2 ansatzlos aus voller Kehle ins Gesicht. „Wie kannst du es wagen, mir eine derart lausige Geschichte aufzutischen? Ich kann deinem Geschwafel nämlich nur eins entnehmen, und zwar dass du schlicht kein Ergebnis hast! Du weißt doch, dass das Ministerium den Beitrag der Transpiration zur Klimaveränderung aufklären möchte. Damit die Politik daraus Maßnahmen zur Verminderung des Treibhauseffektes ableiten kann. Die wollen positive Resultate, die veröffentlicht und in weiteren Studien zitiert werden können! Ich muss dir sicherlich nicht erklären, was das für deine Zukunft bedeutet, und für das Projekt! Dieser Auftrag ist der ganze Stolz des Instituts. Wer sonst hat heute die Chance, echte Grundlagenforschung zu betreiben?"

Das war ein gewichtiges Argument. Denn die Wissenschaft, die schon fast alles erforscht hatte, war meist davon geprägt, bereits vorhandene Schriften zu Meta-, Metameta- und Metametametastudien auszuwerten. Dazu waren die monatlich zehn Millionen Veröffentlichungen immer mehr von Zirkel- und Kurzschlüssen durchdrungen, wenn die Arbeiten gegenseitig aufeinander fußten oder gar auf sich selbst. Längst war dabei der Überblick verloren gegangen. So konnte fast jedes Forschungsergebnis im Grunde wertlos sein, wer konnte das schon wissen? Ros/Aki-2 war ganz bleich und wollte eine Antwort stammeln.

Doch Horos/Psohp-1 war noch nicht fertig. Gefährlich ruhig fuhr er fort. „Außerdem habe ich durch einen Freund, mit dem ich schon andere schöne Geschäfte gemacht habe, Kontakt zu einem Kosmetikhersteller. Ein Marktführer in der Herstellung von Deodorants, der eine Vertiefung unserer Arbeit finanzieren möchte." Horos/Psohp-1s Gesicht lief wieder rot an, seine Fingergelenke knackten, und erneut schrie er Ros/Aki-2 an. „Soll ich diesen Leuten etwa sagen, dass die Studie ganz und gar sinnfrei ist? Nur weil sich mein Mitarbeiter als unfähig erwiesen hat?"

Ros/Aki-2 überlegte fieberhaft, wie er die Wogen glätten konnte. Er flüchtete in eine Halbwahrheit anstelle einer Halbunwahrheit, denn beide waren nicht unterscheidbar, doch erstere enthielt wenigstens nicht das Element der Lüge.

„Die Untersuchung könnte doch umgekehrt aufzeigen, dass transpirierende Individuen in einigen der warmen Rustikate den Feuchtehaushalt des Klimas durchaus beeinflussen. Dort gibt es auch keine Klimaanlagen.", regte Ros/Aki-2 an.

Horos/Psohp-1 beruhigte sich und dachte nach. Vielleicht war es tatsächlich geschickter, das Entwicklungsministerium auf diese Angelegenheit hinzuführen. Eine Vertiefung der Studie in diese Richtung wäre sicherlich auch im Interesse des Kosmetikherstellers. Ein Hilfsprojekt könnte die Rustikate, die an allem Schuld waren und gar nicht erst gefragt würden, mit Deodorants versorgen. Die Politik könnte sich einen weiteren Erfolg gegen die Auswirkungen der globalen Erwärmung auf die Fahnen schreiben. Horos/Psohp-1 witterte bereits, wie er dabei die Industrie zur Versilberung seines eigenen Engagements nötigen konnte. Allen wäre geholfen.

„Wäre es denn möglich, die Daten ein wenig anders darzustellen, damit ein solches Ergebnis herauskommt?" fragte Horos/Psohp-1 ganz freundlich. „Du bist doch auch daran interessiert, dass deine Arbeit den Zuspruch des Ministeriums findet, oder?"

Ros/Aki-2 hatte verstanden. Er wankte aus dem Konferenzraum, stolperte über seine eigenen Beine und fiel mit dem Gesicht ungebremst auf den Boden. Er stand wieder auf und stellte fest, dass seine Nase gebrochen war. Sofort dimmte die Televergenzclava den Schmerz herunter. Notdürftig und mit einem unerträglichen Knacken richtete er das Nasenbein wieder zurecht und holte sich ein großes Pflaster aus dem Erste-Hilfe-Schrank. Dann begab er sich zurück an seinen Platz, stürzte sich in die Arbeit und verdrängte wieder einmal erfolgreich sein latentes Gefühl, dass es zur Rettung der Welt weit radikalerer Maßnahmen bedürfte. Allmählich wich sein abnehmender Rausch einem üblen Kater. Er entschied, dass er für heute genug geleistet hatte und ließ sich kurz darauf vom Aufzug aus der dreihunderteinundachtzigsten Ebene seines Büros auf die Straße ausspeien. Sein Vorgesetzter hingegen sollte wenig davon halten.

Das weiche Licht des späten Nachmittags verbarg seine fahle Gesichtsfarbe, die durch die Lücken seiner nachlässig beschnittenen Bartlocken schimmerte. Es hatte geregnet, und ein samtiger Dunst füllte die Häuserschluchten. Das Streulicht tilgte pastellartig die Schatten der Gebäude mit ihren hunderten von Stockwerken und wusch alle Farben rein. Der Raum wirkte flächig. Nur die Brückenhäuser, die in verschiedenen Winkeln und Höhen zwischen den hohen Straßenwänden spannten, schufen mit ihren schmutzigen Unterseiten kühle Schatten. Ein collagenhaftes Spiel von

Kegeln und Pyramiden aus Licht spiegelte sich in den nassen Straßen. Es begann zu dämmern und einige Fenster waren schon erleuchtet, im Gegenlicht der Fassaden. Warm und hell warfen sie ihren Schein auf die Gehsteige, kleine Lichttupfer wie Blattgold, die einer Fläche sich überlagernder Farben ein Ornament hinzufügten. Ein diffuses Gefühl der Freude, dessen Ursache ihm verborgen blieb, überflutete Ros/Aki-2 angesichts dieses grandiosen Schauspiels. Die Televergenzclava zeichnete lückenlos alle Geschehnisse auf, aber er wusste, dass sie diesen Gefühlszustand nicht festhalten konnte. Denn das Licht erzählte nur einen Teil der Wahrheit.

Er schlenderte zur nächstgelegenen Garage, um eines der lauten Kleinflugzeuge mit schwenkbarem Strahltriebwerk zu besteigen, die überwiegend den individuellen Personenverkehr prägten. Ungeduldig fummelte er mit seinen knochigen Fingern am abgegriffenen Armaturenbrett herum, startete das Flugzeug und umkurvte die von den Brückenhäusern herab triefenden, aus den Abgasen kondensierten Teertropfen. Hastig beschleunigte er in die achthundertste Ebene, wo er das berauschende Licht auskosten wollte, befreit aus der Umklammerung der düsteren Häuserschluchten. Als sich die brachiale Beschleunigung entlud, kämpfte Ros/Aki-2 gegen den Brechreiz, der von der durchzechten Nacht noch verstärkt wurde. Zu allem Überfluss meldete seine Televergenzclava eine Geschwindigkeitsüberschreitung von nullkommazwei Prozent. Eine freundliche Stimme forderte ihn in feinster Amtssprache auf, seine Strafe zu bezahlen, ansonsten werde er umgehend durch die Traktorstrahlen des Verkehrsleitsystems festgesetzt. Anders als im einundzwanzigsten Jahrhundert, als lediglich wirtschaftliche und technische Zwänge das

Flugtempo meist auf Schallgeschwindigkeit zügelten, gab es nun ein ausgeklügeltes System von Vorschriften, das die ständige Zunahme des innerstädtischen Luftverkehrs bändigen sollte. Als treuer Kunde der Flugaufsichtsbehörde waren seine Daten längst gespeichert. Er bestätigte den schmerzhaften Betrag, der einem ganzen Monatseinkommen entsprach. Dann kam es noch schlimmer, als ihm die Televergenzclava eine Textnachricht vorlas.

„Sehr geehrter Ros/Aki-2. Sicherlich können Sie verstehen, dass besondere Entwicklungen besondere Maßnahmen erfordern. Ganz abgesehen von ihrer schleppenden Arbeitsmoral sind wir zur Auffassung gelangt, dass das von Ihnen so erfolgreich begonnene Projekt besser von anderen weitergeführt werden sollte. Unverbrauchte, kreative Ideen sind von Nöten, vor allem aber über jeden Zweifel der manipulativen Datenfrisierung erhabene Mitarbeiter. Wir erlauben uns, Ihnen Ihre persönlichen Gegenstände zuzusenden.“ Danach folgte die rechtswirksame Signatur von Horos/Psohp-1.

Ros/Aki-2 war gefeuert.

Niedergeschlagen kam er nach Hause. All seine Gedanken drehten sich darum, was er jetzt mit seinem Leben anfangen sollte. Wenigstens blieb ihm seine großzügige Achtundzwanzigquadratmeterwohnung auf der zweihundertvierundachtzigsten Ebene, die er von seinem Vorfahren geerbt hatte, und deren Tür er gerade geistesabwesend öffnete. Von seiner Kreditwürdigkeit konnte er allenfalls noch zwei Monate leben. Mechanisch warf er seinen dunkelgrünen Synthetikwollmantel an den Haken. Er orderte ein Glas Mineralwasser bei seinem nagelneuen I-Butler. Eine kostspielige Angelegenheit, die er sich nicht länger würde leisten können. Denn es gab nur noch wenige fossile

Trinkwasserreserven, die nicht schon versiegt oder vergiftet waren, und aus ihnen wurden ausschließlich die teuersten Getränke hergestellt. Der Mangel an Wasser hatte längst einen interkonkregalen Wettstreit ausgelöst, ganz wie die Verknappung der fossilen Rohstoffe, die immer noch das Rückgrat der Energieversorgung waren. Trotz umfassender Erschließung alternativer Energiequellen stand die Natur in den Rustikaten kurz vor dem Kollaps, und die Politik versagte seit zweihundert Jahren bei der Bewältigung dieser Probleme.

Der I-Butler reichte das Glas und faltete sich origamihaft zu einem erstaunlich kleinen Kästchen in den Standbymodus zusammen. Ros/Aki-2 wagte es, seinen Kontostand abzufragen, der allein schon durch die Strafe gefährlich ins Minus gesackt war. Wütend auf sich selbst schleuderte er das Glas mit dem edlen Mineralwasser gegen die Wand. Ein Regen feinster Glassplitter ergoss sich über den Fußboden. Der I-Butler entfaltete sich wieder zur Erledigung seiner Aufgabe, als die Televergenzclava einen Anruf seiner alten Freundin Iros/Ateh-2 meldete, einer hochintelligenten Frau, die ihn schätzte, ohne dass er jemals den Grund dafür verstanden hätte. Der Anruf kam ihm gerade recht, denn immer wieder hatte sie davon erzählt, wie schwierig es war, geeignete Probanden für ihre Forschungsprojekte in den Gesellschafts- und Erziehungswissenschaften zu finden. Nach seinem Wohlbefinden befragt, druckste Ros/Aki-2 eine ganze Weile herum, bis er schließlich von seinen vielen Missgeschicken an diesem historisch schwarzen Tag berichtete. Er jammerte auch bemitleidenswert über seine wirtschaftliche Situation, bis sich Iros/Ateh-2 genötigt fühlte, ihn zu trösten. Ohne einen weiteren Wink von ihm abzuwarten, stellte sie ihm einen

Job in Aussicht, der ihn vielleicht wenigstens über den nächsten Monat retten konnte. Aber auch Iros/Ateh-2 kam dies gelegen, denn Ros/Aki-2, dessen Bildungsniveau abgesehen von einigem Spezialwissen dasjenige eines Jugendlichen nur unwesentlich übertraf, war der ideale Versuchskandidat für ihr Projekt. Dazu war Ros/Aki-2 nicht nachtragend, denn ein wenig würde sie ihn schon quälen müssen. Er sollte ein ganz spezielles Televergenzclavaspiel testen, an dem sie seit mehreren Jahren arbeitete. Iros/Ateh-2 versprach einen gemütlichen Sonntagnachmittag mit Quicktrunk und Süßback sowie den ein oder anderen Brainshot. Ros/Aki-2 nahm die Einladung an.

□□□□□

„Dein Vorfahre erzählt ja merkwürdige Geschichten, Papa. Ein Televergenzclavaspiel, was ist denn das nun wieder?“ unterbrach Hena/Ta. Nur ein leichtes Schwanken ihrer festen Stimme ließ erahnen, dass sie ihre Unsicherheit zu verbergen suchte.

„Das ist ein Spiel, das ganz in einer virtuellen Welt stattfindet. Über die Televergenzclava werden Gehirnimpulse eingespeist. Der Spieler kann seine Wahrnehmungen dann durch nichts mehr von der Wirklichkeit unterscheiden“, antwortete Ros/Aki-11 gelassen. Er hatte nicht bemerkt, dass das Feuer längst heruntergebrannt war, aber jetzt spürte er ein Frösteln an den Beinen.

„Das ist ja schlimm! Wie wissen die Abstrakten dann eigentlich, dass sie in einem Spiel sind?“ fragte Hena/Ta.

„Tatsächlich waren manche Abstrakte so tief eingetaucht, dass sie ihr wirkliches Leben gar nicht mehr mitbekamen“, bestätigte Ros/Aki-11.

„Sie leben in einer virtuellen Welt und bemerken es noch nicht einmal? Gruselig“, wunderte sich Hena/Ta.

„Ich weiß es nicht genau. Einige hatten sich vielleicht schon völlig aus der Realität verabschiedet. Hockten längst passiv und verfettet nur noch im Sessel, und niemand wusste überhaupt noch von ihnen. Vielleicht waren sie schon eine ganz neue Spezies?“ spekulierte Ros/Aki-11. Er hatte ein leichtes Zittern in der Stimme.

„Ich habe es doch gewusst! Diese Televergenzclava macht blöde! Schalt sie sofort aus. Papa!“ befahl Hena/Ta, aber besann sich. „Aber erst, wenn sie die Geschichte zu Ende erzählt hat.“

Lon/Lopa sah, dass dem Vater kalt war. Er legte einige Holzscheite auf, und bald züngelten große Flammen aus dem Feuer. Ros/Aki-11 hörte ein gemütliches Prasseln und fühlte, wie sich ein Schwall wohliger Wärme in der Hütte ausbreitete, als die Televergenzclava fortfuhr.

□□□□□

6

Iros/Ateh-2 haderte seit jeher mit dem bestehenden Bildungssystem. Tagtäglich erlebte sie, wie die Auffassungsgabe der Kinder und Jugendlichen immer mehr schrumpfte. Sie hatte den Verdacht, dass der übermäßige Konsum von Clavaspielen dafür verantwortlich war, der die geistige Beweglichkeit der jungen Abstrakten immer mehr dämpfte. Auch die Kleinsten waren davon schon betroffen, so dass umso mehr auch die lernfähigste Lebensphase ungenutzt blieb. Eines Tages hatte Ros/Aki-2 sie mit einer seiner typisch naiven Bemerkungen auf die Idee gebracht, das Problem zu seiner eigenen Lösung zu benutzen und ein Televergenzclavaspiel zu programmieren, das auf mitreißende Art Bildung vermittelt. Die jungen Abstrakten müssten erst gar nicht vom Sessel aufstehen, so hatte Ros/Aki-2 argumentiert, und es gäbe eine Chance, sie überhaupt wieder zu erreichen. Außerdem hatte Iros/Ateh-2 verstanden, dass das Wissen durch eine spielerische Vermittlung weit besser gefördert wird als durch starre Konzepte, wie sie das konkregale Bildungssystem vorsah. Mittlerweile programmierte sie das dritte Level des interaktiven Spiels.

Ros/Aki-2 machte sich auf den Weg. Er fuhr mit dem Fahrstuhl, in dessen Holzverkleidungen sich die Gerüche aus dreihundert Jahren Geschichte eingenistet hatten, hinunter auf Ebene fünfzig der dunklen Straßenschlucht, wo sich die Wohnung von Iros/Ateh-2 befand. Die Zeiten, als Hochhäuser einen angemessenen Abstand würdigten und den Sonnenstrahlen erlaubten, sogar den Boden zu berühren, waren längst vorbei. Die Knappheit der innerstädtischen Grundstücke verlangte eine wandartige Bebauung, deren oberer Abschluss nahtlos in den Wolken verschmolz. Auf allen fünfzig Ebenen führten Gehwege über die Straßen, die auch das Zusteigen in Züge des horizontalen Nahverkehrs ermöglichten. Die alten Hochhäuser mit ihren liebevollen Ornamenten mussten meist über Zwischentreppen betreten werden, die modernen Gebäude hingegen folgten strikt dem genormten Rastermodul. Sie hatten keinen gestalterischen Anspruch mehr. Die Klimaerwärmung diktierte den Verzicht auf anmutige, aber energieintensive

Materialien wie Ziegel, Beton, Glas und Aluminium. Faserverbundstoffe und Recyclingmaterialien prägten das Bild der Architektur, und die Fensterflächen waren auf ein Mindestmaß reduziert. Das Stadtbild wurde auf verschiedenen Gehwegebenen durch Parkanlagen aufgelockert, die das einzige Grün der Stadt hegten, denn in den Straßenschluchten konnten keine Bäume gedeihen. Nur einige lichtscheue Moose klammerten sich in die Risse der ungepflegten Gehwege.

Ros/Aki-2 schlenderte durch einen Park auf Ebene fünfzig, als ein Gewittersturm aufzog. Es war ein heißer Sommertag gewesen, die Luft war warm und schwül. Es herrschte völlige Windstille. Selbst die Insekten, die sonst eine leise Begleitmusik summten, waren verstummt. Die gestaute Energie ballte sich bis zur Entladung in einen plötzlichen Temperatursturz, der die ersten Windböen entfachte. Dann entfesselte das Gewitter einen rauschenden Wolkenbruch. Das Auge des Sturmes zog über ihn und erweckte abermals eine vollkommene Stille, Lehm und Moos mischten ihre Gerüche in der feuchten Luft. In endloser Steigerung folgte darauf das tosende Finale, um am Ende mit den kleinsten Regentröpfchen sanft auszuklingen, immer leiser bis zum höchsten, kaum mehr hörbaren Schlussakkord. Konnte ein Komponist eine schönere Dramaturgie für seine Musik erschaffen? Diese Entschädigung für die Scheußlichkeit seiner modernen Umwelt, die ihn umklammerte, erfüllte Ros/Aki-2 zugleich mit Freude und Ehrfurcht. Er hatte eine vage Ahnung, dass solche Schauspiele auch auf anderen Bühnen der Natur aufgeführt wurden.

Völlig durchnässt erreichte Ros/Aki-2 Iros/Ateh-2s zugige Wohnung. Sie war düster, und lediglich zwei schmale

Holzfenster blickten in einen dunklen, über zweihundert Stockwerke hohen Innenhof. Eine magere Moosschicht benetzte die unteren Schenkel der Fenster, die sich nur einen Spalt breit öffnen ließen. Der Schmutz auf den Außenscheiben musste hunderte von Jahren alt sein. Doch immerhin erlaubte der Fensterspalt die Aussicht auf einen kleinen verkümmerten Nadelbaum, der sich im Innenhof wie durch ein Wunder tapfer gegen die Dunkelheit wehrte. Ros/Aki-2 überwand sich, einen muffigen Morgenmantel von Iros/-Ateh-2 anzunehmen, und entkleidete sich in ihrem unaufgeräumten Schlafzimmer. Er hängte seine Sachen zum Trocknen über einen der großen Kartons, die ihr als Möbel dienten. Im Morgenrock ging er über einen kurzen Flur und hatte bereits schmutzige Füße, als er ihr Wohnzimmer betrat.

Iros/Ateh-2 hatte einen abgeschabten Plüschsessel zurechtgerückt, daneben einen dreibeinigen, hölzernen Beistelltisch, von dem aus er sich mit den versprochenen Annehmlichkeiten bedienen konnte. Der Quicktrunk stand schon lange auf der Heizplatte und schmeckte scheußlich. Ros/Aki-2 machte es sich auf dem Sessel bequem, und nachdem sich die dabei aufgestiegene Staubwolke gelegt hatte, startete er das Spiel.

Schmutzig und völlig nackt befand er sich in einer feuchten Steinzeithöhle. Als Startpunkt für seine Abstraktwerdung hatte Iros/Ateh-2 das Beherrschen des Feuers gewählt. Sie hoffte, es würde, anders als etwa die Benutzung des Werkzeugs, nicht irgendwann von der Forschung als erste eindeutige Abgrenzung zum Tierreich widerlegt werden. Die Verbrennung als solche markierte außerdem den Beginn der eigenartigen Symbiose zwischen Abstraktschaft und Energie, die seit jeher die Evolution ihrer Spezies befeuerte. So innig war diese Symbiose schon geworden, dass die Energiefrage längst alle geschichtlichen und politischen Vorgänge auf der Welt beherrschte. Die Abstraktschaft erkannte aber nicht, dass die Energie auch die Wurzel all ihrer Probleme war. Sie musste lernen, diesen nützlichen und zugleich schädlichen Parasiten zu bändigen.

Ein Feuer loderte also in der Mitte der Höhle, die mit grobem Stroh auf dem Boden ausgelegt war. Seine Televergenzclava fütterte Ros/Aki-2 mit einem leichten Frösteln am Rücken und einer heimeligen Strahlungswärme an der Brust, neben einem unsäglichen Gestank aus Rauch und Fäkalien. Er wärmte sich an der rot glimmenden Kohle und seine erste Aufgabe war es, darüber ein Essen zuzubereiten. Alle Fertigkeiten, die die Abstraktschaft auf ihrem Weg durch die Evolution erlernen musste, waren von Ros/-Aki-2 gefordert, um im Spiel zu bestehen und schließlich auf das nächste Level zu gelangen. Zuerst stellte er deshalb ein steinernes Werkzeug her, oder eine Waffe, was gleichbedeutend war, und ging auf die Jagd.

Er rannte bereits zwei Stunden durch den Wald. Dreimal war ihm seine Beute knapp entwischt und er wünschte sich nichts sehnlicher als einen Mitstreiter, der ihm das Wild zutreiben könnte. Seine nackten Füße bluteten aus einer Vielzahl von Verletzungen, die Dornen und Steine ihnen beigebracht hatten. Ros/Aki-11 musste Rast machen. Er saß kaum fünf Minuten auf einem weichen Moosbeet am Rand einer Waldlichtung, als unmittelbar neben ihm ein zierliches Huftier zwischen den Büschen auftauchte. Es hatte ihn nicht gewittert und hinkte mit dem rechten Vorderbein. Reflexartig schlug er sein Steinbeil in die Halsschlagader des Tieres, das unter einem matten Gurgeln lautlos zu Boden glitt. Unter großen Strapazen schleppte er seinen Fang nach Hause und bereitete ihn für den Verzehr vor. Als er gesättigt war und seine verwundeten Füße notdürftig gepflegt hatte, nähte er sich aus der gewonnenen Tierhaut als erstes ein Paar Schuhe. Schon bald fühlte er sich besser, und die Anstrengung des Tages wich allmählich einem tiefen Entspannungsgefühl. Aus den Hautresten fertigte er eine Trommel, danach schnitzte er eine Flöte aus einem der Knöchelchen. Erstmals in der Abstraktschaftsgeschichte erfand er die Musik. Schließlich leitete eine längst ausgestorbene oder niemals gewusste Fertigkeit seine erstaunten Hände, als Ros/Aki-2 mit einem roten Stein Muster in die Wände gravierte, so dass die Höhle zu einem halbwegs wohnlichen Ort wurde. Vielleicht wäre er sogar auf die Idee gekommen, Formen zu gestalten und Geschichten darzustellen, wenn diese Fähigkeit der Bildnerei nicht so tief in seinem Erbgut verschüttet gelegen hätte.

„Meine liebe Iros/Ateh. Dein armer Spieler ist ja ganz alleine! Hat er denn gar keine Familie, oder zumindest eine Frau?“ fragte Ros/Aki-2 erstaunt.

„Eine Frau würde dich doch nur unnötig ablenken“, sagte Iros/-Ateh-2 mit einem ironischen Lächeln. „Das hier ist auch nur ein erster Entwurf. Ich werde weitere Akteure programmieren, und dann soll das Spiel auch interaktiv mit mehreren Teilnehmern funktionieren“, beruhigte sie ihn.

Im weiteren Spielverlauf lernte er, Bäume zu fällen. Ros/Aki-2 spaltete die Stämme und errichtete eine Behausung. Dafür wählte er einen Standort inmitten eines fruchtbaren Ackerlandes. Die Möglichkeit, Lebensmittel aufzubewahren, löste ihn aus seinem Dasein als Jäger und Sammler, und er begann damit, Nutzvieh zu halten. Das immer bessere Werkzeug, das er herstellte, förderte außerdem seine motorischen Fähigkeiten und ging Hand in Hand einher mit der Schärfung seiner Intelligenz, die ihn zu den weiteren Schritten befähigte. Neben der harten körperlichen Arbeit, die Iros/Ateh-2 für ihn vorgesehen hatte, wurde er ständig vor neue Herausforderungen gestellt, die seine Neugier anregten und ihm zugleich Erfolgserlebnisse bescherten. Er erfand das Rad, baute einen Wagen, vor den er einige seiner Rinder spannte, und konnte so erstmals Distanzen überwinden. Er erkundete benachbarte Gesellschaften und Kulturen. Die Verständigung mit Fremden verlangte seine Entwicklung der Sprache und schließlich der Schrift, die er für den weiteren Spielverlauf verstehen musste. Jede Spielstufe machte in der Simulation die intellektuellen und kulturellen Leistungen sichtbar, die für die jeweilige Epoche typisch waren.

„Warum muss der Spieler denn eigentlich ein Mann sein?“ wollte Ros/Aki-2 wissen.

„Aus Gründen der Gleichberechtigung, dachte ich. Nachdem wir Frauen schon den Namen der ganzen Spezies ändern durften, nur weil er früher vom Wort Mann abgeleitet war...“ scherzte Iros/Ateh-2.

Ros/Aki-2 musste hart arbeiten. Er kämpfte sich durch drei weitere Kulturepochen der Bronze- und Eisenzeit und gelangte schließlich auf das zweite Level. Er befand sich jetzt in einer antiken Kultur, die Abstrakten trugen weiße Gewänder und hatten große Fortschritte gemacht. Es gab wohlgestaltete steinerne Gebäude, und die Gesellschaft traf sich auf einem weiten Platz, um politische Diskussionen zu führen. Vor allem die Sprache hatte eine beachtliche Entwicklung gemacht, sie beflügelte die Abstrakten zu erstaunlichen geistigen Leistungen. Sie erschufen Dichtung, Theaterstücke und philosophische Werke. Später würde diese Epoche Gegenstand einer Lehre, die beinahe eine Art Religion war, des sogenannten Abstrahismus. Ros/Aki-2 war den Herausforderungen, denen Iros/Ateh-2 ihn jetzt aussetzte, immer weniger gewachsen, obgleich ihn seine Neugier dazu antrieb, bis an den Rand seiner Erschöpfung fortzufahren. Nach einer weiteren Stunde konnte er nicht mehr. Er beendete das Spiel.

„Tut mir leid, Iros/Ateh. Es ist zu viel von mir verlangt, meine ganze fehlende Schulbildung an einem Nachmittag aufzuholen. Ich bin fix und fertig!“ jammerte Ros/Aki-2.

„Das verstehe ich. Du sollst dich ja auch nicht übernehmen“, tröstete ihn Iros/Ateh-2, ließ sich aber nicht daran hindern, den armen Ros/Aki-2 trotzdem weiter zu fordern.

„In den nächsten Stufen erfährt der Spieler in seiner Reise durch die Zeit den gesamten Weg der Abstraktwerdung. Seine Aufgabe wird es sein, die dabei wichtigen Errungenschaften nachzubilden. Er muss die Materialverarbeitung lernen, das Schießpulver, den Kompass und den Buchdruck erfinden. Erst mit diesen Grundlagen kann er das Teleskop, das Mikroskop und die Uhr erschaffen. Schließlich muss er Elektrizität und Elektromagnetismus entdecken, um daraus die Funkübertragung, die Kernkraft, den Computer und schließlich die Televergenzclava zu entwickeln. Dieser technische Fortschritt kann nur Hand in Hand mit allen weiteren Aspekten einer Epoche geschehen, so dass auch die Wissenschaft, die Literatur, die Musik, die Architektur, die Politik und die Philosophie in ihrem Zusammenhang erlebbar werden. Nicht zuletzt die Kleidung, nach unserer Haut die zweite Schicht dieser Zwiebel, die uns schützend umhüllt, gefolgt von unserer Behausung und der planetaren Atmosphäre, die uns vor Strahlung und Einschlag von Himmelskörpern bewahrt. Außerdem möchte ich dabei auch einige der Gesetzmäßigkeiten aufzeigen, die immer wieder den Werdegang unserer Spezies prägen..."

„Das verstehe ich nicht. Was meinst du damit?" unterbrach Ros/Aki-2, eigentlich um sich eine Verschnaufpause zu verschaffen, aber sie plauderte erbarmungslos weiter.

„Eines dieser Prinzipien ist der Krieg. Er ist immer nur der Höhepunkt eines Wettstreits, der die Abstrakten bereits zu Höchstleistungen anspornt. Mit dem offenen Ausbruch eines Konfliktes kommt dann der Niedergang von Kultur und Bevölkerung. Dennoch löst das Ende des Krieges auch einen gesellschaftlichen Neustart aus, der ungeahnte Möglichkeiten eröffnet. So gibt der Krieg wichtige Impulse für den Fortschritt." Iros/Ateh-2 hatte keine Ahnung davon, wie Recht sie hatte, und wie bald sich schon ihre These ein weiteres Mal als wahr erweisen würde.

„Ein anderes Grundmuster ist der Kreislauf der Stile, in dem sich eine neue Epoche meist durch eine totale Veränderung des schöpferischen Ausdrucks ankündigt. Wenn ein verblühendes Zeitalter von überladener Opulenz geprägt war, hat das neue meist einen nüchternen, klaren Stil. Später folgt dann wieder ein genussvoller Ausdruck. Meistens orientiert sich eine Ära auch an der vorvergangenen, indem sie von ihr lernt und sie erweitert."

„Das ist interessant, Iros/Ateh, darüber habe ich noch nie nachgedacht", sagte Ros/Aki-2 aus purer Höflichkeit, denn er konnte ihr längst nicht mehr folgen.

„Außerdem verkürzt sich die Dauer dieser Zeitalter immer mehr, vermutlich durch den beschleunigten Informationsaustausch. Am Ende passiert es sogar, dass verschiedene Epochen gleichzeitig bestehen oder sich gegenseitig überholen. Dann kann man dabei eigentlich nur noch von Moden sprechen..." Endlich bemerkte sie, dass es genug war, denn Ros/Aki-2 stierte entleert durch sie hindurch.

7

La/Bme war nur für einen Augenblick unkonzentriert gewesen. Die weißen, grell beleuchteten Gänge im Gebäude des interkonkregalen technischen Instituts, kurz ITI genannt, bildeten ein Raster rechtwinklig zueinander stehender Gänge. Anders als bei einem Stadtgrundriss sahen die Flure allerdings alle gleich aus. An irgendeiner Stelle hatte sie nicht beachtet, ob sie links oder rechts abgebogen war. Mit Unbehagen bewegte sie sich jetzt in einem Bereich, den sie noch nie betreten hatte. Aus dem Spalt einer angelehnten Tür drang das leise Summen eines Kinderliedes. Die Aussicht auf Kontakt mit fremden Mitabstrakten machte ihr noch mehr Angst. Andererseits, wer bei der Arbeit ein Liedchen auf den Lippen trug, konnte doch kein schlechter Abstrakter sein. Sie nahm all ihren Mut zusammen, öffnete die Tür und trat in den Raum. Dass es im Institut auch Abteilungen gab, die sich mit Grundlagenphysik und Raumfahrt beschäftigen, wusste sie nicht. Der Raum war mit komplizierten Apparaturen für physikalische Experimente vollgestopft. Im Eck des Zimmers bemerkte sie einen Mann, der mit dem Rücken zu ihr über einen chaotisch mit allerlei Handskizzen überladenen Schreibtisch gebeugt war. Wenige graue Haarsträhnen fielen von der Glatze seines Hinterkopfes bis fast auf den Boden.

Das Summen verstummte, und ohne sich zu ihr umzudrehen, schnupperte der Mann mit der Nase in die Luft. „Tun Sie sich keinen Zwang an, junge Frau. Aber bitte stören Sie mich nicht beim Nachdenken." raunte er mit dünner Stimme.

Mit ihren langen Fingern betastete Lab/Bme neugierig die vielen Linsen, Spiegel und Laser, die auf den Tischen linear und kreuzförmig von einer unglaublichen Fülle von Kabeln und Rohren miteinander verbunden waren.

„Forschen Sie an der Physik des Lichtes?" wollte sie wissen.

„Hmmm." antwortete der Mann.

„War das ein Ja oder ein Nein?" hakte sie ungeduldig nach.

„Sehen Sie, jetzt stören Sie doch." Plötzlich drehte sich der Mann auf seinem Stuhl zu ihr um, und die Fliehkraft fächerte seine dünnen Haare über den ganzen Schreibtisch. Er sah sie vorwurfsvoll aus blauen Augen an, die wie winzige Achate funkelten, so stark waren sie durch die Brechung der dicken Brillengläser verkleinert. Der Mann musste uralt sein. Mindestens zweihundert Jahre, dachte La/Bme, die allerdings keinerlei Vergleichsmaßstab hatte. Tiefe, senkrechte Furchen durchzogen sein Gesicht, und die Tränensäcke hingen bis weit unter die Brille herunter.

„Das tut mir leid. Aber Sie erwecken nicht den Eindruck als hätten Sie Zeitmangel." sagte sie. „Übrigens, mein Name ist La/Bme."

Der Mann schenkte ihr ein mildes Lächeln und zeigte eine Reihe spitzer, gelblicher Zähne zwischen den schmalen Lippen.

„Ach wissen Sie, junge Dame, die Zeit ist immer knapp. Ich habe noch so viele Denkprojekte vor mir. Sie alle zu vollenden, dafür genügt mein Leben sowieso nicht." Der alte Mann war jetzt freundlicher. Vielleicht war ihm die Ablenkung durch eine so wunderschöne junge Frau doch willkommen. „Ich bin Les/Aht-9. Freut mich, Sie kennen zu lernen."

„Erzählen Sie doch, worüber Sie gerade nachdenken." bettelte La/Bme und sah ihn aus ihren graublauen Augen sehnsüchtig an.

„Das verstehen Sie ja doch nicht. Ich stelle eine Neuberechnung über die Größe des Universums an. Wussten Sie, dass ein Forscherteam unter meiner Leitung die Äquivalenztheorie widerlegt hat? Leider sind wohl alle schon gestorben. Mich haben sie hier vergessen, ich habe schon seit Jahren mit keinem Abstrakten mehr gesprochen." erzählte Les/Aht-9.

„Rechnen Sie das alles im Kopf? Da haben Sie sich ja ein schwieriges Problem vorgenommen. Mit der Äquivalenztheorie war eine solche Berechnung ja einfach. Aus den Formeln konnte man jede Distanz errechnen, weil einer der Faktoren, die Lichtgeschwindigkeit, bekannt und immer gleich war. Wissen Sie eigentlich, dass Generationen von Autoren von Zukunftsromanen verzweifelt darüber nachdachten, wie sie eine Strecke von vielen Lichtjahren in einer kurzen Zeit überwinden konnten? Sie hätten es so

einfach haben können, aber sie verstanden die Äquivalenztheorie nicht richtig. Man hätte nur nahe genug an die Lichtgeschwindigkeit heran beschleunigen müssen. Dann wären alle Distanzen durch die Längenkontraktion so stark zusammengeschrumpft, dass auch die größte Entfernung spielend zu überbrücken gewesen wäre." erklärte La/Bme.

Les/Aht-9 sah sie skeptisch an. Seine zusammengekniffenen Augen wurden so klein, dass La/Bme nur noch in die leeren Brillengläser sah. Er hatte sie unterschätzt. Diese junge Frau bedrohte gerade seine verdiente Überlegenheit.

„Sie haben schon Recht. Nach meiner revolutionären Gravitulenztheorie, die nach über tausendsiebenhundert Jahren endlich das Licht entlarvt und sich längst überall durchgesetzt hat, dürfen wir uns keine Grenzgeschwindigkeit mehr vorstellen. Das macht Distanzberechnungen so schwierig." sagte Les/Aht-9 stolz. Wenn er gedacht hatte, La/Bme wäre jetzt beeindruckt, täuschte er sich.

„Und was haben Sie sonst noch gemacht, in Ihrer Karriere?" fragte sie.

Wie war es möglich, dass diese junge Frau den großen Les/Aht-9 derart aus der Reserve locken konnte. Langsam erhob er sich von seinem Drehstuhl und stemmte dabei schmerzerfüllt seine linke Hand gegen die Lende. La/Bme war erstaunt, wie klein dieses Männlein war. Sein Rücken war bis fast in die Waagerechte gekrümmt, und seine dünnen Beine verloren sich vollständig in den weit ausladenden Hosen, die schon bessere Zeiten gesehen hatten. Er musste seinen Nacken ziemlich verrenken, um der großen, schlanken La/Bme in die Augen zu sehen.

„Liebes Fräulein, Sie wissen wohl nicht, mit wem Sie es hier zu tun haben. Ich habe nicht nur die Grundlagen geschaffen, sondern auch die gesamte Raumfahrt der Abstraktschaft neu erfunden." zischelte er. „Und da gab es gigantische Probleme, die wir lösen mussten. Es fing schon damit an, dass die Kommunikation mit einem Raumschiff unmöglich war, wenn es mit Lichtgeschwindigkeit oder sogar schneller flog."

„Wie wäre es mit einer Televergenzclava?" sagte Lab/-Me trocken und schenkte ihm dabei einen besonders harmlosen Blick.

„Jaaaaa, so einfach war das aber nicht! Vor tausendfünfhundert Jahren baute das Institut bereits Komponenten für Roboter, die wir bei Ersterkundungen der Himmelskörper im Sonnensystem benutzten. Sie müssen sich vorstellen, dass wir auf Fernsteuerungssysteme mit sogenannter Telepräsenz spezialisiert waren. Wir denken uns dabei einen Operator, der eine Maschine auf einem entfernten Planeten allein mittels seiner Gehirnimpulse steuert, die mit den Schaltkreisen des Gerätes vernetzt sind. Zugleich müssen wir uns vorstellen, dass er ein Signal vom Roboter zurückerhält, das ihm einen greifbaren Eindruck der eben ausgeführten Handlung vermitteln soll. Wir nannten das mechanische Interaktion." dozierte Les/Aht-9.

„Aber daran waren Sie doch sicherlich nicht beteiligt. Oder sind Sie wirklich schon so alt?" warf La/Bme mit einem koketten Lächeln ein.

„Jaja, ich nicht, aber mein Vorfahre Les/Aht-1! Er leitete damals die Abteilung. Allerdings hatte die Technik eine gewaltige Einschränkung. Wir müssen uns die Übermittlung des Befehls an den Roboter wie auch seine Rück-

antwort verzögert denken, wenn die Signale für ihre Übertragung elektromagnetische Wellen benutzen. Bei einer Mission an der Peripherie des Sonnensystems kann das mehrere Stunden dauern. Wir stellen uns das als Telepräsenz vor, aber eigentlich ist es das gar nicht." erklärte Les/Aht-9 weiter.

„Deshalb meinte ich doch, eine Televergenzclava."

wiederholte La/Bme.

„Jaaaaa, aber Sie vergessen dabei etwas. Die Televergenzclava koppelt Sende- und Empfangsteil mittels televergent verschränkter Elementarteilchen. Wir denken uns das verschränkte Teilchen auf der Senderseite in einen Zustand versetzt, den das Teilchen auf der Empfängerseite dann ebenfalls annehmen muss. Simultan und losgelöst von jeder Entfernung." führte Les/Aht-9 umständlich aus.

„Aber dann geht es doch damit." unterbrach die beharrliche La/Bme.

„Ja, nein, nicht so schnell. Der Zustand des Teilchenpaares unterliegt ja dem Zufall! Er kann weder theoretisch noch praktisch für einen Steuerbefehl benutzt werden. Dazu müssen wir uns vorstellen, dass die damals noch geltende Äquivalenztheorie ja keine Informationsübertragung mit Überlichtgeschwindigkeit erlaubte. Niemand wagte es, das in Frage zu stellen." gab Les/Aht-9 zu bedenken.

„Es gibt ja Gerüchte, dass das Institut auch bei der Entwicklung von Raumschiffantrieben involviert ist. Es wird auch gemunkelt, entfernte Weltraumreisen wären schon längst passiert. Wie geht das dann zusammen?" fragte die neugierige La/Bme in der Hoffnung, hier vielleicht auch einige Neuigkeiten zu erfahren. Doch Les/Aht-9 wich aus.

„Nun, mein Vorfahre Les/Aht-1 konnte das Problem geschickt umgehen. Den Zufall konnten wir nicht nutzen, wohl aber die Veränderung eines noch so zufälligen Zustandes. Wir denken uns einen Würfel. Die Wahrscheinlichkeit, dass eine Sechs fällt, ist eins zu sechs. Das bedeutet leider aber noch lange nicht, dass jede sechste Zahl eine Sechs ist. Eine solche Unsicherheit war nicht verwertbar. Aber jetzt denken wir uns einen Schalter, der einfach nur darauf wartet, dass irgendwann die Sechs fällt. In diesem Fall wird eine Prozedur gestartet. Dann wartet der Schalter auf irgendeine andere Zahl, die ihn in die Ausgangsposition zurückstellt. Und danach auf die nächste Sechs. So müssen wir uns über Umwege die Möglichkeit für eine digitale Informationsübertragung vorstellen. Übrigens ist die Televergenzclava, die heute jedermann benutzt, nur ein Abfallprodukt unserer damaligen Forschung." triumphierte Les/Aht-9.

„Und das haben Sie – oder Ihr Vorfahre – sich alles selbst ausgedacht?" fragte La/Bme. Les/Aht-9 sah sie ungläubig an. Bei der Lösung des Kommunikationsproblems war er sich halbwegs sicher, dass es die Ideen von Les/Aht-1 waren. Aber bei seiner viel wichtigeren Gravitulenztheorie hatte er tatsächlich Hilfe gehabt.

„Ich gebe zu, es war nicht immer so. Den wesentlichen Durchbruch verdanke ich einem Mann, der gar kein Wissenschaftler war. Ein netter Kerl eigentlich, sein Name war Ros/Aki-10. Dieser Dummkopf wusste allerdings überhaupt nicht was er tat und sagte. Er stellte eine Frage, die kein Forscher in dieser Einfältigkeit hätte stellen können, und traf damit genau ins Schwarze. Er löste in meinem Hirn eine ganze Kaskade von Ideen und Folgerungen aus,

die am Ende zu meiner neuen Theorie über das Licht führten."

Als La/Bme gegangen war, sah sich Les/Aht-9 die Aufzeichnungen seines Vorfahren aus seiner Televergenzclava noch einmal an. Am Ende war er sich nicht mehr so sicher, ob Les/Aht-1 nicht auch Hilfe gehabt hatte.

8

Sparsamkeit war keine von Ros/Aki-2s Tugenden. Seine angespannte Lage konnte ihn nicht davon abhalten, Iros/Ateh-2 anlässlich seines ersten Honorars als freiberuflicher Versuchskandidat in eine Bar einzuladen. Die Wahl des Ortes beanspruchte sie für sich, wenn sie schon Ros/-Aki-2 mit ihrer Geselligkeit beglücke, und auch ihr Freund Teles/Otsira-1 müsse mit dabei sein. So stieg Ros/Aki-2 einige Tage später auf Ebene zweihundertfünfzig in eine der stinkenden Fahrgastzellen. Anders als bei einem Zug konnte hier jedermann eine der individuellen Kabinen benutzen, die während der vakanten Zeiten für die Müllentsorgung benutzt wurden. In schwindelerregender Höhe erreichte er kurz darauf das heruntergekommene Etablissement, das in einem gefährlich schwankenden Brückengebäude untergebracht war. Das uralte Bauwerk hatte bodentiefe Verglasung, die eine prächtige Aussicht über die Straßenschlucht und auch einen gewissen Nervenkitzel bot. Am Eingang begrüßte ihn ein I-Türsteher mit grimmigem Blick. Er zerstreute Ros/Aki-2s Bedenken und erklärte mit rauchigem Bass, dass erst vor achtzig Jahren die letzte Sicherheitsüberprüfung erfolgt sei.

Ein großer Tresen mit unbequemen Barhockern aus rostig beflecktem Stahlblech füllte einen Großteil des Raumes. Es war unklar, ob das fahle Licht, das die Bar in ein gemütliches Halbdunkel tauchte, von altersschwachen Lampen ausströmte, oder nur von den vergilbten Decken mit ihren klebrig verstaubten Lüftungsrohren gedämpft wurde. Hinter der Theke stand ein echter Barkeeper, der echte Drinks zubereiten konnte, ein tätowierter Mann mit einem schmierigen Baumwollhemd über seinem dicken Bauch und langen Haaren, die fettig in der schummrigen Beleuchtung glänzten. Anders als die restliche Einrichtung allerdings waren die Edelstahloberflächen des Tresens sorgfältig geputzt und gewienert. Ganz entgegen seiner Erscheinung legte der Barkeeper höchstes Augenmerk auf Sauberkeit und Ordnung bei seiner Arbeit, seine Rührlöffel, Messer, Shaker und Siebe reinigte er unverzüglich nach jeder Benutzung. Danach stellte er sie mit zirkelartiger Präzision an ihren Platz zurück. Er benutzte fünf verschiedene Lappen für fünf verschiedene Zwecke, die er nach jeder Anwendung säuberlich zusammengefaltet und in Reih und Glied an der dafür vorgesehenen Stelle ausrichtete.

Bei allen Merkwürdigkeiten an diesem Ort konnte Ros/Aki-2 auch die Musik, die leise im Hintergrund klimperte, nicht mehr überraschen. Er hörte eine Komposition aus dem 18. Jahrhundert, den langsamen Satz eines Konzerts für Orchester und ein Soloinstrument, für das es keinen Namen mehr gab. Seine mehr als hundert Tasten bewegten einzelne mit Filz bekleidete Hämmer, die jeweils drei Saiten anschlugen und zur Schwingung brachten. Ungeachtet der indirekten Mechanik konnte ein Begabter dennoch erstaunliche Klanggemälde entfalten, indem er Dauer und Gewicht des Anschlags so fein als möglich herausarbeitete. Langsam und leise begann das Stück, das erste Thema modulierte mehrmals seine einfache Melodie, die an ein Kinderlied erinnerte. Plötzlich setzte ein zweites, viel schnelleres Thema in einer neuen Tonart ein. Nach drei Minuten verminderte sich dessen Tempo auf die Hälfte, danach auf ein Drittel und schließlich ein Viertel, und entsprach wieder ganz dem Takt des ersten Themas. Dieser Übergang verwandelte zugleich aber auch Tonfolge und Tonart, bis diese ebenfalls wieder zur Anfangsmelodie wurden. Die dreistufige Abfolge der Tempi war zudem zur dreistufigen Veränderung der Melodie noch zeitlich versetzt, so dass sich beide bei diesem Übergang gegenläufig ineinander lappten. Immerhin in der Musik hatte die Abstraktschaft offensichtlich einen Ausdruck gefunden, komplexere Gefühlszustände in Melodien und Rhythmen festzuhalten. Ros/Aki-2 dachte darüber nach, wie eine vergleichbare Sprache für die Übersetzung von visuellen Eindrücken beschaffen sein müsste.

Iros/Ateh-2s Freund Teles/Otsira-1, von Beruf Politikberater, war etwa fünfzig Jahre alt, ein unauffälliger Mann mit lichten blonden Haaren. Er saß bereits am Tresen und begrüßte Ros/Aki-2 mit intelligent lachenden Augen, die hinter einer rahmenlosen Brille hervorblitzten. Längst hatte der Barkeeper den Beiden Brainshots in ihre Claven eingefüttert, und diese verrichteten auch unmittelbar die Bezahlung durch Transfer einer Kryptowährung. Kryptowährungen hatten einen großen Vorteil. Anders als in der gewohnten Marktwirtschaft, wo die Gewinne erst mühselig über verschlungene Wertschöpfungsketten aus den

Rohstoffen generiert werden mussten, konnten Kryptowährungen die Energie auf direktem Weg zu Geld verwandeln.

Endlich stieß Iros/Ateh-2, wie meist unpünktlich und erschöpft von ihrer Hast, zu ihnen. Sie hatte sich in ein ausgefallenes, lilafarbenes Minikleid gezwängt, das weder ihre rundliche Figur noch ihr Stilbewusstsein in ein günstiges Licht rückte. Ihr brünett gefärbtes, halblanges Haar war zu einer Frisur aufgetürmt, die an das Blattwerk einer tropischen Frucht erinnerte. Geflissentlich überhörte Ros/Aki-2 ihre Frage, ob ihm ihr neues Kleid aufgefallen sei.

„Tut mir leid wegen der Verspätung, ich hatte noch einen Termin bei meinem Philosophen“, sagte sie.

„Das habe ich sowieso nie verstanden. Ich lasse meinen immer zu mir nach Hause kommen“, schüttelte Teles/Otsira-1 verständnislos den Kopf.

9

Trotz all ihrer Ablehnung gegenüber der herrschenden Politik war Iros/Ateh-2 also mit einem Politiker liiert, was erheblichen Konfliktstoff für ihre Beziehung bot. Denn sie empörte sich pausenlos über die politischen Verhältnisse und über den Zustand des Konkregats überhaupt. Zum Beginn des Jahrhunderts waren in allen Konkregaten des Planeten echte Abstraktokratien verwirklicht, nachdem auch die letzten Zündler ihre Finger von den Zündschnüren ihrer nuklearen Spielzeuge hatten lassen müssen, und die Dinge standen eigentlich gut. Nach und nach jedoch verbreitete sich eine Behäbigkeit der Systeme. Die Gesetzgebung entfaltete sich so verzweigt und unübersichtlich, dass sie selbst der ständig wachsenden Bürokratie außer Kontrolle geriet. Auch die Schlagkraft der Politik wurde dadurch ausgebremst, verstärkt noch durch die mehrgliedrigen Strukturen der Abstraktokratien. Noch weniger Überblick besaß der einzelne Konkregale, der längst seine letzten Einflussmöglichkeiten verloren hatte, und der Kokregatsapparat verselbständigte sich in einer bedrohlichen Eigendynamik. Das große Heer von Kineamten wurde bei der Suche abwegiger Betätigungsfelder nicht müde, wie Iros/Ateh-2 erst kürzlich wieder mit Entsetzen feststellen musste, als sie das Verfallsdatum auf einer Speisesalzpackung las. Diese Entwicklung schmerzte die arbeitende Bevölkerung gleich doppelt. Einerseits musste sie inzwischen allein durchschnittlich sechzig Prozent ihres Gehaltes an Steuern abführen, damit der riesige Apparat bezahlt werden konnte. Andererseits machte dieser Schaden nur einen Bruchteil dessen aus, was die Wirtschaft verkraften musste, wenn sie den sinnfreien Vorschriften gehorchte. Natürlich beglich der Konkregale über die Preise auch diese Rechnung. Die Begehrlichkeiten der Akteure waren ineinander verkeilt. Es war aussichtslos, dass sich die Strukturen aus eigenem Antrieb reformieren konnten, selbst wenn dabei keine egoistischen Interessen der Entscheider im Wege gestanden hätten. Außerdem hatte Iros/Ateh-2 mit Grauen bemerkt, dass der Konkregatsdienst bereits fünfundvierzig Prozent der erwerbstätigen Bevölkerung beschäftigte. Weitere fünfundvierzig Prozent waren Steuerfachleute, Berater und Anwälte, allesamt also an sich ebenso unproduktiv. Ganz zu schweigen von den Finanzakteuren, die schon ihrer Definition gemäß nur an der Arbeit anderer verdienten. Die restlichen zehn Prozent erwirtschafteten durch ihre geistige oder körperliche Leistung die eigentlichen Werte, von denen die gesamte Gesellschaft lebte.

Auch wenn Ros/Aki-2 wenig dazu beitragen konnte, war das Gespräch der illustren Dreierrunde deshalb erwartungsgemäß schnell auf das Thema Politik gekommen. Teles/Otsira-1 erzählte gerade stolz von der letzten Steuerreform, die er maßgeblich gestaltet, und sein Chef, der Finanzminister, gerade verabschiedet hatte. Sie beinhaltete vor allem eine Senkung des Spitzensteuersatzes von vierundsiebzig auf dreiundsiebzigeinhalb Prozent.

„Mein lieber Teles/Otsira, das ist ja eine tolle Leistung von dir, aber soll diese Mikroreform wirklich etwas bewirken? Du kannst sicherlich nichts dafür, aber ich glaube längst nicht mehr daran, dass jemand in der Politik noch etwas bewegen kann. Die Strukturen sind doch völlig verkrustet...“ stichelte Iros/Ateh-2.

„Da bin ich ganz anderer Meinung. Das Problem ist doch das völlig erloschene Interesse der Konkregalen. Schau dir doch nur die Wahlbeteiligung an, die liegt bald unter dreißig Prozent!“ entgegnete Teles/Otsira-1. Iros/-Ateh-2 kannte dieses Argument schon zur Genüge und warf ihm einen gelangweilten Blick zu.

„Warum denkst du, gibt es keinen Zuspruch mehr? Sieh dich doch um. Wir werden von einem riesigen Haufen von Schnöseln, Theoretikern und Schwätzern regiert. Ich habe da auch keine Lust mehr“, meinte Iros/Ateh-2.

„Woher kommt es denn, dass nur noch solche Leute in der Politik sind? Die Medien bewerfen sie ja nach Belieben mit Schmutz. Das ist schließlich auch nicht gerade jedermanns Sache...“, verteidigte sich Teles/Otsira-1.

„Wir sollten froh sein, dass wenigstens die Medien noch Kritik üben. Auf jeden Fall wüsste ich nicht mehr, wen ich noch wählen soll“, widersprach Iros/Ateh-2.

„Das tut mir leid, wenn du deiner konkregalen Pflicht nicht mehr gerecht werden willst...“

„Jetzt ist es aber genug! Diese Politiker sind doch allesamt Schwächlinge! Ist auch kein Wunder, wenn sie von der Schule direkt in die Partei eintreten und dann eine wahnsinnige Lebenserfahrung vorblenden müssen!“ ereiferte sich Iros/Ateh-2 und beleidigte dabei auch gleich ihren Freund.

„Also ich habe schon lange keine Lust mehr zu wählen“, mischte sich Ros/Aki-2 in das Gespräch ein. „Außerdem finden ständig irgendwelche Wahlen statt. Da will doch keiner mehr hingehen. Kann man nicht dafür sorgen, dass vielleicht nur alle paar Jahre eine einzige Wahl stattfindet? Dann würde sogar ich mir das wieder überlegen...“ ergänzte er.

„Das ist ein großartiger Vorschlag! Habt Ihr darüber noch nie nachgedacht, Teles/Otsira?“ provozierte Iros/-Ateh-2. Teles/Otsira-1 sah sie fassungslos an.

„Immerhin, unsere Politiker treffen ihre Entscheidungen doch nur noch mit Blick auf die nächste irgendwo anstehende Wahl. Sie wollen nur ja niemandem auf den Schlips treten. Das ist längst ein Dauerzustand. Bei einem einzigen Wahltermin wäre fünf Jahre lang Ruhe, und die Zukunft könnte überhaupt erst wieder gestaltet werden!“ behauptete Iros/Ateh-2. Sie wusste nicht, welch folgenschwere Kettenreaktion sie mit dieser Äußerung in Gang setzte.

10

Ein Doktor der Physik leitete das interkonkregale technische Institut. La/Bme hatte ihn noch nie zu Gesicht bekommen. Nur von Erzählungen wusste sie, wie gleichgültig und kalt er niedere Lebewesen behandelte, zu denen er gelegentlich auch Abstrakte zählte. Er hatte den Ruf, wenn nötig auch unlautere Methoden anzuwenden, etwa wenn es um die Geheimhaltung seiner Forschungsprojekte vor der Öffentlichkeit ging. Sein Führungsstil war schonungslos, und die meisten der Forscher am Institut waren verängstigt. Sie distanzierten sich La/Bme gegenüber und vermieden es, sich emotional auf ihr Forschungsobjekt und überflüssige moralische Gedanken einzulassen, denn es war nicht daran zu rütteln, wenn der Institutsleiter aus Sicherheitsgründen nach Abschluss der Experimente die Entsorgung aller Versuchsobjekte anordnete.

Nur die Kleintierforscherin Edon/Moal-14, die sich als einzige privat mit ihr beschäftigte und offenbar ihr Gewissen nicht beruhigen konnte, besuchte sie öfters in ihrem Apartment, das mit kargen Stahlmöbeln eingerichtet war, und dessen diffuse Neonbeleuchtung die sterile Sauberkeit der abwaschbaren, hellgrünen Beschichtungen an Wand und Boden noch unterstrich. Obgleich Edon/Moal-14 ihrem Vorgesetzten scheinbar stets loyal war, wollte sie La/-Bme ihr vorbestimmtes Ende ersparen. Sie war es auch, die ihr überhaupt einen anständigen Namen gegeben hatte, an Stelle ihrer eigentlichen Bezeichnung E208. Edon/-Moal-14 war achtundneunzig Jahre alt, eine schmächtige Frau mit vollen grauen Haaren. Sie trug eine weite Bluse, deren kurze Ärmel gleich Engelsflügeln von ihren schmalen Oberarmen flatterten. Edon/Moal-14 hatte ihre Aufgabe darin gefunden, für La/Bmes geistiges Wohl zu sorgen. Außerdem sorgte sie sich auch um La/Bmes Gefühlswelt, erkundigte sich oft nach ihrem Befinden und ließ sie, wann immer es möglich war, bei ihren Experimenten mitwirken. Edon/Moal-14 beantwortete ihre neugierigen Fragen und versorgte sie regelmäßig mit Literatur und Musik. Besonders Letztere verband beide miteinander. So war Edon/-Moal-14 für La/Bme längst zur Freundin geworden.

„Ich habe hier etwas Schönes für dich!" meinte Edon/-Moal-14 bei einem ihrer Besuche, die sie stets vor ihrem Chef verborgen hielt. Sie zog einen kleinen Datenträger hervor, den sie La/Bme mit einem sanftmütigen Lächeln bat, in ihren altmodischen Computer einzulesen. „Es ist ein Musikstück ganz besonderer Art. Ich habe so etwas noch nie gehört", ergänzte sie.

Es sei ein Geschenk von einem Freund, deutete Edon/-Moal-14 an, dem berühmten Komponisten Nia/Myhylop-10, dessen Liebe sie nie habe erwidern können. Dieser war erst kürzlich im Alter von hundertachtundsechzig Jahren verstorben. Er habe, inspiriert durch die beiläufige Bemerkung eines Freundes, ein revolutionäres Tonsystem erfunden und damit offenbar auch komponiert. La/Bme spielte die Musik ab.

„Das hört sich völlig ungewohnt an. Ist das überhaupt ein Zwölftonsystem?" wollte sie wissen.

„Richtig erkannt, der Tonraum umfasst nur elf Töne. Der Komponist hat hier ein ganz neues Harmoniesystem entwickelt." bestätigte Edon/Moal-14. La/Bme war über die Nüchternheit erstaunt, mit der sie über das Liebeswerk ihres Freundes sprach.

„Kannst Du mir das erklären?" bat La/Bme.

„Das Ganze beruht auf einer mathematischen Idee“, begann Edon/Moal-14, die das Glück gehabt hatte, sich vor seinem Tod mit Nia/Myhylop-10 darüber zu unterhalten. „Es gibt eine Zahl, Phi genannt, die daraus resultiert, wenn das Verhältnis einer kleineren zu einer größeren Zahl gleich dem Verhältnis der größeren zur Summe beider Zahlen ist. Eine Division zweier Zahlen, auch wenn diese unendlich groß wären, könnte niemals den genauen Wert dieses Verhältnisses ergeben. Dazu hat sie eine weitere, einmalige Eigenschaft. Addiert man sie zu Eins, erhält man ihren eigenen Reziprokwert, so dass sie die einzige Zahl der Mathematik ist, bei der eine Divisions- wie Additionsoperation ein identisches Ergebnis erzeugt.“

„Aber was hat das alles mit der Musik zu tun?“ fragte La/Bme.

„Dieses außergewöhnliche Zahlenverhältnis taucht an den überraschendsten Stellen auf. Zum Beispiel in selbstähnlichen Mustern oder spiralförmigen Strukturen, deren Wachstumskurven man daraus berechnen kann.“ erklärte Edon/Moal-14.

Naturlich war die Zahl auch unendlich in der Menge ihrer Nachkommastellen, wobei es unklar war, wie unendlich eigentlich. Denn auch die Unendlichkeit besaß Abstufungen. Die unendliche Menge der rationalen Zahlen war sicherlich größer als die ebenso unendliche Menge der ganzen Zahlen, also damit mindestens unendlicher als diese. Vermutlich auch unendlich unendlicher. Wohin die Zahl Phi in einer solchen Überlegung gehörte, war eine sinnlose Frage, so sehr sprengte sie den Rahmen der üblichen Mathematik. Bereits vor fast viertausend Jahren, erklärte Edon/Moal-14 weiter, hätten kluge Vorfahren herausgefunden, dass diese Proportion in der Natur häufig vorkam. Die Gehäuseformen vieler Meeresbewohner und Schnecken beruhten auf dem Verhältnis, die Selbstähnlichkeit bei Fächerpflanzen, die Proportionen des abstraktischen Körpers, ihrer Hände, die Umlaufbahnen ganzer Sonnensysteme, die Form vieler Galaxien, und nicht zuletzt das abstraktische Hörorgan.

„Darin könnte das Geheimnis der Harmonie in der Musik liegen, wenn dieses Organ mit den Proportionen der Töne in Resonanz schwingt. All das repräsentiert diese einfache, dabei mathematisch ungreifbarste Zahl von allen, die auch goldener Schnitt genannt wird. Das größte Chaos ist eins in ihr mit der größten Harmonie", schloss Edon/Moal-14 begeistert.

„Ich dachte immer, unser Tonsystem beruht schon auf diesem Zahlenverhältnis, dem goldenen Schnitt." sagte La/Bme erstaunt.

„Ganz im Gegenteil. Der goldene Schnitt taucht in unserer Musik bislang gar nicht auf, allenfalls ungefähr!" rief Edon/Moal-14.

„Also hat dieser Nia/Myhylop-10 auf der Grundlage von Phi sein Tonsystem erschaffen? Wie muss ich mir das vorstellen?" wollte die neugierige La/Bme wissen.

„Es ist eigentlich ganz naheliegend. Nia/Myhylop-10 teilte eine Oktave nach dem Verhältnis des goldenen Schnitts und erhielt damit zwei Intervalle. Die teilte er immer wieder nach diesem Schema, bis am Ende eine Anzahl von Tönen herauskommt. Bei jeder Teilung gibt es zwei mögliche Verhältnisse, Phi und Reziprokwert von Phi, oder einfach Eins plus Phi. Damit konnte er eine Tonreihe darstellen, die ziemlich weit an eine lineare Aufteilung herankommt. Nach etlichen Versuchen stellte er fest, dass ein

Zwölftonsystem ungeeignet ist. Er verminderte den Tonraum auf elf", erklärte Edon/Moal-14. Wie durch die Selbstähnlichkeit zu erwarten, verhielt sich jede Frequenzänderung benachbarter Töne dann auch nach dem goldenen Schnitt.

„Die Abweichungen zu einer reinen Stimmung, die nur auf einem Vielfachen der Grundtöne basiert, ist nicht größer als die einer wohltemperierten Stimmung. Es entstehen eigentlich keine Dissonanzen. Trotzdem ist es ungewohnt, denn die zueinander passenden Intervalle sind ganz andere als im Zwölftonsystem. Ich habe mir die Musik jetzt schon öfters angehört und..."

„Du meinst, man gewöhnt sich daran?" unterbrach La/Bme ungeduldig.

„Oh ja, ganz schnell. Wie ein Stuhl, den man selbst angewärmt hat, fühlt sie sich sofort richtig an. Ich habe mich schon so daran gewöhnt, dass mir die herkömmliche Musik altmodisch und langweilig vorkommt", erklärte Edon/-Moal-14 mit einem freundschaftlichen Lächeln.

„Und was empfindest du bei der Musik?" fragte La/-Bme.

„Du weißt doch, ich rede nicht gerne über meine Gefühle." antwortete Edon/Moal-14 kühl.

La/Bme überlegte, ob dieses neue Tonsystem eine Chance hätte, sich tatsächlich durchzusetzen. Allerdings glaubte sie auch, dass die Zahl Phi eine viel größere Bedeutung haben könnte. Vielleicht war sie der Schlüssel zur wahrhaftigen Erkenntnis der Schöpfung und allen Seins, wenn man ihre mathematische Wesenhaftigkeit ergründen könnte. Vielleicht ließen sich Erkenntnisse daraus zu einer universellen Formel für das Wachstum verdichten? Was in der Natur sollte nicht diesem Prinzip folgen?

11

Vier Wochen später war es Ros/Aki-2 noch nicht gelungen, eine neue Anstellung zu finden. Trotz einiger Nebenbeschäftigungen, in denen er sich zu einem erstklassigen Probanden für gesundheitlich immer fragwürdigere Projekte der pharmazeutischen Forschung entwickelte, wusste er nicht, wie es weitergehen sollte. Die regelmäßige Teilnahme an den Versuchen hatte längst seine Gesundheit ruiniert. Nur seine Leber, vom ständigen Gift zur Höchstleistung angespornt, war robuster denn je. Die diversen Drogen, die er konsumierte – er gönnte sich ja sonst nichts – konnte sie ganz lässig nebenher bewältigen. Neben den gesundheitlichen Problemen war Ros/Aki-2 auch in finanziellen Schwierigkeiten. Er hatte einen hohen Kredit aufgenommen und sein Apartment als Sicherheit verpfändet. Wie er das je abbezahlen sollte, war ungewiss. Nähmen sie ihm auch noch die Wohnung, stünde er gänzlich am Abgrund.

Seit dem Gespräch in der Bar und Ros/Aki-2s Idee einer Universalwahl, schwelten indes kühne Gedanken in dem eigentlich konservativen Teles/Otsira-1. Wie er es auch drehte und wendete: Seit die Regierungszeiten durch ständige Wahlen zerklüftet waren, schwand der Handlungsspielraum in der Politik stetig. Eine Vereinheitlichung der Wahltermine war bedingungslose Voraussetzung für jegliche Reformidee, die er sich hätte ausmalen können. Teles/Otsira-1 beschloss, dafür zu kämpfen, auch wenn es sein einziger politischer Erfolg wäre. Ein Jahr lang leistete er müheselige Überzeugungsarbeit innerhalb seiner PDA, der Partei des Demologischen Aufbruchs, und auch außerhalb brachte er das Thema immer wieder beharrlich ins Gespräch. Teles/Otsira-1 nutzte schließlich einen günstigen Moment, als die öffentliche Aufmerksamkeit wegen einer Diskussion über die Abschaffung der Schulpflicht abgelenkt wurde. Sein Anliegen rutschte unauffällig durch die Parlamente.

Die Beteiligung bei der ersten Einheitswahl übertraf selbst die Erwartung der größten Optimisten. Die bis dahin kleine PDA wurde in allen Parlamenten mit in die Regierungsverantwortung gewählt. Sie durfte nun mehrere Minister stellen. Mit gewichtigen Argumenten konnte Iros/Ateh-2 Ros/Aki-2 überreden, sie zu der daraufhin stattfindenden Wahlparty zu begleiten. Denn dieser nutzte jede Gelegenheit, umsonst an Speis und Trank zu kommen.

In der Eingangshalle der Parteizentrale fand eine Podiumsdiskussion statt, die von der Presse live in die Televergenzclaven übertragen wurde. Die vorderen Sitzreihen waren für die geladenen Gäste aus Wirtschaft und Unterhaltungsindustrie reserviert. Iros/Ateh-2 und Ros/Aki-2 mussten sich indes mit den ungepolsterten Sitzen in der letzten Reihe begnügen. Die prominenten Gäste in der ersten Besucherreihe hatte man alle irgendwo schon einmal gesehen. Ein rotblonder Mann in der Mitte mit merkwürdig hervortretenden Augen und fleischiger Gesichtsfarbe folg-te aufmerksam den Ereignissen auf dem Podium. Er tauschte sich dabei sichtlich ergriffen mit einer stark geschminkten Dame auf dem Nachbarsessel über das Geschehen aus. Von der Belanglosigkeit der Diskussion gequält, flüchtete Iros/Ateh-2 bald an eine Bar, wo Teles/Otsira-1 bereits fröhlich mit seinen Parteigenossen feierte. Ros/Aki-2 folgte ihr, lud begierig die auf dem Tresen ausliegenden Klatschmodule in seine Televergenzclava und konnte jetzt auch alle anwesende B-, C- und D- Prominenz erkennen und gebührend bewundern. Und natürlich auch die I-Prominenten. Teles/Otsira-1s Chef, der von der PDA gerade ein weiteres Mal für das Finanzministerium nominiert war, tauchte neben ihnen auf und stellte sich vor.

„Ahhh, Teles/Otsira, ist das etwa Ihr geheimer Souffleur?“ sprach er den verblüfften Ros/Aki-2 an. Der drehte sich um und sah hinter sich auf die andere Seite der Bar, auf der Suche nach der Person, die der Minister gemeint haben könnte. Dort beschwerte sich gerade ein mittelmäßig bekannter Schauspieler gestenreich und wortgewaltig, dass er nicht erkannt und so bevorzugt bedient worden sei, wie es ihm zustehe. Gelassen bedeutete der I-Barkeeper dem kleinen Mann, sich wie alle anderen hinten anzustellen. Doch der Minister fixierte eindeutig Ros/Aki-2 und zwinkerte ihm zu.

„Ich wüsste nicht, was ich damit zu tun haben soll“, sagte Ros/Aki-2 verlegen. Er senkte unsicher den Blick. „Das war alles eine Idee von Iros/Ateh, soviel ich weiß.“

„Ros/Aki ist immer so bescheiden!“ mischte sich Iros/-Ateh-2 ein. Ros/Aki-2 war sich tatsächlich keinerlei Mitwirkung bewusst. Auch fühlte er sich etwas unwohl in all dieser geschmeidigen Konversation. Er lenkte erfolgreich von sich ab.

„Nein, Herr Minister, in der Tat, diese Frau hat ganz viele Ideen. Kann ich Ihnen sagen. Und ja, sie will kein Geld dafür.“

„Oha, eine echte Idealistin, meinst du. Gibt es das noch? Dann sollten wir ihr Hirn doch noch etwas weiter anzapfen!“ grinste der Minister. „Obwohl es nur eine Sache ist, eine Idee zu haben...“

„Wissen Sie, Herr Minister, ich bin mir schon bewusst, dass ich Ihre Karriere beflügele. Ich brauche eben einen

Ausführungsgehilfen...“ sagte Iros/Ateh-2 mit einem überaus freundlichen Lächeln.

„Schlagfertig ist sie auch noch!“ Das bösartige Zucken im rechten Unterlid des Mannes dauerte nur den Bruchteil einer Sekunde. Iros/Ateh-2 musste lachen.

„Nur keinen Dank bitte.“

„Und bescheiden!“

„Sind Sie mutig?“

„Bitte?“ schnappte der Minister.

„Jetzt muss es doch erst losgehen. Immerhin haben Sie die nächsten fünf Jahre nichts zu befürchten, oder?“ meinte sie.

„Da haben Sie Recht. Vor allem auch nichts zu tun! Darüber habe ich noch gar nicht richtig nachgedacht. Bisher kostete mich die Abwehr der Intrigen aus allen möglichen Lagern, sogar den eigenen, mehr als siebzig Prozent meiner Arbeitskraft und neunzig Prozent meiner Nerven. Ich bin es gar nicht gewohnt, produktiv zu arbeiten...“ Er lachte.

„Nun, wenn sich die Ergebnisse ihrer Arbeit in dieser lächerlichen Steuerreform erschöpfen, haben Sie jetzt wenigstens eine Ausrede dafür“, provozierte sie den Minister und gleichzeitig ihren Lebensgefährten.

„Wir müssen doch immer noch den ganzen Konkregatsapparat irgendwie finanzieren, der sich krakenhaft immer weiter ausbreitet“, verteidigte Teles/Otsira-1 den Minister und sich selbst.

„Ich habe neulich irgendwo gelesen, dass der Anteil der Arbeitssteuer nicht einmal ein Viertel der Steuereinnahmen ausmacht. Kann man sie denn dann nicht einfach ganz abschaffen?“ murmelte Ros/Aki-2. Er dachte dabei, wie schön es wäre, künftig über das dreifache Gehalt zu verfügen, wenn man denn eines hätte. Die drei waren sprachlos. Einige Zeit sahen sie ihn entgeistert an.

„Erzähl doch keinen solchen Blödsinn. Der Anteil ist doch viel höher! Sonst hätten wir diese Steuer doch gar nicht erst erfinden müssen“, polterte der Minister.

„Er hat schon Recht. Ich habe das jüngst auch herausgefunden. Ich konnte es erst gar nicht glauben“, gab Iros/-Ateh-2 leise zurück.

„Sie sind ja alle völlig übergeschnappt!“ schrie der Minister.

„Was bedeutet denn der Begriff Steuer?“ fragte Iros/-Ateh-2. „Heißt es nicht auch, dass ich damit etwas steuern kann? Mit der Brainshot-Steuer zum Beispiel die geistige Gesundheit der Konkregalen. Warum besteuern wir dann die Arbeit? Damit sie keiner mehr ausüben möchte?“

„Also bei allem Respekt, Iros/Ateh. Sie sind doch eine kleine Phantastin!“ Der Minister lächelte milde.

„Stellen Sie sich doch nur einmal vor, was die Abschaffung der Arbeitssteuer bedeuten würde“, führte sie ungerührt weiter aus. „Jeder Arbeitnehmer verfügte sofort über das dreifache Nettoeinkommen und würde zumindest einen Teil davon bald auch ausgeben. Der viel größere Anteil der Verbrauchssteuer am Gesamtsteueraufkommen würde den Steuerausfall beinahe wieder ausgleichen. Außerdem würde die Binnenwirtschaft angekurbelt. Weitere Steuereinnahmen flössen so in die Konkregatskassen.“

„Aber liebe Iros/Ateh, damit haben wir doch noch nichts erreicht! Das wäre lediglich ein Verschiebespiel von der linken in die rechte Tasche. Mit dem Ergebnis, dass alle Konkregalen über die Verbrauchssteuer im gleichen Maße für die Steuereinnahmen herangezogen werden. Die rechte

Tasche wäre also wohl eher die der Reichen", meinte der Minister lässig.

„Herr Minister. Sie wollen mir erklären, dass es ungerecht sei, wenn jemand einen Bruchteil einer gerade ersparten Steuer in Form einer anderen Steuer wieder abführt. Das ist doch Unsinn!" widersprach Iros/Ateh-2. Das hatte gesessen. Es dauerte eine Weile, denn der Minister musste nachdenken.

„Hmmm, vielleicht haben Sie Recht. Erklären Sie mir das doch bitte noch einmal genauer", brummte er missmutig.

„Ich gehe einen Schritt weiter. Wenn man die ersparte Arbeitssteuer auch zu einem guten Teil dem Arbeitgeber zukommen ließe, wäre der in der Lage, zusätzlich Personal einzustellen. Dann wären wir an dem Punkt, wo es eigentlich interessant wird. Die Aufwendungen für Arbeitslose und Sozialdienste machen fast die Hälfte der gesamten Konkregatsausgaben aus. Spätestens hier wäre eine Abschaffung der Arbeitssteuer weit mehr als ausgeglichen!" sagte Iros/Ateh-2.

Das spöttische Lächeln des Ministers wich einem dümmlichen Stirnrunzeln, danach einem heimtückischen Grinsen.

„Ich muss schon sagen, Iros/Ateh, Sie haben wirklich radikale Ideen, das ist nicht dumm. Ich werde einmal ernsthaft darüber nachdenken..."

„Uns muss natürlich bewusst sein, dass eine solche Reform nicht so leicht durchsetzbar ist. Wir müssen mit massivem Widerstand von denen rechnen, die schon jetzt keine Arbeitssteuer entrichten. Und das sind ja eher die Einflussreichen", gab der Bedenkenträger Teles/Otsira-1 zu bedenken.

„Wissen Sie, wir werden da schon alle gleichermaßen profitieren. Ich bin doch jetzt für fünf Jahre gewählt. So lange kann mich gar niemand in meinen Entscheidungen behindern, oder?“ beruhigte ihn der Minister.

„Wie schaffen Sie das nur, die Dinge so kreativ von einer ganz neuen Richtung aus zu betrachten?“ säuselte Iros/Ateh-2 ihm zu. „Es würde mich natürlich noch mehr beeindrucken, wenn Sie auf diese Weise auch noch andere Reformen anstoßen, um am Ende als großer Konkregatsmann in die Geschichte einzugehen.“

„Was glauben Sie denn? Wir haben jüngst zu diesem Zweck eine ganze Abteilung gegründet, wo sich alle möglichen Verrückten mit ihren wirren Ideen austoben dürfen“, sagte der Minister. Er kostete die Wirkung seiner Worte aus, denn Iros/Ateh-2 sah ihn mit der ehrfürchtigsten Bewunderung an, die ihr begrenztes schauspielerisches Talent zuließ.

„Herr Minister, da bringen Sie mich auf eine Idee. Man sieht es ihm nicht gleich an, aber unser lieber Ros/Aki-2 hier ist ein ganz gewitzter Querdenker. Wollen Sie ihm nicht eine Chance geben, in dieser Arbeitsgruppe mitzuwirken? Wie durch Zufall hat er auch gerade keine Anstellung“, schlug Iros/Ateh-2 vor.

Schon tags darauf erhielt Ros/Aki-2 einen Anruf vom Sekretariat des Ministers. Er habe einen Termin mit einem gewissen Horos/Psohp-1, der die besagte Abteilung leite. Ros/Aki-2 war fassungslos. Ausgerechnet sein ehemaliger Chef, der mit seiner Kündigung Schuld war an der ganzen Misere, wurde ihm jetzt als Retter dargeboten.

Ohne große Hoffnung und bereit, nur weitere Demütigungen einzustecken, kam Ros/Aki-2 zum Gespräch mit

Horos/Psohp-1. Doch wider Erwarten war dieser freundlich und gratulierte Ros/Aki-2 bald zu seiner neuen Aufgabe. Er erklärte ihm eindringlich, wie folgenschwer die Ergebnisse ihrer Arbeit wären, denn die Politik würde weitreichende Maßnahmen darauf begründen. Er solle sich schonen und nicht zu sehr bei der Arbeit bemühen. Das würde die Möglichkeiten für fatale Fehler eingrenzen. Obgleich Ros/Aki-2 fortan nur mit den bescheidensten Aufgaben betraut wurde, nahm seine unheilvolle Verstrickung in die Geschicke der Abstraktschaft ihren Lauf.

□□□□□

„Aber was hat Ros/Aki-2 denn noch Schlimmes angerichtet?“ flüsterte Lon/Lopa ängstlich.

„Ich kann es nicht genau sagen. Seine Aufzeichnungen werden am Ende immer dürftiger. Es bleibt auch unklar, wie er gestorben ist“, erklärte Ros/Aki-11.

„Vater, dieser Ros/Aki-2 ist sowieso ein furchtbarer Langweiler“, sagte Hena/Ta. Ihr schelmisches Grinsen dabei konnte dem Vater nicht verraten, dass sie es scherzhaft meinte. Erniedrigt sackte Ros/Aki-11 ein wenig in sich zusammen. Doch konnte sie überhaupt verstehen, dass sie ihn persönlich beleidigte, wenn sie schlecht über seine Vorfahren sprach?

„Erzähl uns doch, wie es danach weiterging, auf Kina.“ drängelte sie.

„Na gut. Ich denke, über Ros/Aki-2 gibt es auch nicht mehr viel zu berichten. Er hatte wohl noch weiterhin mit der Politik seines Freundes Teles/Otsira-1 zu tun. Außerdem mit der Energiewende und der Kernfusionsforschung. Scheint alles nicht so wichtig zu sein“, sagte Ros/Aki-11.

„Doch es gibt ein Problem. Für einige Zeit muss die Clava abgestellt gewesen sein. Es fehlen alle Berichte über unsere Ahnen Ros/Aki-3 bis Ros/Aki-5. Der liebe Ros/Aki-6 konnte sie wohl wieder zum Leben erwecken. Ansonsten wäre auch unser aller Geschichte am Ende gewesen.“

□□□□□

12

Fast siebenhundert Jahre später, an einem Tag im Jahr 2895 erwachte Ros/Aki-6 bereits um fünf Uhr morgens, da er wegen der Kälte die ganze Nacht nur schlecht geschlafen hatte. Er schlug das bräunlich verschmutzte Laken zurück, kratzte sich unter der linken Achsel und öffnete das Fenster, durch dessen stumpfes Glas nur fahl das Sonnenlicht hereinschien. Er sah auf die gegenüberliegenden Fassaden mit ihren öligen Rauchfahnen, zu den wenigen Fenstern, die noch bewohnt waren. Von außen kam eine Luft herein, die beißender war als jene im Raum, denn Ros/Aki-6 gelang es schon seit mehreren Wochen nicht mehr, Brennholz zu beschaffen, um die kleine Feuer- und Kochschale auf dem Wohnzimmerboden zu beheizen. Sofort schloss er das Fenster wieder. Er kämmte die langen filzigen Haare nach hinten, die er mangels fließendem Wasser seit zehn Jahren nicht gewaschen hatte. Dann schnitt er mit einem stumpfen Messer seinen zotteligen Bart, durch dessen Lücken die Gesichtsfarbe, verstärkt durch seine grünen Augen, grünlich schimmerte. Er fädelte seine schwammigen Arme geistesabwesend in einen Pullover, der vor Schmutz glänzte, und zog die einzige Hose an, die er besaß. Ros/-Aki-6 war schon hundertachtzehn Jahre alt und längst kein attraktiver Mann mehr. Dennoch hatte er nichts zu bereuen. Er hatte in vollen Zügen gelebt und vor allem überlebt.

Wie weit war es nur gekommen mit der Abstraktschaft in ihrem Niedergang, dachte er immer öfter, und dass es gar nicht mehr möglich war, in dieser Stadt zu überleben, deren Einwohnerschaft in den vergangenen hundert Jahren zu vier Fünfteln abgewandert oder ausgestorben war. Vor fast siebenhundert Jahren war die Welt dabei eigentlich auf einem verheißungsvollen Weg in die Zukunft gewesen.

Nachdem die berühmte Bildungswissenschaftlerin Iros/Ateh-2 ihr Lebenswerk vollendet hatte, die gesamte Abstraktschaftsgeschichte in ein Clavaspiel zu programmieren, fand sie schließlich einen Herausgeber, der es auf den Markt brachte. Für die Zulassung musste sie acht Jahre gegen die Behörden kämpfen, die den erziehungswissenschaftlichen Wert und noch viel mehr die jugendschutzgesetzliche Eignung von Anfang an bezweifelten. Schließlich entwickelte sich ihr Spiel dennoch zu einer Erfolgsgeschichte, die das Bildungssystem revolutionierte. Nicht zuletzt wurde der Forscherin für ihre innovative Idee – die ihr zumindest die Historiker zuschrieben – sogar der bedeutende Preis der interkonkregalen Bildungskommission verliehen.

Ein kluger Finanzminister hatte sich ausgedacht – so war es in ‚Abstrannalen, Band 497' zu lesen – die bis dahin absurd hohe Arbeitssteuer von heute auf morgen ganz abzuschaffen. Arbeitgeber wie Arbeitnehmer profitierten gleichermaßen von den unerwarteten Einnahmen. Neben der Bildungsreform bewirkte diese Veränderung eine ungeheure wirtschaftliche Dynamik, denn das Konkregat konnte günstig, dennoch hochwertig produzieren und exportierte Waren in andere Konkregate und sogar Rustikate. Die Konkregatseinnahmen sprudelten in ungeahnter Höhe, die Sozialausgaben sanken auf historische Tiefststände. Bald mutete es geradezu lächerlich an, dass etwas wie die Arbeitssteuer überhaupt je existiert hatte. Angesicht dieser Erfolge zogen andere Konkregate nach, schafften die Arbeitssteuer ab und reformierten die Bildungssysteme. Beispielloser Wohlstand erblühte schließlich auf der ganzen Welt.

Ein weiterer wichtiger Politiker namens Teles/Otsira-1 hatte die visionäre Vorausschau, – ebenfalls eine geschichtliche Gewissheit – die großen Überschüsse nicht wie sonst in die Aufblähung der Verwaltungen, sondern in die Forschung zu investieren, und zwar mit dem Ziel, die damals bereits hochkritische Umweltbelastung durch neue Methoden zur Energieerzeugung zu bewältigen. Zwanzig Jahre kostspieliger Grundlagenforschung waren nötig, damit ein bis dahin übersehenes supersymmetrisches Elementarteilchen entdeckt werden konnte, das die Masse eines Neutrons aufwies, jedoch negativ geladen war. Der junge, unvoreingenommene Forscher Horos/Psohp-1 hatte die zufällige Eingebung dazu gehabt – darin waren sich die Historiker in ‚Abstrannalen, Band 503' einig – und wurde mit den höchsten Preisen dafür ausgezeichnet. Die Ingenieure konnten damit auf elegante Weise die Kernfusion nutzbar machen, denn bis dahin war die elektrische Abstoßung der Teilchen die größte Hürde. Der einst dafür nötige Energieeinsatz hatte elektromagnetische Strahlung verursacht, die der Fusionsprozess selbst eigentlich gar nicht erzeugte. Nach vielen hundert Jahren war also endlich die

Ära der Verbrennung fossiler Rohstoffe mit all ihren Auswirkungen überwunden. Keinen Moment zu früh, denn der Planet stand kurz vor dem Kollaps. In der Folge dieser Entwicklung sanken die Energiekosten auf ein Bruchteil, was die Weltwirtschaft abermals zu enormen Zuwächsen beflügelte, und das erste Mal in der Geschichte sogar klimaneutral. Zudem konnten die Abstrakten jetzt noch ganz andere Ressourcen erschließen, indem sie mit billigem Strom Salzwasser aufbereiteten und damit ganze Wüsten urbar machten. Plötzlich hatten sogar einige Rustikate das Potenzial, sich zu Konkregaten zu mausern. Die Evolution der Abstraktschaft, die weiterhin auffallend stark an die Verfügbarkeit von Energie gekoppelt war, schien also gesichert, die Symbiose fand eine ganz neue Qualität. Der große Konkregatsmann Teles/Otsira-1 hatte eine weitere Eingebung – so stand es in ‚Abstrannalen, Band 511' – und schaffte mit seiner vorletzten Tat den Berufspolitiker ab. Kurz danach verstarb unerwartet seine Lebensgefährtin Iros/Ateh-2, so dass er schließlich auch sich selbst beseitigte. Normale Leute, die mit beiden Beinen in Beruf und Leben standen, prägten von da an das Bild der Politik. Überflüssige Gesetzgebungen unterblieben schon aus Zeitmangel. Die Konkregatsapparate wurden verschlankt, die Abstraktokratien nachhaltig reformiert.

Die Lösung des Energieproblems allerdings war auch ungewollte Ursache für eine fatale Wendung. Die Machtstrukturen, die vor der Nutzung der Kernfusion stark durch die verknappten Rohstoffe geprägt waren, gerieten ins Wanken, denn gerade die mächtigen, rohstoffreichen Konkregate erachteten es zuletzt als nötig, ihre Wirtschaftssysteme umzustellen. Ebenso wurden einige Rustikate zu Problemfällen, wenn sie gänzlich von ihrem spärlichen

Rohstoffexport abhängig waren. Große politische Verwerfungen störten Welthandel und globale Verteilungslogistik, die schließlich zusammenbrachen. Obgleich es zu keiner Zeit größere gewaltsame Auseinandersetzungen gab, forderten Trockenheit, Hunger und Kälte zahllose Opfer, so dass die Weltbevölkerung auf ein Drittel schrumpfte. Der sogenannte Weltwirtschaftskrieg hatte schleichend begonnen, und war auch nach nunmehr über sechshundert Jahren nicht überwunden. Die Welt fiel in ein dunkles Zeitalter. Ähnlich wie in anderen Zeiten des Rückschritts ging auch das meiste Wissen der Abstraktschaft verloren. Die Historiker der ‚Abstrannalen' sind bis heute ratlos, wem die Auslösung dieses Krieges eigentlich zuzuschreiben ist.

Für RosAki-6 wurde es immer schwieriger, Lebensmittel aufzutreiben. Seine Wohnung gewährte längst nur deshalb noch Schutz, weil der Aufzug seinen Dienst versagt hatte. Nur die wenigsten mochten die Strapazen der fünftausendeinhundertzwölf Treppenstufen in die zweihundertvierundachtzigste Ebene in Kauf nehmen. Auch wenn er jemals einen Beruf erlernt haben würde, wäre es ihm nicht besser ergangen, denn es blieb die Frage, wer ihm womit und wofür hätte bezahlen sollen. Seit zwei Wochen hatte er nichts mehr gegessen, und allmählich ging es ums blanke Überleben. Es verging kein Tag mehr, an dem er nicht wie viele andere vom Auswandern träumte. Erst kürzlich hatte er von einer kleinen Kolonie mit dem klangvollen Namen Paradies gehört, wo das Leben auf zehntausend Quadratkilometer Landfläche noch lebenswert sei. Einfach zwar, aber die Natur in dieser Gegend sei einigermaßen sauber und solle genügend landwirtschaftliche Erträge liefern, um die Bevölkerung zu ernähren. Niemand war bislang von dort zurückgekommen, was Zweierlei bedeuten konnte. Einerseits wurde gemunkelt, dass die Reise lebensgefährlich sei, dass es ganz einfach unmöglich war, nach Paradies zu gelangen. Andererseits war es dort vielleicht auch nur so schön, dass jeder bleiben wollte und auch durfte, weil niemand aus Paradies vertrieben wurde. So oder so hatte Ros/Aki-6 keine Alternative und wollte das Risiko eingehen, die Kolonie zu suchen. Er hatte bereits seit vielen Jahren Benzin gesammelt, das neben Lebensmittelkonserven das einzige noch gefragte Zahlungsmittel war. In müheseliger Kleinarbeit bastelte er aus Resten der öffentlichen Züge ein Gefährt zusammen, groß genug, um seine Habseligkeiten zu transportieren, einen gewissen Schutz zu bieten und die gefährliche Fahrt nach Paradies zu bewältigen. So verließ er mit Wehmut seine Wohnung, in der schon all seine Vorgänger gelebt hatten, und ging in eine ungewisse Zukunft. Außer den Tagebüchern seiner Vorfahren und einer weiteren Hinterlassenschaft, einer dünnen Plastikfolie mit winzigen eingravierten Mustern aus Metall, aus der ein haariges Büschel feiner Drähte wuchs und neuerdings auch ab und zu eine winzige Leuchtdiode aufblinkte, hatte er nichts mitzunehmen.

Nach vier Wochen befand er sich immer noch auf der Reise. Der mutige Ros/Aki-6 durchmaß drei Klimazonen, überlebte dabei eine Lebensmittelvergiftung und wurde zweimal ausgeraubt. Er hatte bis dahin alles heil überstanden. Einen Verkehrsunfall, bei dem ihm die Vorderachse eines Fahrzeugs auf der Gegenspur und unmittelbar darauf das Fahrzeug selbst wie ein fliegender Kreisel entgegenschleuderten, überlebte er ebenso wie einen Zusammenstoß, bei dem sein eigenes Gefährt nach dem spontanen Verlust eines Hinterrades gegen einen Baum prallte. Bei seinem letzten Missgeschick endete unvermittelt die Straße. Er stürzte nachts in ein vierzehn Meter tiefes Flussbett, überschlug sich dabei mehrfach und landete regungslos auf dem Dach des völlig verbeulten Wagens. Glücklicherweise hatte er sich neben kleineren Verletzungen nur zwei Wirbel gebrochen. Wie durch ein Wunder gab es ein nahegelegenes Krankenhaus, wo er von Rustikalen unter der einzigen Bedingung betreut wurde, er müsse zur Bekundung seiner Dankbarkeit täglich zehnmal zum Gebet erscheinen. Nachdem sein Rücken geschient, die Kopfverletzungen versorgt und die gebrochene Nase wieder halbwegs geradegerichtet war, erkundigte er sich erst einmal, was eigentlich geschehen war.

„Die Brücke, die früher über den Fluss führte“, so gab ihm eine Krankenschwester Auskunft, „ist vor einigen Jahren bei einem Erdrutsch davongeschwommen.“

„Sagen Sie, wieso gab es denn keinen Hinweis auf eine solche Gefahr?“ wollte Ros/Aki-6 wissen.

„Auf der gegenüberliegenden Seite des Flusses gibt es mehrere Absperr- und Warnvorrichtungen“, erklärte sie ihm, „weil dort vor zwei Jahren bei einem ähnlichen Unglück eine ganze Reisegruppe zu Tode gekommen ist.“

„Und warum dann nicht auf meiner Seite?“ beharrte er.

„Weil aus deiner Richtung noch nie ein Unfall passiert ist!“ erwiderte die rustikale Schwester und schüttelte verständnislos den Kopf.

Merkwürdige Logik, überlegte Ros/Aki-6, was würde da noch auf ihn zukommen? Er musste an seinen Vorfahren Ros/Aki-2 denken, der, grundsätzlich stets jegliche Risiken ignorierend, einen ähnlichen Absturz erlitten hatte. Der Verlust seiner besten Freundin Iros/Ateh-2, die an einer multiplen Bakterieninfektion verstorben war, musste ihn derart getroffen und verstört haben, dass er in seinem Kleinflugzeug mit einer Hauswand zusammenstieß und über tausend Meter in die Tiefe der Straßenschlucht stürzte. Mit einer gewaltigen Explosion, deren Licht den ganzen Straßenzug vorübergehend in das herrlichste Abendrot tauchte, starb er im Alter von nur hundertzwei Jahren.

13

La/Bme, jugendliche sechsundvierzig Jahre alt, hatte seit dem Mittag schon einige Tests zu ihrer Reaktionsfähigkeit absolviert. Mit ihrem giraffenartigen Gang, den ihr die langen Beine abverlangten und der ihren straffen Körperbau noch unterstrich, lief sie in Richtung Kantine, um sich zur Belohnung einen Quicktrunk zu besorgen. Im Flur traf sie auf Edon/Moal-14 in Begleitung eines Fremden. Nur selten bekam sie Abstrakte von außerhalb zu Gesicht, trotzdem versuchte sie, ihre Neugier zu verbergen. Sie dachte zuerst, sie würde stören, denn Edon/Moal-14 sah sie mit einem kühlen Blick an. Mit gespieltem Desinteresse wollte sie an den beiden vorbeilaufen, als ihre Freundin sie dennoch freundlich begrüßte.

„Das ist einer meiner ehemaligen Studenten“, stellte Edon/Moal-14 den Fremden vor.

Gelassen wendete sie ihren Blick. Ihre anmutig gewölbten Augenbrauen, die unmittelbar neben der Augenmitte einen sanften, beinahe unmerklichen Knick aufwiesen, verliehen ihr dabei einen skeptischen Ausdruck.

„Sehr angenehm. Ich bin leider gerade auf dem Sprung. Ich wollte mir einen Quicktrunk holen", sagte sie kurz angebunden.

Sie fixierte den Fremden mit ihren blaugrauen Augen, die aus der noblen Blässe ihres von blondem, halblangen Haar eingefassten Gesichts leuchteten. Ein junger Schnösel, dachte sie spontan, wenn auch ein attraktiver Mann, bis auf die krumme Nase. Er trug seine schwarzen Haare lang und in weichen Wellen zurückgekämmt, mit etwas zu viel Pomade für La/Bmes Geschmack. Der kurz beschnittene Bart wies einige Lücken auf, in denen seine gesunde Hautfarbe schimmerte. Er war groß und gut gebaut, mit kräftigen, festen Oberarmen. Seine dunkelgrünen Augen strahlten Freundlichkeit aus.

„Wir sehen uns ja vielleicht noch", vertröstete La/Bme die beiden.

Später traf sie Edon/Moal-14 und den Fremden im Labor, über ein Glasgeländer gebeugt, das ein Versuchstiergehege umzäunte. In diesem wurde untersucht, wie sich verschiedene Arten zueinander verhielten, die in der Natur nicht zusammenlebten. Eines dieser Tiere war ein ganz exotisches Wesen, das eine merkwürdige Mischung aus Säugetier und Reptil in sich vereinte. Aus einem unbestimmten Gefühl der Wesensverwandtschaft mochte La/Bme dieses Tier besonders. Es war nur etwa fünfzig Zentimeter lang, hatte einen breiten Schnabel am Kopf, einen schuppenhaften Schwanz in gleicher Größe und ausgeprägte Schwimmhäute zwischen Fingern und Zehen. Im Wasser schwamm das possierliche Tier behände, ruderte dabei aufgeregt mit den Armen und dirigierte seine Richtung mit dem breiten Hinterteil. Auf dem Land bewegte es sich ebenfalls flink. Es setzte seine kurzen Beine wie eine

Echse jeweils kreuzweise, wodurch sein ganzer Körper hin und her taumelte.

„Dieses Wesen habe ich noch nie lebend beobachten dürfen“, meinte der Fremde, „Wenn ich mich richtig erinnere, ist es ein Säugetier, hat aber ein Geschlechtsorgan ähnlich den Vögeln und legt Eier.“

Neugierig sah La/Bme den Mann mit ihren großen Augen an, deren untere, volle Lider in zwiefacher Kurve geschwungenen waren.

„Natürlich kannst du das Wesen noch nie gesehen haben. Es ist faktisch bereits ausgestorben. Das Institut besitzt das letzte lebende Exemplar“, belehrte La/Bme den Mann.

„Man kann sich nicht richtig entscheiden, ob es sich um einen Wasservogel, einen Fisch, ein Säugetier oder ein Reptil handeln soll“, lenkte Edon/Moal-14 ab.

„In der Tat. In der Wissenschaft gibt es keine klare Einordnung dieses exotischen Tiers. Als käme es aus einer anderen Welt“, sagte der Fremde.

La/Bme, ihre hohen, schlanken Wangenknochen nachdenklich auf die Hände gestützt, wurde gewahr, dass sie genau diesen Gedanken auch schon immer hatte. Denn seit seiner Geburt teilte sich das Tier ein Gehege mit einigen etwas kleineren Nagern, deren Gebiss anscheinend nur aus zwei großen Schneidezähnen bestand. Sie hatten ebenso lange Hinterbeine wie Ohren, beides dafür gedacht, dass sie schnell vor übel gesinnten Raubtieren fliehen konnten. Das exotische Tier, obgleich selbst ein Räuber, passte sich der Lebensweise der Nager an. Anstandslos ordnete es sich der Gruppe unter und machte noch nicht einmal den Versuch, eines der Nagetiere zu vertilgen. Es hatte offenbar keine Vorstellung davon, wie besonders es eigentlich war.

Die drei standen schon eine Weile über das Gehege gebeugt, und das Tier hatte sie noch gar nicht bemerkt.

„Es hat ein ziemlich schlechtes Gehör", erklärte Edon/Moal-14, „Sein Hörorgan ist eine einzigartige Ausprägung der Evolution, grundverschieden von allen anderen Tieren."

Unvermittelt schlug Edon/Moal-14 mit der Faust gegen die Glaswand. La/Bme hatte ihr eine solche Schroffheit gar nicht zugetraut, denn das Tier erschreckte sich gewaltig. Plötzlich tat es einen großen Satz und sprang dem Fremden direkt in seine Arme. Der zuckte reflexartig zurück und das arme Tier fiel rücklings auf den Boden, wo es verwirrt mit seinen Beinen ruderte, um wieder auf die Füße zu kommen. Indessen hatte der Fremde versehentlich ein Bücherregal in seinem Rücken angestoßen, das nun bedenklich wankte. Ein schweres Buch mit dem Titel ‚Almanach der artgerechten Kleintierhaltung' fiel vom obersten Regalbrett. Es erschlug das bedauernswerte Tier, das sich gerade wieder aufgerichtet hatte, mit einem dumpfen Knall. Sofort erfasste La/Bme das Tier mit ihren feinmotorischen Händen. Sie versuchte die Wiederbelebung. Doch jegliche Hilfe kam zu spät. Nur zufällig traf sie die sanften Augen des Fremden, die ihre Gefühle spiegelten. Sie waren erfüllt vom Schmerz, dass das Letzte seiner Art soeben verendet war.

„Das ist merkwürdig", sagte Edon/Moal-14 nach einer Weile nüchtern, als sie die Umstände untersuchte, die das Wesen zu seiner kämpferischen Tat genötigt hatten. Das Tier war fruchtbar gewesen und hatte zwei Eier gelegt.

„Erstaunlich! Wie konnte es sich fortpflanzen..." überlegte die Forscherin. In diesem Moment knackte leise das erste Ei.

14

Indes hatte die Abstraktschaft ein schlimmes Problem, denn wieder einmal hing der Fortbestand der gesamten Spezies an einem seidenen Faden. Schon lange vor dem Weltwirtschaftskrieg waren biologische Geburten unmöglich geworden, denn die üblen Gifte, mit denen die Abstraktschaft Jahrhunderte lang ihre Umwelt verseuchte, hatten längst jegliche Zeugungskraft des männlichen Geschlechts abgetötet. Kaum eine Hand voll der weltweiten Vervielfältigungsstationen waren noch funktionsfähig. Auch die letzten dieser Garanten der Fortpflanzung würden bald ihren Dienst versagen. Die Abstraktschaft hatte vergessen, wie diese Technik zu erhalten oder gar zu beherrschen sei. Ros/Aki-6 lebte mit der traurigen Kenntnis, dass er der letzte seines Stammbaums sein würde. Dass sein eigener Tod schließlich zum Leben gehörte, hatte er akzeptieren gelernt, doch das drohende Ende seiner Erblinie war schwer zu begreifen. Wie musste sich erst das Wissen darum anfühlen, wenn jemand der oder die Letzte einer ganzen Spezies war?

Drei Wochen nach dem verheerenden Unfall, der beinahe den vorzeitigen Untergang seiner Dynastie markiert hätte, erreichte Ros/Aki-6 sein Reiseziel, wider Erwarten ohne weitere Zwischenfälle. Er stieg aus seinem Gefährt. Feuchtheiße Luft schlug ihm wie ein nasses Tuch ins Gesicht. Sofort schwitze sein Körper an allen erdenklichen Stellen. Sogar an den Schienbeinen gab es Schweißdrüsen, wie er verwundert feststellte. Trotz der hohen Luftfeuchtigkeit war der Boden allerdings ausgedörrt, so dass ein rötlicher Dunst aus feinem Staub in jede Pore drang. Er hatte sich umfangreiches Kartenmaterial mitgenommen und dachte, er wäre gut auf diese Reise vorbereitet. Die Realität sah anders aus, denn Ros/Aki-6 hatte ein Orientierungsproblem. Die unbefestigten Staubstraßen trugen keine Straßenschilder und waren gesäumt von einfachen, immer gleichen Blechhütten, in denen alle möglichen Lebensmittel und Waren feilgeboten wurden. Einige kärgliche Bäumchen waren die einzigen einprägsamen Orientierungspunkte. Ros/Aki-6 fühlte sich völlig verloren. Er bereute bereits, seine gemütliche Wohnung auf der zweihundertvierundachtzigsten Ebene je verlassen zu haben. Nur das Fehlen jeglicher Lebensalternativen, aber auch seine Neugier überzeugten ihn, einen Passanten nach dem Weg zum Einwanderungsamt zu fragen. Die Formalitäten wollten geregelt sein, wie er sich vorher erkundigt hatte, denn die Paradieser konnten es sich trotz der prekären Fortpflanzungslage leisten, kein nutzloses Volk nach Paradies zu lassen. Obgleich er nicht wusste, was er zu bieten hätte, machte er sich mutig auf den Weg zur Behörde.

Er brachte bereits fast eine Stunde in einem stickigen Warteraum zu. Ein rotbrauner Lack überzog den abgenutzten Wandputz, auf dem sich die Fugen der darunterliegenden Ziegelsteine abzeichneten. Ein verschmierter Schleier des rötlichen Staubes bedeckte den grün eingefärbten, rissigen Zementestrich, der als Bodenbelag diente. Grob gezimmerte Holzplatten verschlossen die unnütz verglasten Fenster, um den Innenraum vor der gnadenlosen Sonneneinstrahlung zu schützen. Eine Sekretärin löste Kreuzworträtsel an einem einfachen Schreibtisch und manikürte sich dabei lässig die Fingernägel. Endlich war es soweit, die Sekretärin war gnädig zu Ros/Aki-6. Gelangweilt schlurfte sie vor ihm her und geleitete ihn in einen weiteren Raum, wo er an einem schweren Wurzelholzschreibtisch Platz nehmen durfte. Ihm gegenüber saß ein vielleicht neunzigjähriger Kineamter, der einen völlig verrückten Zweireiher mit schwarzweißem Hahnentrittmuster und orange-grün kariertem Einstecktuch trug. Der Mann schenkte ihm keinerlei Aufmerksamkeit. Stumm hielt er einen beigefarbenen Telefonhörer am Ohr. Seine verschlagenen Schweinsaugen blickten kalt über Ros/Aki-6, auf seinem viel niedrigeren Sessel, hinweg in die Leere.

„Verkaufen!“ rief er unberührt und warf den altmodischen Hörer auf die Gabel. Sogleich läutete ein weiteres der fünf Telefone, die auf einem flachen Regal in seinem Rücken aufgereiht standen. Telefon! Das gab es auf Kina eigentlich schon seit dem zweiundzwanzigsten Jahrhundert nicht mehr. Ros/Aki-6 hätte alles für ein solches Gerät in seiner Wohnung gegeben.

„Feuern!“ hörte Ros/Aki-6 ihn mit rauer, kräftiger Stimme sagen. Wiederum legte er auf. Endlich wandte er sich gelangweilt Ros/Aki-6 zu.

„Nun zu dir, was kann ich für dich tun?“ Zurück gelehnt strich er sich jovial über seinen riesigen Bauch.

Ros/Aki-6 war etwas unsicher, ob er hier überhaupt am richtigen Ort war.

„Ich möchte eine Aufenthaltsgenehmigung für Paradies beantragen“, sagte er vorsichtig.

„Ähäää. Na, mal sehen. Was bist du denn von Beruf? Lange wird es eh nicht mehr gehen, wie?“ sagte der Kineamte herablassend und strich mit seiner Hand durch seine lockigen schwarzen Haare.

„Ich war Zeit meines Lebens als Bauingenieur tätig, bin aber eigentlich nicht hergekommen, um zu arbeiten...“ log Ros/Aki-6 durch eine plötzliche Eingebung.

„Bauingenieur also, hmm. Weißt du, so einfach geht das aber nicht mit der Aufenthaltsgenehmigung. Hast du denn irgendwelche Referenzen?“

Ein schmächtiger Mann schlich mit gebeugtem Schritt durch die Tür herein und verharrte mit gesenktem Haupt neben dem Kineamten.

„Entschuldigen Sie. Man hat mir nichts davon gesagt, dass der Aufenthalt im Paradies an irgendwelche Bedingungen geknüpft ist“, meinte der schlaue Ros/Aki-6.

Der Kineamte hielt dem kleinen Mann seine Hand entgegen, ohne dabei den Blick von Ros/Aki-6 zu wenden.

„Soso, hat man dir das erzählt. Dann kläre ich dich jetzt gerne auf. Du musst zuerst einen gewaltigen Formalitätenmarathon bewältigen, das kann schon ein paar Monate dauern...“

„Das darf doch nicht wahr sein.“ stöhnte Ros/Aki-6.

Der kleine Mann vermaß den verfetteten Ringfinger des Kineamten mit einer Schablone. Dann zog er mit Hilfe eines Stücks Seife unter einem leisen Ploppen den Ehering ab, der sich bereits tief ins Fleisch eingegraben hatte. Er verstaute ihn in einem schmalen Lederetui und verließ den Raum wortlos und unbemerkt wie er ihn betreten hatte.

„Es gibt natürlich Mittel und Wege, so ein Verfahren zu beschleunigen...“ meinte der Kineamte, nachdem die Tür wieder geschlossen war.

„Könnten Sie da bitte etwas genauer werden?“ fragte Ros/Aki-6.

„Na ja, du bist doch Bauingenieur. Da haben wir in Paradies schon ab und zu Verwendung...“

„Ich verstehe Sie nicht so ganz...“

„Ich könnte etwas Hilfe gebrauchen. Ich baue gerade ein Wochenendhaus in den Bergen, aber irgendetwas stimmt damit nicht. Da könnte der gute Rat eines Bauingenieurs hilfreich sein... Natürlich musst du wissen, dass wir hier sehr sparsam leben. Ich habe immerhin eine große Familie zu ernähren..."

Das war eine glatte Lüge, denn das Wort Familie stammte aus dem vorigen Jahrtausend. Endlich dämmerte Ros/Aki-6, worum es hier überhaupt ging.

„Ach so. Sagen Sie mir doch einfach, wann wir uns in Ihrem Haus treffen sollen."

„Ähäää, ich sehe schon, wir verstehen uns. Komm doch einfach morgen Nachmittag dorthin." sagte der Kineamte und winkte Ros/Aki-6 zur Tür hinaus. Dabei reichte er ihm eine Visitenkarte, auf der sein Name in verschnörkelten Lettern prangte. Sie waren von der Rückseite tief in das dicke Papier geprägt und noch zusätzlich mit einer feinen Goldschicht überzogen. Über der ganzen Pracht lag noch eine seidenmatte Laminatschicht, die die Karte anmutig schimmern ließ. Schade nur, dachte Ros/Aki-6, dass die Zeichenabstände unregelmäßig waren und einzelne Buchstaben an ihren Rändern ausfransten, so dass die Visitenkarte trotz aller Bemühungen billig wirkte.

„Vergiss nicht, deinen Pass mitzubringen!" rief ihm der Kineamte nach.

15

Ros/Aki-6 erahnte schon die Schwierigkeiten, in Paradies eine bleibende Unterkunft zu finden. Er fand ein Hotel mit dem irreführenden Namen ‚Zur seligen Begegnung', wo er die erste Zeit wohnen wollte. Es war schäbig. Das einfache

Zimmer besaß auf allen Oberflächen den bereits gewohnten roten Schleier, einen groben Holztisch und ein Bett, dessen durchgelegene Matratze mit einem muffigen, erwartungsgemäß rötlichen Leinentuch bezogen war. An der Decke drehte sich unter lautem Kratzen ein Ventilator. Überall kreuchten Kakerlaken und die Luft sirrte von unzähligen Stechmücken. Zum Glück hatte das Bett ein Moskitonetz, mit nur wenigen großen Löchern. Im Gemeinschaftsbad gab es auch eine bräunlich patinierte Badewanne mit ständig tropfender Armatur. Nur die Männer hatten warmes Wasser, damit sie sich rasieren konnten.

Trübselig ging Ros/Aki-6 zur Außenterrasse der Hotelbar und setzte sich auf einen verrosteten Blechstuhl, den er auf eine der wenigen nicht wippenden Betonplatten des Fußbodens rückte. Er bestellte sich für die Strapazen des Tages ein großes Bier aus einheimischer Produktion. Das hat so alles keinen Sinn, dachte er. Am besten sollte er vergessen, was er im Leben gelernt hatte, sich einfach fallen lassen. Keine Erwartungen hegen, um Enttäuschungen zu vermeiden. Der Kellner servierte das Bier und öffnete es vor seinen Augen mit einem leisen Ploppen. Die kalte Flasche hinterließ sofort eine Schwitzwasserpfütze auf dem rostigen Tisch, und Ros/Aki-6 goss das schäumende Nass in ein großes Glas. Er nahm einen langen, erfrischenden Zug. Als er sich nachschenken wollte, kamen nur noch ein paar Tropfen, denn eine tote Kakerlake, bereits zusammen mit dem Bier abgefüllt, hatte den Flaschenhals verstopft. An den Nachbartischen saßen weitere Hotelgäste. Es dauerte nicht lange, bis er als Neuling angesprochen wurde, der sofort an seiner noch nicht rötlich durchgefärbten Kleidung erkennbar war.

„Darf ich Sie auf ein Getränk einladen? Sie sollten wirklich nicht dieses einheimische Zeug zu sich nehmen, da weiß man nie. Ich würde uns gerne ein vernünftiges Bier ausgeben...“ meinte ein Mann mit halblangen grauen Haaren, der Ros/Aki-6 beim Einschenken seines Glases amüsiert beobachtet hatte.

Da wollte dieser nicht nein sagen. Der hünenhafte Mann mit der runden schwarzen Brille setzte sich an seinen Tisch. Er orderte zwei Flaschen Bier, die aus tiefgefrorenen Beständen vor dem Weltwirtschaftskrieg stammten.

„Wissen Sie, man muss sich hier erst einmal zurechtfinden. Es gelten hier besondere Gepflogenheiten. Ich empfehle Ihnen, Sie müssen das Leben von Grund auf neu lernen“, sagte er mit seiner weichen, freundlichen Stimme.

„Der Verdacht ist mir auch schon gekommen.“

„Darf man fragen, was Sie an diesen Ort verschlagen hat?“ wollte der Mann wissen.

„Eigentlich wollte ich hier meinen Lebensabend verbringen. Vielleicht war das keine so gute Idee...“ gestand Ros/Aki-6.

„Das habe ich noch nie gehört. Die meisten sind hier, um Geld zu verdienen, und die Rahmenbedingungen dafür können schon anstrengend genug sein. Wir verschwenden die Hälfte unserer Zeit damit, unsere Strom- und Wasserversorgung zu sichern. Sie können sich nicht vorstellen, wie schwierig die Arbeit bei diesen Temperaturen ist, wenn ständig die Klimaanlagen ausfallen. Die gesamten Infrastrukturnetze sind ja in einem kläglichen Zustand!“

„Das sind doch gar keine echten Probleme. Wo ich herkomme, da gibt es längst keine Infrastruktur mehr“, beruhigte Ros/Aki-6 den Mann.

„Darf ich fragen, ob Sie schon eine Aufenthaltsgenehmigung beantragt haben?“ fragte der freundliche Hüne, nachdem er Ros/aki-6 bereits zu einem zweiten ordentlichen Bier eingeladen hatte.

„Ich habe es versucht. Scheint aber eher schwierig zu sein...“ bestätigte Ros/Aki-6.

„Das ist nicht ungewöhnlich. Solche Probleme können Sie hier eigentlich nur mit Gefälligkeiten lösen. Sie werden sich noch daran gewöhnen, es macht viele Dinge auch einfacher. Die offiziellen Prozesse sind langwierig, die inoffiziellen dafür aber umso schneller“, erklärte ihm der Mann. „Übrigens, ich habe mich noch gar nicht vorgestellt. Mein Name ist Amos/Doppih-5.“

„Sehr angenehm, ich heiße Ros/Aki-6. Und was machen Sie in Paradies, wenn Sie nicht gerade ein fossiles Bier trinken?“ wollte Ros/Aki-6 wissen.

„Ich bin Architekt und Stadtplaner. Was ist Ihr Beruf, wenn ich fragen darf?“

Ros/Aki-6 sah Licht am Horizont. Vielleicht gäbe es hier einen Weg, seine Lüge vor dem Kineamten zu umschiffen. Er fragte sich, wie weit er Amos/Doppih-5 vertrauen konnte. Andererseits dachte er, dass ein gewisses Maß an Vertrauen sein musste, um an diesem Ort zu bestehen. So setzte er alles auf eine Karte.

„Ehrlich gesagt habe ich dem Einreisekineamten erzählt, ich sei Bauingenieur. Das war aber gelogen. Ich dachte, es wäre ein Vorteil, als nützlich dazustehen. In Wirklichkeit habe ich nie einen Beruf erlernt, denn wo ich herkomme hat es genügt, das nackte Leben zu retten“, gab Ros/Aki-6 zu.

„Ich komme bereits seit vierzig Jahren nicht mehr aus dem Paradies heraus. Ist es wirklich schon so weit gekommen da draußen?“ sorgte sich Amos/Doppih-5.

„Allerdings. Sie machen sich gar keine Vorstellung, welch paradiesische Zustände Sie hier haben!“ sagte Ros/-Aki-6. „Ich bin übrigens auf der Suche nach einem Haus oder einer Wohnung. Gibt es auch Gegenden, wo man es aushalten kann?“

„Oh ja, natürlich. Die Kolonie liegt schließlich auch am Meer. An der Küste ist das Klima durchaus erträglich. Es herrscht dort meistens ein milder Wind von der See, der vor allem auch das ganze Ungeziefer landeinwärts bläst. Außerdem hat die feuchte Meeresluft dort auch eine üppige Vegetation hervorgebracht. Ich kann Ihnen Kontakt zu einem Makler herstellen, wenn Sie das wünschen.“

Ros/Aki-6 hatte nichts zu verlieren. Er notierte sich eine Adresse, dann meinte er vorsichtig: „Ich hätte da noch eine Frage. Ich habe dem Kineamten meine Hilfe bei seinen Problemen mit dem Hausbau zugesichert, in der Hoffnung, dass es mit der Aufenthaltsgenehmigung dann schneller geht...“

„Da haben Sie aber schnell gelernt. Und jetzt wissen Sie nicht so recht, wie Sie da wieder rauskommen, nicht wahr?“ Amos/Doppih-5 grinste verschwörerisch. „Nun, wir sind es gewohnt, einander zu helfen, vor allem wenn es gegen die Bürokratie im Paradies geht. Was kann ich für Sie tun?“

„Ich habe morgen einen Termin an seiner Baustelle, in den Bergen“, stammelte Ros/Aki-6 leise.

„Na, da haben Sie ja gehöriges Glück, dass wir uns heute kennen gelernt haben, Sie Draufgänger. Ich hole Sie gerne morgen früh hier im Hotel ab.“

16

Zwei Tiere waren aus den Eiern geschlüpft, ein männliches und ein weibliches.

„Na, immerhin scheint die Erhaltung der Art bis auf weiteres gesichert. Teilweise wenigstens", flüsterte der Fremde erleichtert. Er fühlte sich nicht wohl nach seiner schrecklichen Tat.

Sofort zuckten die kleinen Säuglinge ängstlich zusammen. Offenbar konnten sie das kleinste Geräusch wahrnehmen. Verwunderlich war das nicht. Die Nachkommen des ausgestorbenen Tiers sahen aus wie die Mutter, aber mit einem wesentlichen Unterschied. Sie hatten die riesigen Ohren von den Nagetieren geerbt, und auch die Frage der Vaterschaft war damit eindeutig geklärt. La/Bme dachte darüber nach, was das für die Zukunft dieser Tiere bedeutete. Hatten sie nicht ein zusätzliches Sinnesorgan gewonnen, das ihnen die Wahrnehmung einer ganz neuen Dimension der Wirklichkeit erschloss? Wie würde sich damit die Welt für sie verändern? Und Edon/Moal-14 malte sich aus, was wohl geschehen würde, wenn sich zwei intelligente Spezies aus verschiedenen Welten in dieser Weise zu einem superintelligenten Wesen vereinen würden. Sicherlich wäre es eine Art göttlicher Schöpfungsakt.

Einige Zeit später verabschiedete sich der Fremde mit einem sympathischen Lächeln. La/Bme bedankte sich mit einem strahlenden Augenaufschlag; Das merkwürdig zufriedene Zwinkern von Edon/Moal-14 entging ihr dabei nicht. Sie überlegte noch kurz, ob sie nach seiner Clava-Adresse fragen sollte. Nur wozu? Sie war eine Gefangene. Für einen Augenblick hatte sie das ganz vergessen.

17

Das permanente Sirren der Moskitos hatte Ros/Aki-6 fast um den Verstand gebracht. Vor die Wahl zwischen Erkältung oder Hitzetod gestellt, hatte er die ganze Nacht den Ventilator laufen lassen. Er wachte mit einem leichten Kratzen im Hals auf. Außerdem hatten ihn die Biester auch mehrfach gestochen, und zwei Woche später sollte ihn als Dank dafür eine fiebrige Krankheit heimsuchen. Amos/Doppih-5 war zeitig gekommen. Ros/Aki-6 lud ihn zu einem unbestimmbaren, fettigen Frühstück ein. Dann brachen sie mit Amos/Doppih-5s selbst zusammengebautem Geländewagen auf. Die Baustelle befand sich in einem dreißig Kilometer entfernten Gebirge, hoch oben auf einem Berg. Sie erreichten das erste Tal, das sich von den Gebirgsausläufern immer tiefer zwischen die Hänge der nahe darum gestaffelten Berge einfräste. Der Wagen kämpfte sich aus dem stickig heißen Tal auf eine Höhe von rund tausend Metern, wo das Klima erträglicher wurde. Ein kühler Wind wehte inmitten üppiger Vegetation und satter Graslandschaften. Die Luft hatte einen feuchten, metallischen Geruch. Sie erreichten ein Hochplateau, und erst jetzt offenbarten sich Ros/Aki-6 in unmittelbarer Nähe mehrere etwa dreitausend Meter hohe Berge aus schroffem Fels. Wie durch einen Riesen dahingeworfene Steinblöcke ragten sie aus den ausgedehnten Almen, ein grüner Wiesenteppich, der ihren Anblick vom Tal aus verdeckt hatte. Einer der Felsen musste noch höher sein, denn sein Gipfel verbarg sich in den Wolken. Die unbefestigte Straße führte sie in engen Windungen den Hang dieses Berges hinauf, die Luft wurde kälter und dünner. Ab dreitausendsiebenhundert Höhenmetern mussten sie das Fahrzeug abstellen und zu Fuß weiterlaufen. Nach einem zweistündigen Marsch durchbrachen sie auf viertausend Metern Höhe die Wolken und erreichten die Baustelle. Ros/Aki-6 begriff nun erst die dritte Schichtung dieser Berglandschaft. Mehrere bis dahin verhüllte Fünftausender ragten jetzt in größerer Entfernung aus einem weißen Wolkenteppich. Eine grandiose Kulisse, die niemand besser hätte gestalten können als die Natur selbst. Ros/Aki-6, dessen Sehen von seinen Vorgängern bereits ein wenig geschult war, nahm deutlich wahr, wie die Schöpfung ihre Wesenhaftigkeit in Bildern offenbarte. Zu gerne hätte er dieses Schauspiel festgehalten, doch immer noch fehlten ihm dazu die geistigen Mittel. Erst Generationen später sollte in seinen Nachfahren eine Erkenntnis zu voller Blüte aufgehen, für die es keine Wissenschaft gab in seiner Welt.

„Schön, dass du gekommen bist. Wie du siehst, befindet sich mein Haus bereits im Rohbau", verkündete der Kineamte stolz, nachdem er gut eine Stunde verspätet und schwer schnaufend angekommen war. Er hatte nicht übertrieben, denn der Dachstuhl war schon fertig gestellt.

„Na dann sollten wir uns das doch einmal ansehen", sagte Ros/Aki-6 forsch. „Übrigens, wenn wir jetzt schon dabei sind, ich bin Ros/Aki-6. Mein Begleiter hier heißt Amos/Doppih-5. Ich habe ihn mitgebracht, weil er Architekt ist. Ich dachte mir, er könnte sich vielleicht um die gestalterischen und funktionalen Gesichtspunkte kümmern. Ich hoffe, Sie haben nichts dagegen?"

„Ganz und gar nicht, solange er kein Geld dafür haben will. Du weißt schon, die Familie", sagte der Kineamte mit einem Augenzwinkern. „Mein Name ist Isos/Ork-6. Sagen Sie mal, Amos/Doppih-5, Ihren Namen habe ich doch schon einmal gehört. War einer Ihrer Ahnen nicht der berühmte Architekt, hieß er nicht Amos/Doppih-2?“ fragte Isos/Ork-6.

„Da haben Sie Recht. Eigentlich waren alle meine Vorfahren Architekten“, bestätigte Amos/Doppih-5.

Es war zu den goldenen Zeiten vor dem Wirtschaftskrieg, als Amos/Doppih-5s Ahne Amos/Doppih-2 wirkte. Amos/Doppih-5 erzählte von der Verbreitung holografischer Simulationen, die damals zwar zu einer gewissen Abstumpfung gegenüber der Architektur geführt und das Ansehen für die Entwürfe seines Ahnen immer weiter geschmälert habe, aber gleichzeitig seiner Berufsgruppe die Möglichkeit geboten hätte, ein Werk zu erschaffen, das Bestand hatte und die geleistete Arbeit sichtbar machte. Die unterschiedlichsten Gebäude trügen Amos/Doppih-2s Handschrift. Sie seien in ihrem Anspruch seiner Zeit weit voraus gewesen. Architektur drückte sich meistens nur in drei wesentlichen Standpunkten aus, so hätte Amos/Doppih-2 behauptet. Den ersten und grundlegendsten Aspekt stellte die technische Qualität dar. Die Hülle des Gebäudes musste wind- und wasserdicht sein. Eine ausreichende Dämmung sollte unnötige Heizkosten und Schimmel verhindern. Solche Aufgaben stellten die wenigsten Architekten vor große Herausforderungen, zumal bei Bedarf ein Heer von Spezialisten dafür verfügbar war. Der zweite Gesichtspunkt war die Funktionalität des Gebäudes. Treppen und Erschließungswege mussten ausreichend an den richtigen Stellen angeordnet sein; die Belichtung sollte den Himmelsrichtungen und den Erfordernissen der jeweiligen Nutzung Rechnung tragen. Der dritte, bei den meisten Architekten auch höchste Aspekt, war die Gestaltung. Die ästhetische Qualität von Farbe, Materialität und Form. Und im besten Fall eines Raumerlebnisses. Doch noch ein weiterer, vierter Aspekt beschäftigte Amos/Doppih-2, eine geistige, inhaltliche Komponente. Er suchte den Zweck eines Gebäudes unter der Oberfläche, seine ursprüngliche Wesenhaftigkeit, um diese in die Sprache der Architektur zu übersetzen.

Einer seiner Entwürfe sei ein öffentliches Gebäude gewesen, so erzählte Amos/Doppih-5 weiter, in dem holografische Spielfilme gezeigt wurden. Beim Nachdenken über das Medium Film sei Amos/Doppih-2 aufgefallen, dass es dabei um eine Verwandlung von Zeit ging. Ein Film konnte zwei Stunden dauern, dennoch eine Geschichte erzählen, die hundert Jahre umfasste. Oder ein Jahr. Oder zwei Stunden. Als Auseinandersetzung mit diesem Prinzip gab Amos/Doppih-2 dem Gebäude ein großes Foyer mit einer schlitzförmigen Öffnung im Dach, die das Sonnenlicht scharf gegen Wand und Boden des ansonsten dunklen Raums projizierte. Das Licht dieser Sonnenuhr zeigte dem Besucher nach der Vorführung die wahrhaftig verstrichene Zeit an, während er im Film eine ganz andere erlebt hatte.

Ein anderes Mal entwarf Amos/Doppih-2 eine Gruppe von Hochhäusern, die sich an einem Ort befanden, wo Teile eines Stadtquartiers einem schrecklichen Terroranschlag, der viele Leben gefordert hatte, zum Opfer gefallen waren, und entschied sich, den Grundriss der ehemaligen Gebäude unbebaut zu lassen. Stattdessen gruppierte er eine Anzahl neuer Wolkenkratzer, die diese Stelle umklammerten. Er staffelte die Türme kristallartig in verschiedene Richtungen. Ihre geneigten Fassaden berechnete er so, dass die Häuser das ganze Jahr über ihren Schatten auf den Platz warfen, außer an Datum und Uhrzeit des Anschlags, wo der Platz scharf umgrenzt im Licht der Sonne lag. Auch ein ungeschulter Besucher spürte das, wenn auch vielleicht unbewusst, denn immerhin waren die Türme teilweise mehrere hundert Ebenen hoch. Ein feinsinniges, dabei versöhnliches Denkmal für die vielen Opfer der Katastrophe.

Ros/Aki-6 hatte bei dieser Schilderung eine Erkenntnis. Offenbar war es diesem Architekten gelungen, eine Geschichte mit dem abstrakten Vokabular der Architektur zu erzählen. Er begann zu begreifen, dass eine Sprache, die die Schönheit der Natur vermitteln konnte, eine Bildsprache sein musste. Jenseits der Fotografie würde sie Gefühlseindrücke und Geschichten mitteilen können. Vor allem aber konnte sie die Wesenhaftigkeit der Dinge zum Ausdruck bringen.

„Woher haben Sie all diese Informationen über Ihren Vorfahren?" wollte Ros/Aki-6 wissen.

„Ich habe eine Reihe von Tagebüchern, Zeitungsartikeln und Plänen geerbt. Sehr spannend, wenn man sich für die Zeit vor dem Weltwirtschaftskrieg interessiert."

„Ich besitze auch noch so eine Hinterlassenschaft, die ich mir aber noch nie genau angesehen habe", erinnerte sich Ros/Aki-6. „Dabei fällt mir etwas ein. Weiß einer von Ihnen, was das hier eigentlich ist?" Er zog die merkwürdige dünne Folie mit den hauchfeinen Drähten aus der Tasche, die er immer noch bei sich trug.

Isos/Ork-6 sah auf den Gegenstand. Er wurde blass. „Du hast wirklich keine Ahnung? Du hältst den größten Schatz der ganzen Welt in Händen!" rief er voll Begeisterung, „Das ist eine sogenannte Televergenzclava! In den goldenen Zeiten vor dem Weltwirtschaftskrieg hatte jeder Abstrakte ein solches Gerät, das üblicherweise vor dem Ohr unter der Schläfenhaut implantiert war. Sie diente zur Telekommunikation mittels reiner Gedankensteuerung.

Gleichzeitig war sie mit dem gesamten Wissensnetzwerk der Abstraktschaft verbunden. Ich habe in meinem Leben noch keine Televergenzclava zu Gesicht bekommen. Ich dachte schon, sie wäre eine Legende!" erklärte Isos/Ork-6.

„Warum sind Sie denn so aufgeregt? Was soll ich denn jetzt damit anfangen, ohne Chirurg und ein Wissensnetzwerk?" fragte Ros/Aki-6 verwundert.

„Mein lieber Ros/Aki, jetzt stehst du aber auf dem Schlauch. Ein solches Gerät hat einen gigantischen Speicher. Mit etwas Glück befindet sich ein Backup des gesamten Abstraktschaftswissens vor dem Krieg darauf! Stell dir das nur vor, ganz Kina könnte mit einem Schlag aus der dunklen Epoche in eine moderne Zeit katapultiert werden!" belehrte ihn Isos/Ork-6.

„Ein Freund von mir ist ein großer Tüftler. Er könnte die Daten vielleicht auslesen. Ich würde Sie gerne bitten, mir das Gerät anzuvertrauen." sagte Amos/Doppih-5. Schließlich nahm er es mit Ros/Aki-6s Zustimmung an sich.

„Jetzt wollen wir mal zu dem eigentlichen Anlass unseres Treffens kommen. Können wir uns das Obergeschoss ansehen?" schlug der forsche Ros/Aki-6 vor.

Isos/Ork-6 suchte vergeblich eine Treppe. „Ich wusste doch, dass etwas nicht stimmt mit meinem Haus!"

Amos/Doppih-5 war irritiert. „Hmm. Das müsste man schon grundlegend neu planen, fürchte ich", sagte er nach einiger Überlegung vorsichtig.

„Lieber Ros/Aki, wo sind denn eigentlich meine Manieren. Jetzt gib mir mal deinen Pass", meinte Isos/Ork-6. Er zog ein verbeultes Stempelkissen aus seiner Tasche und erledigte die Formalität. „Dann unterhalten wir uns über das weitere Geschäft. Du musst nämlich wissen, ich verdiene mir nebenher ein wenig Geld, indem ich gelegentlich Immobiliengeschäfte mache. Du kannst dir nicht vorstellen, was man mit den Architekten hier so alles erlebt!"

Und wie Ros/Aki-6 sich das vorstellen konnte.

18

Ros/Aki-6 lernte schnell, dass Isos/Ork-6 weit untertrieben hatte. Denn eigentlich verdiente er im großen Stil mit Immobilienprojekten, und seine Kineamtentätigkeit war reine Nebenbeschäftigung. Außerdem besaß er sämtliche Hotels, Nachtlokale, Spielcasinos und einheimischen Bierbrauereien im Paradies. Überall in der Kolonie hatte der durchtriebene Geschäftsmann seine Finger mit drin. Entgegen dem ersten Eindruck, den Ros/Aki-6 von ihm gewonnen hatte, lernte er ihn unter der rauen Schale seiner ruppigen Art als fairen und humorvollen Mann kennen. Schon bald bot Isos/Ork-6 den beiden an, gemeinsame Projekte zu verwirklichen. Er war dabei nicht uneigennützig, vermutete er doch, dass Amos/Doppih-5 ein glänzender Planer sein müsse, denn er entstammte schließlich einer Dynastie von herausragenden Architekten. Was Ros/Aki-6s Nutzen betraf, war er weit weniger überzeugt. Er schlug deshalb vor, eine Firma mit dem Namen Paradise Estates zu gründen, in der er selbst mit einundfünfzig Prozent die Mehrheit haben wollte. Amos/Doppih-5 gestand er vierundvierzig Prozent der Anteile zu. Ros/Aki-6 sollte sich schließlich mit den restlichen fünf Prozent begnügen, als Anerkennung für die Herstellung dieser Verbindung.

Die Arbeitsverteilung regelte sich bald ganz von selbst. Isos/Ork-6 kümmerte sich um die Finanzen. Er war ein Meister am Verhandlungstisch, bestärkt noch durch sein Netzwerk in Politik und Verwaltung. Amos/Doppih-5 überzeugte mit höchster Fachkompetenz, dazu mit einem feinen Gespür für Gestaltung und die Wünsche der Nutzer. Isos/Ork-6 konnte stets erfolgreich verschleiern, dass Ros/-Aki-6 am Ende viel mehr wert war als der schmale Anteil, den er ihm zugestanden hatte. Er wirkte als Querdenker, der oft Probleme in einer Art löste, wie es die beiden anderen mangels Einfalt gar nicht hätten andenken können. In ihrer Ergänzung wurden die drei Freunde so schlagkräftig, dass sie die Entwicklung der noch jungen Stadt maßgeblich mitbestimmten und sogar beschleunigten. So konnten sie als die letzten Vertreter ihrer Spezies mit ihrer ungewissen Zukunft einen Prozess erleben, der sich sonst nur in einer historischen Dimension offenbart, nämlich die Geburt einer neuen Stadt.

Im Zentrum von Paradise City schlängelte sich ein Fluss, der wie so oft als geographische Eigenheit bei der Entstehung einer Stadt eine wichtige Rolle spielte, eine Keimzelle mit einer Furt, an der geschäftstüchtige Abstrakte bereits vor längerer Zeit begonnen hatten, Zölle zu erheben. Diese Pioniere besiedelten als erste den Ort, der später das Zentrum von Paradise City werden sollte. Bald verfügten sie über die finanziellen Mittel, die Dienste anderer für sich in Anspruch zu nehmen. Händler von Naturalien und Dienstleistungen ließen sich nieder und lockten im Lauf der Zeit weitere Population an. Der steigende Bedarf an Bauland und Verkehrswegen verdrängte die Landwirtschaft aus der Stadt. Das konnte man kritisch sehen;

andererseits war ein städtisches Umfeld seit jeher Voraussetzung für die Entstehung von Kultur. Denn die Gründungspioniere konnten Vermögen anhäufen, andere für sich arbeiten lassen und so Zeit und Muße gewinnen, sich dem Luxus der Kulturförderung zu widmen.

Erst durch die Geschäfte von Paradise Estates war Paradise City nunmehr bereits zu einer Kleinstadt gewachsen. Sie dehnte sich weiter in die Fläche aus, und die Verkehrswege wurden immer länger. Das Streben nach Mobilität übte jetzt Druck auf die Preise jener Immobilien aus, die im geografischen Zentrum der Stadt lagen. Dieser Druck fand erst ein Ventil in einer dichteren Bebauung des Stadtkerns, natürlich zum Vorteil von Paradise Estates. Gebäude wurden aufgestockt oder abgebrochen und durch höhere Häuser ersetzt. Zentrale Verdichtung und periphere Flächenausdehnung fanden jetzt wieder ihr Gleichgewicht, bis der Druck abermals über ein gewisses Niveau anwuchs. Dieser Zyklus setzte sich immer weiter so fort.

„Mich würde wirklich interessieren, wie sich Profil und Skyline von Paradise City bei einer vollkommen ungestörten Entwicklung ausprägen würden. Ich vermute, dass sie ein parabolisch verjüngendes, kegelartiges Volumen annehmen müssten“, sagte Amos/Doppih-5 eines Tages, als er über diesen Zyklus nachdachte.

Ros/Aki-6 war sich nicht sicher, ob er die Begriffe richtig verstanden hatte, denn es hörte sich für ihn nach höherer Mathematik an. Ausweichend antwortete er. „Wenn es möglich wäre, das Wachstum unserer Stadt mit einer Formel zu berechnen, wäre das für unser Geschäft eine feine Sache.“

Isos/Ork-6 pflichtete dieser banalen wie richtigen Aussage sofort bei, die er mit blumigen Worten auch sogleich als seine eigene Idee weiter ausschmückte. Amos/Doppih-5 überlegte.

„Soweit hatte ich noch gar nicht gedacht, aber du hast natürlich Recht. Dieser Stadtquerschnitt müsste als Funktion der zeitlichen Entwicklung einer Stadt zu beschreiben sein. Die Formel daraus würde ganz automatisch auch entsprechende Vorhersagen ermöglichen. Ich muss diesen Mechanismus unbedingt näher untersuchen.“

Freilich war der Sinn dessen fragwürdig, wenn die Abstraktschaft demnächst untergegangen sein würde, dennoch machte er sich bereits ein paar Tage später voller Energie an die Arbeit. Bald stellte er allerdings fest, dass diese Aufgabe in ein Lebenswerk ausarten musste. Denn neben der wirtschaftlichen Komponente mussten weitere Faktoren einbezogen werden, die das Wachsen einer Stadt bestimmen, wie Infrastruktur, Gemeinschaftswesen, Kultur, Kinalogie und Kinagraphie. Das ganze Wesen der Abstraktschaft galt es am Ende mit zu bedenken. Amos/Doppih-5, der jahrelang auf der Stelle getreten war, wollte schon aufgeben. Schließlich kam ihm eine Entwicklung entgegen, die auch die Lebensumstände der gesamten Abstraktschaft veränderte.

Als einer der ersten neumodernen Abstrakten erhielt er Zugriff auf das gesamte Wissen der Abstraktschaftsgeschichte, denn es war gelungen, die unglaublichen Schätze auf Ros/Aki-6s Televergenzclava zu bergen. Es war zuerst schwierig gewesen, denn sie enthielt tatsächlich mehrere Eikobyte an Daten, die zuerst sortiert werden mussten. Ein zehnköpfiges Team war damit ein ganzes Jahrzehnt beschäftigt. Der Speicher war ein komplettes Abbild des damaligen Netzwerkes, das einst das Potenzial hatte, sogar eine eigene Bewusstseinsebene zu erschaffen, indem es unzählige Informationen quasi neuronal verknüpfte. Schon vor dem Weltwirtschaftskrieg jedoch hatte es sich in eine fragwürdige Richtung entwickelt. Die Filterung der enormen Datenflut hatte ausgeklügelte Suchmaschinen erfordert, die mit ihren Algorithmen jene Information an die Oberfläche spülten, die am häufigsten gesucht wurde. Dennoch wichtige Inhalte blieben so versteckt, und waren, obgleich vorhanden, bald überhaupt nicht mehr zu finden. Doch der Komfort des leicht zugänglichen Wissens wurde so sehr zur Gewohnheit, dass niemand bemerkte, wie es immer mehr verflachte. Einst hatte sich ein Philosoph stolz in der Lage gewähnt, er wisse, dass er nichts wisse. Damit sei er weiser als einer der nicht wisse, dass er nichts wisse. Die Sekundärliteratur von Jahrhunderten hatte diese mehrschichtige Aussage auf den simplen Spruch „Ich weiß, dass ich nichts weiß“ gestutzt. In dieser Art der Verkürzung hätten die Abstrakten zugeben müssen „Ich weiß nicht, was ich weiß.“

Schließlich war es gelungen, die Daten der Televergenzclava gänzlich neu zu ordnen. Amos/Doppih-5 konnte sich schrittweise an sein Forschungsthema herantasten, indem er zuerst die Historie vergangener Städte betrachtete. Besonders ergiebig waren dabei diejenigen, die durch äußere Zwänge gestört wachsen mussten. So gab es auf Kina einst eine längst versunkene Metropolc, die sich auf einer länglichen, beinahe rechteckigen Halbinsel befand. Der Druck einer beschränkten Flächenausdehnung zwang die Stadt, sich auf dem ganzen Gelände in die Höhe zu verdichten und ein quaderförmiges Volumen einzunehmen. Die Verbindungen verlängerten sich dennoch durch ihren vertikalen Anteil. Schließlich organisierte die Stadt ihre

Verkehrswege erstmals auf mehreren Ebenen und in der Luft, um das Gleichgewicht zwischen Infrastruktur und Verdichtung wiederherzustellen. Eine andere einstige Großstadt stellte das Gegenteil dar. Die dortige Regierung hatte aus Gründen, die schon damals nicht nachvollziehbar waren und es deshalb auch nie mehr sein würden, eine Höhenbeschränkung von zweiundzwanzig Metern angeordnet. Der Druck der Flächenausdehnung fand kein Gegengewicht in einer zentralen Verdichtung, so dass sich die Fläche zwar weiter ausdehnte, die soziale Struktur jedoch in mehrere Zentren zerfaserte. Die Stadt war am Ende nur noch ein Konglomerat einzelner Ortschaften mit viel zu langen Verbindungswegen. Das Ungleichgewicht von Fläche und Höhe behinderte nachhaltig ihre wirtschaftliche Entwicklung.

Schließlich gelang es Amos/Doppih-5 auch, aus diesen Ergebnissen einen Algorithmus zu filtern, der den Immobilienmarkt jeder beliebigen Stadt auf Jahrzehnte im Voraus berechenbar machte. Paradise Estates nutzte diesen riesigen Wissensvorteil. Sogar Ros/Aki-6 mit seinem kleinen Anteil brachte es zu großem Reichtum. Bald erlangte die Abstraktschaft auch wieder das Rüstzeug, um die Vermehrung ihrer Spezies sicherzustellen, denn der Speicher seiner Televergenzclava enthielt alles Notwendige bis hin zu den ausgeklügeltsten Konstruktionszeichnungen. Ros/-Aki-6 konnte sein Erbgut archivieren lassen und rettete schließlich seinen Stammbaum.

Obgleich ihm das gesamte Abstraktschaftswissen seiner Televergenzclava nicht dabei helfen konnte, befasste er sich mit großer Freude und bis ins hohe Alter mit der Frage, wie die Schönheit der Natur abzubilden wäre. Nur die fiebrige Krankheit, die er sich eingefangen hatte, flammte immer wieder auf und trübte seine Lebensfreude.

□□□□□

„Papa! Du möchtest uns also tatsächlich erzählen, dieser Ros/Aki-6 hätte die Abstraktschaft aus dem dunklen Zeitalter geführt? Oder sogar die ganze Welt gerettet?“ entrüstete sich Hena/Ta.

„Wenn du so willst. Aber es war doch alles purer Zufall. Er selbst hat doch rein gar nichts dazu beigetragen“, sagte Ros/Aki-11 mit einem Schulterzucken.

„Wie geht die Geschichte jetzt weiter? Ich meine, wie ging es denn mit der Abstraktschaft weiter, nach dieser rückschrittlichen Zeit?“ fragte Lon/Lopa, der sich wünschte, dass alles wieder gut wird.

„Nach weniger als hundert Jahren konnte die Abstraktschaft an ihre alten Errungenschaften anknüpfen. Auch die eigentlich guten Ansätze vor dem Weltwirtschaftskrieg konnten sich endlich verfestigen“, berichtete Ros/Aki-11.

„Aber wie bist du am Ende auf unseren doofen Planeten gekommen?“ wollte Hena/Ta wissen.

„Das hat sich erst in den Zeiten meines direkten Vorfahren Ros/Aki-10 entschieden. Es dauerte lange, bis die Abstrakten in den wirklich bedeutenden Fragen vorankamen. Sie mussten zuerst die Wahrheit über das Licht aufdecken.“ Ros/Aki-11 spürte die behagliche Strahlungswärme des Feuers. Er malte sich aus, wieviel von der Realität übrig wäre, wenn das Licht für immer von ihm fortbliebe. „Sie mussten herausfinden, wie sie den Weltraum bereisen und neue Welten entdecken können. Wollt ihr die Geschichte von Ros/Aki-10 hören?“ fragte Ros/Aki-11.

„Sicherlich auch so ein Held, der versehentlich die Welt gerettet hat“, stichelte Hena/Ta. Ihr Augenzwinkern dabei konnte sich Ros/Aki-11 nur vorstellen. Die Televergenzclava übersprang gut sechshundert Jahre, und die Abstraktschaft schrieb jetzt das Jahr 3561.

□□□□□

19

Ros/Aki-10 saß im Vestibül eines Konzerthauses und wartete auf seinen dreißig Jahre jüngeren Freund und Nachbar Nia/Myhylop-10, der sich verspätet hatte. Ros/Aki-10 bestellte ein großes Sandwich, denn er mochte es, ab und zu etwas zu essen. Er freute sich auf ein gemeinsames Bier mit dem Freund, das einzige Argument, das ihn überzeugt hatte, ein Konzert mit altertümlicher Musik zu besuchen, die er nicht besonders schätzte. Aus Langeweile lud er einige der verfügbaren Pressemodule. Er las einen Artikel über einen anstehenden Kongress, bei dem neue Erkenntnisse über exokinetisches Leben erörtert werden würden. Eine Angelegenheit, über die seit zweitausend Jahren noch immer nur spekuliert wurde, zumal die viel zu langsame Lichtgeschwindigkeit es wohl niemals erlauben würde, den Außerkinetischen, sofern sie denn existierten, jemals Auge in Auge gegenüber zu treten. Umso mehr liebte Ros/Aki-10 die Vorstellung, dass die Abstraktschaft das Weltall bereisen und fremde Wesen besuchen könnte. So verschlang er mit größter Neugier jegliche Information dazu, derer er habhaft wurde. Ros/Aki-10 buchte bereits seine Rechnung mit der Televergenzclava ab, als Nia/-Myhylop-10 endlich im Laufschritt eintraf.

„Mein lieber Ros/Aki, ich bin untröstlich. Habe ich dich jetzt mit deinem Diner alleine gelassen?“ schnaufte Nia/Myhylop-10 mit einem betroffenen Blick auf die Überreste der Mahlzeit.

„Schon gut. Ich habe mich wunderbar mit einem Magazin unterhalten und alle Neuigkeiten über die Forschung erfahren. Ich freue mich, dass wir uns sehen.“ antwortete Ros/Aki-10 ohne den geringsten nachtragenden Unterton und klopfte dem Freund liebevoll auf die rechte Schulter.

Beide gingen zügig zum Eingang der oberen Ränge des großen Konzertsaals. Die holographische Einrichtung des Saals simulierte einen Rahmen aus der Zeit des neunzehnten Jahrhunderts, als die Musik entstanden war, die sie gleich hören sollten. Von ihren Logenplätzen aus hatten sie eine ungestörte Sicht auf den Solisten und das Publikum im Parkett, einen Flickenteppich aus weißen und blonden Köpfen. Das Hüsteln verstummte allmählich. Das Konzert begann mit einem Impromptu für das historische Instrument. Tief fühlte sich der Solist in die Komposition hinein, damit er den winzigen Spielraum, den die technische Beherrschung einer solchen Musik noch ließ, für seine eigene Seele ausdehnen konnte. Dann spielte der Interpret weitere vier Stücke, und selbst der ungeschulte Ros/Aki-10 musste zugeben, dass er sein Instrument souverän beherrschte. Nach einer weiteren Zugabe wurde der frenetische Schlussapplaus durch eine visuelle Animation untermalt. Sie interpretierte die Lärmkulisse geschickt, indem sie den ganzen Konzertsaal mit einem Gewitterregen überflutete. Nia/Myhylop-10 verdrehte die Augen.

Die beiden Freunde flüchteten aus dem Saal, und trotz der feuchten Darbietung musste endlich das versprochene Bier an der Bar getrunken werden. Mittlerweile waren die virtuellen Brainshots verboten, die einst, ähnlich wie auch ein bereits vorimplantiertes Arsenal von Psychomedikamenten, jederzeit bequem über die Televergenzclava in die Großhirnsynapsen eingespeist werden konnten. Denn es hatte zu viele Komplikationen und Nebenwirkungen gegeben, Epilepsien, Schizophrenien und andere krankhafte Persönlichkeitsveränderungen. Auch Ros/Aki-10s Vorfahren hatten mancherlei Erfahrung damit gesammelt. Ros/-Aki-8 zum Beispiel, der auch das gesamte, von seinem vorzeitig im Alter von hundertfünfundfünfzig Jahren an einer fiebrigen Krankheit verstorbenen Ahnen Ros/Aki-6 angehäufte Vermögen verzockt hatte, vollbrachte es sogar, die Clava in einem einzigen Suff zu töten, was ihn sofort in ein Koma beförderte, aus dem er nie wieder erwachte. Der Gebrauch von Medikamenten und Rauschmitteln bedingte also wieder einen Verdauungsapparat, der zum Glück bei den meisten Abstrakten noch nicht gänzlich verkümmert war.

Anlässlich des Konzerts war auch die Bar mit einer Einrichtungssimulation ausgestattet, die einen Bezug zur Epoche der Musik herstellte. Der Boden bestand aus einem Intarsienparkett, das sich zu einem quadratischen Muster aus mehreren edlen Wurzelhölzern fügte. Waagerechte, profilierte Holzleisten gliederten die zurückhaltend dunkelgrün getönten Wände in ihrer Höhe. Die schmalen Holzfenster, mit ihren seitlich gerafften, feinen Leinenvorhängen mit floralen Mustern, eröffneten Ausblicke in stimmungsvolle arkadische Landschaften. Nur das durch die Fenster dringende Vogelgezwitscher war zu kitschig für Nia/Myhylop-10s Geschmack. Andererseits war Nia/Myhylop-10, der selbst komponierte und sich neben historischer auch mit experimenteller Musik beschäftigte, noch viel zu sehr von der Darbietung gefangen.

„Ich finde ehrlich gesagt keinen rechten Zugang, Nia/-Myhylop. Das wirkt alles so altertümlich.“ begann Ros/-Aki-10 vorsichtig das Gespräch, uneindeutig, ob er Musik, Einrichtung, oder beides damit meinte.

„Altertümlich ist diese Musik sicherlich. Dennoch sollten wir dankbar sein, dass ein solches Werk überhaupt den Weltwirtschaftskrieg überlebt hat!“ entgegnete Nia/Myhylop-10 nach einer Pause, als er aus seiner Versunkenheit erwacht war. Seine feuchten schwarzen Augen sahen Ros/Aki-10 milde an. „Und ganz unabhängig vom Alter haben wir es hier mit einer genialen Komposition zu tun.“

Das hatte sich Ros/Aki-10 nicht erschlossen. Er bat um eine Erklärung.

„Da wäre zum Beispiel diese Sache im ersten Stück, dem Impromptu. Der Komponist hat im vorderen Drittelpunkt des Stücks einen scheinbar falschen Ton in einen Fünfklang der Begleitstimme gefügt, wie eine kleine Verunreinigung. Später, im zweiten Drittelpunkt, entdeckte ich einen weiteren verborgenen Ton dieser Art. Ich bemerkte, dass beide Töne eine Modulation der Tonart anbahnen, die sich erst jeweils viel später in der Hauptstimme vollzieht. Wie zwei Gelenke, um die die ganze Komposition kreist“, erklärte Nia/Myhylop-10 mit sanfter Stimme.

„Das habe ich gar nicht gehört, noch nicht einmal falsche Töne“, gestand Ros/Aki-10.

„Zwei fruchtbare Momente, die die weitere Entfaltung des gesamten Stücks entscheiden, gleichzeitig aber auch bereits sein Ende vorwegnehmen, ohne dabei den Höhepunkt zu verkörpern. Eine selbstbewusste, dennoch bescheidene Feinsinnigkeit", ergänzte Nia/Myhylop-10 leise.

„Ich denke nur immer daran, dass dieses Stück jetzt über tausendsiebenhundert Jahre alt ist, und bis heute hat sich doch nicht viel in der Musik verändert. Wäre es nicht an der Zeit, dass jemand sich etwas ganz Neues ausdenkt?" fragte Ros/Aki-10 unbefangen.

Nia/Myhylop-10 war etwas irritiert, wie einfach sein Freund die Dinge sah. Skeptisch zog er die dünnen Augenbrauen hoch und schüttelte ratlos den Kopf, während ihm einige seiner langen Locken ins Gesicht fielen. Doch Ros/Aki-10 hatte in gewisser Hinsicht Recht. Seit dreitausendachthundert Jahren galt unverändert ein tonales System, das im Wesentlichen auf der Halbierung einer Schallfrequenz beruhte und den dazwischenliegenden Abstand in zwölf Töne gliederte. Die Anfänge gingen auf ein Instrument mit einer einzelnen Saite zurück, die, in ganzzahligen Anteilen abgegriffen, dieses vergleichsweise einfache Prinzip schuf.

„Immerhin erzeugt unser Tonsystem doch ein harmonisches Klangbild, das den physischen Eigenschaften unseres Gehörs entspricht. Dann dürfte es doch schwierig sein, eine Alternative zu entwickeln, oder?" überlegte Nia/Myhylop-10.

„Vielleicht empfinden die Abstrakten dieses System nur aus Gewohnheit harmonisch. Was würden wohl irgendwelche Außerkinetischen mit unserer Musik anfangen?" gab Ros/Aki-10 zurück.

„Das ist natürlich eine interessante Frage. Vermutlich würde ein Außerkinetischer unsere Musik scheußlich finden. Nur die Frage ist in der Tat, warum? Aus anderen Gewohnheiten heraus oder weil das Hörorgan einer anderen Physik und Proportion gehorcht?“ spekulierte Nia/Myhylop-10. Das Kinn auf die Hand gestützt, hielt er zugleich seinen zierlichen Zeigefinger senkrecht vor den Mund und senkte den Blick. Irgendwann einmal musste er darüber nachdenken, ob es noch andere harmonische Systeme geben könnte.

„Bevor du kamst, habe ich über einen interessanten Exokinetikerkongress gelesen. Da könnten wir sicherlich jemandem eine solche Frage stellen...“ erinnerte sich Ros/Aki-10.

„Abstrakte, die sich für so etwas interessieren, können doch nur Banausen sein. Die haben sicherlich keinen Sinn für Musik!“ entgegnete Nia/Myhylop-10 schroff.

Als Ros/Aki-10 peinlich berührt seine Mundwinkel herabsinken ließ, bemerkte Nia/Myhylop-10, wie sehr er seinen Freund verletzt hatte. Da fiel ihm ein, dass einer seiner Bekannten als Wissenschaftler im interkonkregalen technischen Institut arbeitete. Er hatte eine Idee, wie er den traurigen Ros/Aki-10 vielleicht trösten konnte.

„Ein Bekannter von mir ist Physiker, möglicherweise lässt sich da etwas machen. Ich werde ihn fragen, ob er uns zu diesem Kongress einladen kann.“ schlug Nia/Myhylop-10 vor.

20

Ihr ganzes Leben von nunmehr achtundvierzig Jahren war La/Bme jetzt in Gefangenschaft. Sie wusste nichts über sich selbst, ob sie Vorfahren oder Eltern hatte, noch nicht einmal, warum sie eigentlich in diesem Institut leben musste. Es waren Fragen, die niemand beantwortete, und sogar Edon/Moal-14 konnte oder wollte keine Auskunft darüber geben. Zum Glück wurden die Experimente in letzter Zeit weniger. Immer öfter gab es sogar Tage, an denen sie ganz in Ruhe gelassen wurde. Doch Edon/Moal-14 sah darin keinen Anlass zur Freude. Sie wusste, dass bald überhaupt keine Versuche mehr mit La/Bme anzustellen wären, denn sie war in wissenschaftlicher Hinsicht ganz einfach ausgeforscht. Da sie La/Bme betreffend jedoch noch einen ganz anderen Plan verfolgte, musste sie dem Befehl des Institutsleiters zur Exekution zuvorkommen, und die Zeit lief ihr davon. Sie musste vorsichtig vorgehen, denn keinesfalls wollte sie ihren Chef enttäuschen, der sie für eine vertrauenswürdige Mitarbeiterin hielt. La/Bme war sich nicht bewusst, welches Unheil ihr drohte. Doch Edon/Moal-14, die eine scheinbar mütterliche Zuneigung empfand, hatte vorgesorgt und schmiedete Pläne für eine Flucht. Sie hatte längst damit begonnen, La/Bme unauffällig auf ihren ersten Tag in der Freiheit vorzubereiten. Wie ein exotisches Zootier musste sie ausgewildert werden. Edon/Moal-14 trainierte sie auf die Bewältigung des normalen Alltags, damit sie eigenständig leben könnte, so schwierig es auch sein mochte, das alles in ihrem Alter noch zu lernen. Edon/Moal-14 hatte auch schon eine Unterkunft gefunden, wo La/Bme unerkannt wohnen konnte. Seit einiger Zeit zweigte sie heimlich einen Teil des Budgets für ein Langzeitprojekt ab, als Unterhalt und Entlohnung für La/Bmes Dienste an der Wissenschaft. Doch zuerst einmal musste sie ihr verständlich machen, dass überhaupt eine Welt jenseits des Holzzaunes existierte, der die Grenze ihres Horizonts markierte. Wenn auch das schon eine Herausforderung war, wie sollte La/Bme erst verstehen, dass auch jene Welt nur ein winziger Ausschnitt des abstrakt großen Universums war?

21

Nia/Myhylop-10 gelang es tatsächlich, eine Einladung zum Exokinetikerkongress zu erhalten. Ros/Aki-10 ahnte nicht, was da auf ihn zukommen würde, und war sofort begeistert. Aufgeregt läutete er zwei Tage später bei Nia/-Myhylop-10, um ihn abzuholen. Beim Eintreten in dessen merkwürdig simulationslose Wohnung bat ihn der Freund, die Schuhe auszuziehen. Völlig überflüssig, dachte Ros/-Aki-10, denn der synthetische Fußboden mit seinem blassgrauen Grünton ließ wie ein Lotusblatt jeden Schmutz sofort an sich abperlen, so dass Nia/Myhylop-10 den Belag sowieso nie reinigen musste. Obwohl das Material kratzfest und hart war, fühlte sich die Oberfläche wider Erwarten samtig und warm an, gleichzeitig schluckte der Boden effizient den Schall und spendete der Wohnung eine gedämpfte Akustik. Nachdem Ros/Aki-10 ausgiebig den Bodenbelag bewundert hatte, wollte er sich aus seiner gebückten Haltung erheben. Dabei stieß er heftig mit dem Gesicht an eine Tischkante. Mit einem leisen Knacken brach sein Nasenbein, Blut strömte über seinen Mund. Nia/Myhylop-

10 holte das Verbandszeug hervor und versorgte seinen Freund, nachdem er dessen Nase einigermaßen geradegerückt hatte. Dann bot er Ros/Aki-10 auf den Schrecken einen Drink an. Er ging, ohne seine Antwort abzuwarten, zu einer der Regalnischen aus glattestem Sichtbeton, eingelassen in einer grob bearbeiteten Betonwand, auf der die verrosteten Bewehrungseisen frei lagen. Dort stand ein ganzes Arsenal der unterschiedlichsten Destillate aufgereiht. Er schaltete die Deckenleuchten an, die die gesamte Wand mit Streiflicht überfluteten, das Relief plastisch heraustreten ließen und den Kontrast zu den glatten Nischen noch verstärkten. Er füllte zwei Gläser mit Eiswürfeln und einem hundertzwanzig Jahre alten Bierlikör. Dann reichte er Ros/Aki-10 sein Glas, der lässig an der rahmenlosen, nur wiederum mit Sichtbeton umfassten Türöffnung lehnte. Ros/Aki-10 sog das weiche Aroma des Getränks ein, das sich mit den Düften der ätherischen Öle mischte, die die helle, unlackierte Holztür mit ihrer feinseidigen Oberfläche ausströmte, und sich mit dem erdigen, metallischen Geruch des Stahlbetons verband. Sie setzten sich in die altmodische Living-Kombination. Sie stand inmitten des Raumes, dessen gesamte Farbgestaltung nur dezente Abtönungen von Ocker, Grün und Grau erlaubte, und so die vielen starken Kontraste der Materialien durch eine übergeordnete Ruhe und Harmonie fasste. Die Living-Kombination war ein scharfkantiges Objekt aus Faserverbundstoffen, das variabel und auch teils gleichzeitig als Sofa, Tisch, Bett, Schrank, Leuchte, Dusche und Badewanne diente. Auf den Luxus einer Küche und einer Toilette hatte Nia/Myhylop-10 allerdings verzichtet.

Drei Stunden später waren die beiden am Veranstaltungsort. Forscher und Spezialisten aus Biologie, Physik,

Astronomie und Raumfahrt waren gekommen. Sie erwarteten mit großer Neugier den Bericht eines Forschungsteams, das sich seit längerem mit dem zentralen Thema des Kongresses beschäftigte, der Frage um die Existenz exokinetischen Lebens. Bereits eine halbe Stunde vor Beginn der Vorträge waren Ros/Aki-10 und Nia/-Myhylop-10 eingetroffen. Die etwa zweihundert Teilnehmer studierten das Tagungsprogramm oder besprachen die Gerüchte über eine unglaubliche Entdeckung, die heute präsentiert werden sollte. Anders als die beiden Freunde waren die meisten ordentlich gekleidet. Die Herren trugen Anzug und Krawatte, oft in fragwürdigen Farbkombinationen. Die Damen wirkten in ihren Kostümen geradezu wie verkleidet. Ros/Aki-10 hatte sich zu einer Ausstellung über exokinetische Welten abgesetzt, die als Begleitveranstaltung stattfand, als Nia/Myhylop-10 zusammen mit einem weiteren Mann wieder auftauchte. Dieser trug weit ausfallende Hosen mit einem beigebraunen Naturton, ein schwarzes Hemd mit geschlossenem Stehkragen und darüber eine bunt gestrickte Wollweste mit allerlei ausgefallenen Fransen und Filzapplikationen.

„Darf ich vorstellen, das ist Les/Aht-9. Seiner freundlichen Einladung haben wir es zu verdanken, dass wir heute hier sind", sagte Nia/Myhylop-10. „Das ist mein Freund und Nachbar Ros/Aki-10. Ein wahrer Fan des Science-Fiction!" ergänzte er.

„Ah, sehr angenehm. Sie interessieren sich also für diesen Unsinn da?" fragte Les/Aht-9, der aussah wie ein Schamane im Dienst der Wissenschaft. Er drehte den Kopf, um den Vorhang, den seine langen Haare um die gleichförmige Glatze bildeten, für den Ausblick seitlich zu raffen. Dabei zeigte er auf eine Alienpuppe mit länglichem Kopf, die mit ihren grünen Fühlern dümmlich in der Luft umherwedelte. Ihre riesigen Insektenaugen glotzten die Besucher unverhohlen an.

„Niemand weiß, wie die Außerkinetischen aussehen, oder? Beinahe unendlich viele exokinetische Lebensformen müssten doch die unerhörte Zahl an Planeten im Universum bevölkern. Da wäre doch jegliche Gestalt möglich“, gab Ros/Aki-10 zurück.

„Ich glaube genau das Gegenteil“, widersprach Les/-Aht-9 mit schneidender Stimme, „Jede Spezies ist einmalig, die Natur legt sie für ihre Aufgabe nicht doppelt an. Wir müssen uns den Kosmos als eine sterile Wüste denken. Es ist die Verantwortung der Abstraktschaft, sie mit Leben zu füllen! Außerdem, was würde das für unser Selbstverständnis bedeuten? Die Abstrakten haben schon zu viele Kränkungen erlitten. Zuerst mussten wir verkraften, dass Kina nicht der Mittelpunkt des Universums ist. Unsere Abstammung vom Tier war die zweite Kränkung; und die dritte, dass wir anscheinend nicht einmal unser eigenes Bewusstsein beherrschen. Eine fremde Spezies, die intelligenter sein könnte als wir, wäre die vierte Kränkung für die Abstraktschaft. Es wäre unerträglich!“ erklärte er mit einem ironischen Lächeln in seinen klugen Augen, die hinter der dicken Brille beinahe unsichtbar klein waren, jedoch eine enorme Energie ausstrahlten, welche durch die beiden Brenngläser noch zusätzlich fokussiert schien. Ros/Aki-10 war solchem Scharfsinn nicht gewachsen. Außerdem war er sich nicht sicher, was Les/Aht-9 ernst meinte und was nicht.

„Wie auch immer. Solange die intelligenteste Art im Universum nicht in der Lage ist, schneller als das Licht zu reisen, werden wir es eh nie erfahren, oder?“ suchte Ros/-

Aki-10 die Ausflucht mit dem bewährten Totschlagargument, doch da hatte er sich gründlich getäuscht.

„Äh, mein lieber Ros/Aki, habe ich dir eigentlich erzählt, was Les/Aht-9 beruflich macht?“ fragte Nia/Myhylop-10 zögerlich. „Er forscht am ITI in der Fachschaft physikalische Grundlagenforschung und...“

„...und wir werden bald sehen, ob es wirklich nicht möglich ist, die Lichtgeschwindigkeit zu überwinden. Mein Team arbeitet seit vielen Jahren an einer Gravitulenztheorie. Sobald wir unser letztes Problem, die Aberration des Sternenlichtes, gelöst haben, werden wir die Äquivalenztheorie auch in diesem Punkt widerlegen“, fiel Les/Aht-9 ihm mit einem herablassenden Lächeln ins Wort. „Auch wenn Sie vielleicht die vierte Kränkung bereits durch ihre Mitabstrakten erlitten haben, lade ich Sie gerne in unser ITI ein. Dort können Sie sich selbst überzeugen. Da gibt es die intelligentesten Vertreter der intelligentesten Art im Universum...“ sagte er zu Ros/Aki-10, der ganz verängstigt wirkte im Angesicht derartiger Arroganz.

Die Lautsprecheranlage verkündete den Beginn des Vortrags. Hastig erkämpften die drei einen Sitzplatz im Hörsaal des Kongresszentrums. Die veranstaltende Wissenschaftsvereinigung verlieh einen Preis für das Lebenswerk eines Forschers, kürte ihren neuen Präsidenten, und der Minister für Forschung und Wissenschaft hielt eine kurze Begrüßungsrede. Dann war es endlich soweit. Ein etwa fünfundsechzig Jahre junger, beleibter Mann mit fliederfarbener Krawatte und rosabräunlichem Anzug, der an Gesäß und Ellenbogen schon glänzte, trat auf das Podium, das mit allerlei geschmacklosen Blumengestecken dekoriert war. Er rückte seine unförmige Brille auf der Nasenspitze zurecht, musterte darüber hinweg das Auditorium und begann sichtlich nervös seinen Vortrag.

„Sehr geehrte Damen und Herren, ich darf Sie persönlich und im Namen meines Teams herzlich begrüßen. Wir möchten Ihnen heute über unsere bahnbrechende Entdeckung berichten, die wir hier erstmalig der Öffentlichkeit vorstellen. Wie Sie vermutlich alle wissen, sollte ein Gedankenexperiment schon im einundzwanzigsten Jahrhundert die Frage klären, ob es außerhalb unseres Planeten höheres Leben im Universum geben kann. Die Urheber dieser Überlegung gingen davon aus, dass ein intelligentes Wesen modulierte elektromagnetische Strahlung aussenden müsste, also zum Beispiel Funkwellen zu Kommunikationszwecken. Anhand einer Simulation berechneten sie, seit wann die Evolution intelligentes Leben entwickelt haben könnte, welches die elektromagnetische Welle beherrscht. Das Ergebnis lautete fünfhundert Millionen Jahre. So ergab sich ein Raum mit einem Radius von fünfhundert Millionen Lichtjahren, aus dem uns eine solche elektromagnetische Strahlung überhaupt bis heute erreichen könnte. Der nächste Schritt war eine statistische Hochrechnung, wie viele Planeten innerhalb dieses Volumens geeignete Voraussetzungen für die Entstehung intelligenten Lebens hätten. Wäre das Ergebnis auch nur ein einziger Planet, wüssten wir, dass es außer uns keine intelligenten Wesen im Universum gibt, denn wir hätten dann bereits elektromagnetische Spuren von ihnen finden müssen, was bis heute nicht geschehen ist. Der Computer warf jedoch die unfassbare Zahl von zwanzig Billionen solcher Planeten aus, nur innerhalb dieses Raumes. Muss es also nicht zwingend weiteres intelligentes Leben im Kosmos geben? Oder worin bestand vielleicht der Fehler?

Zuerst einmal waren die Radioteleskope im einundzwanzigsten Jahrhundert so unempfindlich, dass eine Radiowelle aus höchstens zehn Lichtjahren Entfernung registriert werden konnte, wenn der Absender eine für Kommunikationszwecke angemessen geringe Sendeleistung benutzte. Die Chance, innerhalb eines solchen Radius einen geeigneten Planeten zu treffen, lag allerdings bei einem millionstel Prozent. Zwar konnten wir die Empfindlichkeit unserer Radioteleskope seither auf eine Reichweite von tausend Lichtjahren verbessern. Die Wahrscheinlichkeit steigt damit aber erst auf zwanzig Prozent, und nur bei einem Radius von mehr als tausendsiebenhundert Lichtjahren müssten wir mit Sicherheit wenigstens einen Planeten finden. Also bedeutet das Fehlen von derlei Signalen zurzeit rein gar nichts. Es sagt uns lediglich, dass wir innerhalb der Reichweite unserer Teleskope von tausend Lichtjahren eine gewisse Chance haben und dass wir in einer Entfernung von mehr als tausendsiebenhundert Lichtjahren sicher mit intelligentem Leben rechnen können. Wenn eine solche Spezies die elektromagnetischen Wellen allerdings erst vor fünfhundert Jahren beherrschen lernte, hätten uns die Signale einfach noch nicht erreicht, auch wenn sie sich innerhalb unserer Reichweite befinden. Es gibt also keinen Grund, die Suche aufzugeben, bei einer Wahrscheinlichkeit von immerhin zwanzig Prozent.

Da wir mit der Radioteleskopie offenbar nicht alle Möglichkeiten ausspielen können, konzentrierten wir uns auf einen anderen Weg. Seit dem einundzwanzigsten Jahrhundert konnten wir auch die Leistung unserer Computer vervielfachen. So erschien es uns sinnvoll, das damalige

Gedankenexperiment weiter zu verfeinern. Mein Team hat eine Simulation entwickelt, die die örtlichen Strukturen des Universums aufgrund der jeweiligen dynamischen und energetischen Verhältnisse nachzeichnet und dabei aus den großen Rahmenbedingungen der Galaxis auf die jeweils kleineren schließt, bis auf den Maßstab einzelner Planeten herunter. Wir haben Ihnen ein Papier verteilt, aus dem die einbezogenen Parameter der Simulation hervorgehen, wie Temperatur, Strahlung, Tages- und Jahresrhythmus, Größe und Gravitation, Magnetfeld und chemische Zusammensetzung der Atmosphäre. Es war nur eine Frage der Rechenzeit, bis sich Planeten mit allen notwendigen Voraussetzungen für intelligentes Leben offenbaren mussten. Das Programm läuft seit mittlerweile drei Jahren auf mehreren vernetzten Großcomputern. Und jetzt komme ich zum Höhepunkt."

Ein nervöses Raunen ging durch das Publikum.

„Vor drei Wochen hat der Computer einen Exoplaneten ausgeworfen, der sich in sechshundertsiebenundneunzig Lichtjahren Entfernung befindet. Er erfüllt restlos alle Bedingungen. Wir nennen ihn Rhea, was in einer längst ausgestorbenen Sprache ‚Tochter' bedeutet. Der Planet hat zwei Drittel des Durchmessers und weniger als dreißig Prozent der Masse von Kina. Leider haben unsere Teleskopschüsseln von Rhea bisher kein Signal empfangen. Dennoch liegt die Wahrscheinlichkeit für intelligentes Leben dort bei fast hundert Prozent, so dass es um eine junge Zivilisation gehen muss, deren Signal noch auf dem Weg zu uns ist. Wenn wir uns bald auf die Reise begeben würden, könnten unsere Nachfahren in einigen Tausend Jahren diese Wesen kennenlernen."

Der Vortrag war zum Ende gekommen. Das staunende Publikum schwieg. Der begnadete Les/Aht-9 saß mit offenem Mund da. Seine Augen waren vor Elend weit aufgerissen, und Ros/Aki-10 konnte erstmals Gefühle hinter den dicken Gläsern erkennen. Obgleich Les/Aht-9 soeben lernen musste, dass seine lange gehegte Meinung mit größter Wahrscheinlichkeit falsch war, und auch bereits den latenten Schmerz durch die vierte Kränkung spürte, begann er sofort im Kopf nachzurechnen, was das bedeuten würde. Angenommen die Unbezwingbarkeit der Lichtgeschwindigkeit wäre tatsächlich nur eine Fata Morgana der Äquivalenztheorie, dann wären theoretisch unendliche Geschwindigkeiten möglich. Nur die Beschleunigung, die eine Mannschaft ertragen konnte, setzte Grenzen. Dazu die tragbare Treibstoffmenge, die das Raumschiff bis zur Hälfte des Weges gegen Trägheit und Strahlungsdruck beschleunigen und danach ebenso wieder abbremsen musste. Für die Entfernung von siebenhundert Lichtjahren berechnete er so eine Flugdauer von knapp achtzehn Jahren mit beinahe achtzigfacher Lichtgeschwindigkeit am Reisemittelpunkt. Nicht erst in einigen tausend Jahren, bereits in fünfzig Jahren könnte die Frage um intelligentes Leben auf Rhea geklärt sein. Es fehlte ihm nur noch der letzte Puzzlestein für seine Theorie, die die Physik der vergangenen eineinhalb Jahrtausende auf die Müllhalde der Geschichte befördern würde.

22

Ros/Aki-10 entschied sich, die Einladung des schlauen Les/Aht-9 in sein Institut anzunehmen, denn seine Neugier übertraf die Angst vor einer Blamage. Er wollte dort allerdings nicht unvorbereitet erscheinen, weshalb er sich seit Tagen mit der Äquivalenztheorie beschäftigte. Diese Theorie aus dem zwanzigsten Jahrhundert befasste sich mit der Eigenart des Lichts, das unter anderem die Eigenschaften einer Welle besaß. Dazu konsumierte er, sogar mit gewissem Erfolg, größere Mengen an Fachliteratur, die er jetzt in seine Clava lud. Zuerst stolperte er über offensichtlich unsinnige Verschwörungstheorien, bis er endlich auf eine seriöse Abhandlung stieß.

Dort hieß es, dass es in der Wissenschaftshistorie eine lange Vorgeschichte zur Äquivalenztheorie gab, die sich immer wieder um das Thema der sogenannten Aberration drehte. Interessant, dachte Ros/Aki-10, dass Les/Aht-9 offenbar bislang genau an diesem Punkt scheiterte, wo die Erforschung des Lichtes überhaupt begonnen hatte. Anfang des 18. Jahrhunderts, als die Teleskope erstmals die Beobachtung der Fixsterne und ihrer genauen Standorte erlaubten, machten die Himmelsgelehrten eine merkwürdige Entdeckung. Die Positionen aller Himmelskörper verschoben sich im Verlauf eines Jahres, also mit dem Umlauf von Kina um seine Sonne, um ein bestimmtes Winkelmaß. Sie waren in diesem Sinn keine Fixsterne, sondern ihre Spuren beschrieben kleine Kreise und Ellipsen. Sollte ausgerechnet Kina der Mittelpunkt des Universums sein, demgegenüber sich alle anderen Himmelskörper ein wenig bewegen, und zwar immer im gleichen Maß? Wohl eher nicht. Die veränderliche Position des Betrachters im Universum, die sogenannte Parallaxe, konnte ebensowenig Ursache für dieses Maß sein, denn sie wäre viel geringer und sollte zudem mit der Entfernung des beobachteten Objektes kleiner werden. Beides traf nicht zu. So bezeichneten die Astronomen dieses Maß mit dem ungewissen Begriff Aberrationswinkel.

Sie wussten allerdings schon von der endlichen Geschwindigkeit des Lichtes und kamen auf eine kluge Erklärung. Ein Lichtstrahl, der von einem beobachteten Stern aus senkrecht auf Kina trifft und von einem senkrecht aufgestellten Teleskop erfasst werde, müsste für seinen Weg innerhalb des Teleskoprohres eine gewisse Zeit benötigen. Dabei bewege sich das Teleskop allerdings auch seitlich, da es sich mit Kina um die Sonne drehe. Je nach Jahreszeit in die eine oder andere Richtung. Durch diese seitliche Drift sollte der Lichtstrahl eigentlich an der Wand des Teleskoprohrs anstoßen. Er dürfe das Okular gar nicht erreichen, es sei denn das Teleskop würde gekippt. So wie ein Spaziergänger im Regen seinen Schirm gegen den Tropfen neigen muss, wäre auch ein Lichtstrahl nur mit geneigtem Teleskop einzufangen. Die Astronomen ermittelten den Kippwinkel aufgrund dieser Erklärung, bei einigermaßen bekannten Geschwindigkeiten für das Licht und die Bewegung des Heimatplaneten. Tatsächlich entsprach der so berechnete Winkel genau der beobachteten Aberration.

Ros/Aki-10 machte eine Pause und war stolz, dass er dieses komplizierte Problem verstanden hatte. Er nahm einen weiteren Aufsatz zur Hand und sollte sogleich lernen, dass er sich gründlich getäuscht hatte. Denn dort wurde erklärt, dass diese jahreszeitliche Winkelabweichung logischerweise genauso bei der Beobachtung eines Objektes, das sich auf Kina selbst befand, entstehen müsse. Doch eine solche kinestrische Aberration gab es nicht. Fast zweihundert Jahre lang zerbrachen sich die Gelehrten ihre Köpfe über dieses Dilemma, aber eine befriedigende Lösung konnten sie nicht finden. Es kam noch schlimmer. Wie man schon wusste, pflanzte sich das Licht in einer Flüssigkeit mit verminderter Geschwindigkeit fort. Ein findiger Forscher füllte sein Teleskop mit Wasser und wollte wissen, ob sich der Aberrationswinkel dabei verändert. Denn während das Licht nun länger für seinen Weg durch das Teleskop brauchte, blieb doch die seitliche Bewegung des Planeten unverändert, und der Aberrationswinkel sollte eigentlich größer werden. Mehrere solche Experimente konnten jedoch zweifelsfrei beweisen, dass der Aberrationswinkel dennoch immer derselbe blieb.

Ros/Aki-10 war verwirrt. Gleichzeitig bekam er eine Ahnung davon, warum das Problem nicht gelöst werden konnte. Er nahm sich eine weitere Abhandlung vor, die das Dilemma schließlich durch einen eleganten Schachzug der sogenannten Äquivalenztheorie erklärte.

Diese Theorie fußte auf zwei Postulaten, Annahmen also, deren Beweis die Theorie nicht führte, sondern als richtig voraussetzte. Das erste Postulat besagte, dass jedes Bezugssystem, in dem eine Betrachtung angestellt wird, gleichberechtigt sei mit einem anderen Bezugssystem, das sich relativ zu ihm bewegte. Die Geschwindigkeit der Lichtausbreitung, so hatte der geniale Autor der Theorie mit seinem zweiten Postulat festgelegt, sei dazu invariant. Sie sei, unabhängig von der Bewegung der Lichtquelle wie des Beobachters, mithin des gesamten Koordinatensystems, immer gleich. Zudem verändere sich gemäß seinem ersten Postulat auch nicht die vom Licht benötigte Zeit, wenn sich Lichtquelle und Beobachter mit der gleichen

Geschwindigkeit in gleiche Richtung bewegen, also im gleichen Bezugssystem ruhend fixiert sind und keine relative Geschwindigkeit zueinander haben. Deshalb konnte es die kinestrische Aberration nicht geben. Erst eine relative Geschwindigkeit beider zueinander bewirkte die Zeitabweichung, wie es bei der stellaren Aberration der Fall war. Auch das Experiment mit dem wassergefüllten Teleskop erklärte sich so, denn auch hier gab es keine relative Geschwindigkeit zwischen Linse und Okular. Es war ein Befreiungsschlag für die Physik, alle Probleme lösten sich auf wunderbare Weise. Obwohl scharfe Kritiker anfänglich das an sich unlogische zweite Postulat der Invarianz anfochten oder auch den latenten Widerspruch zwischen den beiden Postulaten, verstummten diese Stimmen nach einiger Zeit, denn die neue Theorie konnte auch alle möglichen weiteren Fragen elegant beantworten. Die wenigen noch verbliebenen Querulanten wurden von der Forschergemeinde gemieden. Sie verspielten ihre Chancen auf eine berufliche Karriere.

So richtig verstand Ros/Aki-10 das alles noch nicht. Die letzten Erklärungen schienen ihm auch zu einfach. Er nahm jetzt einen der kritischen Texte zur Äquivalenztheorie, und dort wurde die Sache ganz anders dargestellt. Zur Erklärung seiner Theorie hatte der geniale Physiker in einer Schrift aus dem Jahr 1917 nämlich ein Gedankenexperiment bemüht, das seine Postulate auf einfache Weise veranschaulichen sollte. Zugleich offenbarte es auch den ganzen Irrsinn. In dem Gedankenexperiment hieß es:

Man denke sich einen fahrenden Zug, an dessen Anfang und Ende gleichzeitig zwei Blitze ins Gleis einschlagen. Für einen Beobachter an der Mitte des Bahnsteigs fährt der Zug nach dem Blitzeinschlag einfach weiter, und das Licht beider Blitze kommt nach der gleichen Zeit bei ihm an. Nichts Besonderes also.

Bereits unter Bemühung des Hausverstandes wird klar, dass es dem Beobachter im fahrenden Zug dabei anders ergehen muss. Denn der Zug müsste dem Licht des einen Blitzes entgegenlaufen, während er vom anderen davonfuhr, so dass das Licht nach unterschiedlichen Zeiten ankommen sollte. Für das Empfinden des Passagiers finden die beiden Blitze also nicht gleichzeitig statt, während sie aus Sicht des Bahnsteigs gleichzeitig sind. Allerdings könnte der Passagier in Wahrheit gar nicht feststellen, ob sich sein Zug bewegte oder der Bahnsteig, denn beide Bezugssysteme sind gemäß erstem Postulat der Theorie gleichberechtigt. Der Autor der Theorie stellte also fest, dass demzufolge für den Beobachter am Bahnsteig und den Passagier unterschiedliche Zeitsysteme gelten müssten.

Dennoch forderte das zweite Postulat, dass sich das Licht unabhängig vom Bewegungszustand des Beobachters mit immer gleicher Geschwindigkeit ausbreitet. Aus dieser Sicht der Dinge, auch wenn der Autor diesen Umstand nicht ausdrücklich beschrieb, wären die Ereignisse für beide Bezugssysteme gleichzeitig. Wie konnte das zusammen gehen?

Ros/Aki-10 konnte es sich nicht genau erklären, aber seine gesamte logische Denkerfahrung sträubte sich, dieser Argumentation zu folgen. Er wollte jetzt mehr wissen über die Widersprüchlichkeiten, die in der Äquivalenztheorie angelegt waren. Ein weiteres Werk beschäftigte sich mit nichts anderem als den Unglaublichkeiten und Paradoxien der Theorie.

Dort hieß es zum Beispiel, die Theorie verlangte als Erklärung für die Vorgänge kurz nach der Geburt des Universums eine sogenannte Inflationsphase. In dieser solle sich das All um den unfassbar großen Faktor einer fünfundvierzigstelligen Zahl ausgedehnt haben, und zwar innerhalb des ebenso unfassbar kleinen Zeitraums einer durch eine zweiunddreißigstellige Zahl dividierten Sekunde. Ebenso plötzlich endete diese Inflation wieder, das Universum expandierte und beschleunigte nur noch gemächlich weiter und würde das auch in aller Zukunft tun. Die entlegensten Galaxien entfernten sich nach Milliarden von Jahren der langsamen Beschleunigung heute dennoch mit über achtundneunzig Prozent der Lichtgeschwindigkeit. Die Äquivalenztheorie deutete dieses Phänomen durch eine geniale Erklärung. Der Raum selbst expandiere. Diese Ausdehnung des gesamten Koordinatensystems täusche nur eine Geschwindigkeit der Dinge innerhalb des Systems vor.

Eine weitere Folgerung der Theorie war, dass Materie sich grundsätzlich nicht schneller bewegen könne als das Licht. Nicht schneller als Licht, nur relativ wozu eigentlich? Alle Bezugssysteme waren doch gleichberechtigt. Etwa relativ zum Licht? Diese ebenfalls paradoxe Frage blieb stets ausgeblendet. Sie war es auch gar nicht wert, zu Ende gedacht zu werden, denn bereits die Mathematik der Theorie berechnete zur Beschleunigung auf Lichtgeschwindigkeit eine unendlich hohe Energie, was alle weitere Spekulation erübrigte. Die Überwindung von kosmischen Entfernungen war von vornherein vereitelt. Die gesamte Idee baute auf den beiden Postulaten auf, die nie bewiesen werden konnten, dennoch bestätigten die Experimente wieder und wieder die daraus abgeleiteten Vorhersagen. Da die Theorie aber seit über tausendfünfhundert Jahren auch Fundament für unzählige weitere physikalische Gedankengebäude war, hatte längst niemand mehr den Mut, ihre durchaus fragwürdige Grundlage anzufechten.

□□□□□

„Das ist ja eine völlig abenteuerliche Logik!“ rief Hena/Ta. „Die Blitze müssten doch irgendwie mit dem Zug mitgefahren sein, vor allem aus Sicht des Passagiers!“

„Da stellst du genau die richtigen Fragen. Ein einfacher Verstand würde jetzt wissen wollen, ob sich die Blitze mit Passagier oder Bahnsteig mitbewegen. Oder ob sie sich überhaupt nicht bewegen. Wenn nicht, dann aus Sicht von Passagier oder Bahnsteig? Wenn man genau darüber nachdenkt, werden zwei Trugschlüsse klar.

Der Blitz findet nur in dem einen Bezugssystem an einem mit dem System ruhend verbundenen Ort statt. Für das andere Bezugssystem ist das nicht der Fall. Der Einschlagpunkt des Blitzes ist also ein Ort, für den nicht beide Beobachter gleichberechtigt sein können.

Außerdem ist es eigentlich nicht nachvollziehbar, warum der Passagier aus dem Umstand, dass das Licht der Blitze ungleichzeitig bei ihm eintrifft, schließt, dass auch die Blitze ungleichzeitig stattgefunden haben. Hier wird stillschweigend das Licht mir der Zeit gleichgesetzt.

Um die Invarianz der Lichtausbreitung zu retten und dennoch für beide Systeme die unterschiedliche Wahrnehmung von Gleichzeitigkeit zu gestatten, bot der Erfinder der Theorie eine Erklärung an, die das Licht regelrecht zum Betrüger macht. Für den Beobachter am Gleis würde der

Zug tatsächlich kürzer, weil er sich relativ zu ihm bewegt“, erklärte Ros/Aki-11.

„Wie soll ich mir das denn vorstellen?“ wollte Hena/Ta wissen.

„Ich weiß es nicht. Jedenfalls gleicht die Mathematik der Längenverkürzung die invariante Lichtausbreitung mit der Ungleichzeitigkeit der Blitzeinschläge aus. Aber wenn du versuchst, es dir vorzustellen, ergibt sich gleich ein weiteres Paradox. Im Ruhezustand haben Bahnsteig und Zug die gleiche Länge. Der fahrende Zug würde aus Sicht des stehenden Zuschauers kürzer sein als der Bahnsteig, und alle Passagiere könnten bequem aussteigen. Allerdings ist der Zuginsasse hinsichtlich der Bewegung gleichberechtigt. Aus seiner Sicht könnte sich genauso gut der Bahnhof bewegen, und er selbst befände sich in Ruhe. Für ihn wäre also stattdessen der Bahnsteig kürzer. Er könnte nicht sicher sein, ob alle Passagiere den Zug noch verlassen können. Alle Prinzipien der Logik und Kausalität werden auf den Kopf gestellt“, antwortete Ros/Aki-11.

Hena/Ta wollte auch die These des expandierenden Raumes noch nicht hinnehmen. „Was passiert eigentlich, wenn der Raum immer schneller expandiert? Kann er irgendwann die Lichtgeschwindigkeit erreichen oder sogar überschreiten?“ fragte sie.

„Gute Frage. Wenn sich Objekte mit Überlichtgeschwindigkeit entfernen würden, könnte ihr Licht nie bei uns ankommen. Vielleicht gibt es deshalb längst schnellere Objekte, von denen wir gar nichts wissen können.“ Überlegte Ros/Aki-11. Dabei fragte er sich, ob seine Augen überhaupt jemals wieder ein Licht sehen würden. So oder so hatte er das Gefühl, dass das Wissen über Ausdehnung und Alter des Universums vom Licht gefälscht war.

„Es gibt noch eine weitere Frage“, stellte Ros/Aki-11 fest. „Die Theorie unterstellt nämlich, dass der einzige Ausdruck allen Seins aus Licht besteht, das von den Dingen ausgeht oder reflektiert wird. Dass Materie zum Beispiel fühlbar ist, also auch durch andere Kräfte interagiert, blendet die Theorie stillschweigend aus. Licht ist aber nur ein mittelbarer Informationsträger der eigentlichen Ereignisse. Es ermöglicht nur eine zeitlich verzögerte Wahrnehmung der tatsächlichen Realität!“

„Was hat Wahrnehmung überhaupt mit der Wirklichkeit zu tun, die am Ende doch nur auf den Möglichkeiten unserer Sinne beruht?“ überlegte Hena/Ta.

„Nun, zumindest erlebe ich gerade am eigenen Leib, dass die Wirklichkeit auch ohne Licht existiert“, seufzte Ros/Aki-11, jedoch mit einem schelmischen Grinsen.

□□□□□

23

Eines Vormittags war es soweit. Nachdem Edon/Moal-14 La/Bme zunächst davon überzeugt hatte, sie müsse fliehen, sofort und ohne weitere Fragen, war der Plan verblüffend simpel. Denn es überstieg die Phantasie der überheblichen Forscher, dass ein exotisches Versuchstier, das mit Intelligenz ausgestattet war, diese auch nutzen würde. Dass es ganz einfach einen weißen Kittel umhängen, die Codekarte einer befreundeten Forscherin stehlen und völlig entspannt aus der Anstalt schlendern könnte.

Der Gedanke an Freiheit war La/Bme tatsächlich vollkommen fremd. Für einen Augenblick wünschte sie sich schnellstens zurück in die beruhigende Gefangenschaft im Institut. Doch dann siegte ihre Neugier auf all die Dinge, die das Leben und die Welt noch für sie bereithalten mochten. Sie trat vor das Gebäude und überschritt die Grenze ihres bisherigen Universums. Der unendliche Raum dahinter versetzte sie sofort in existentielle Angst. Mit großem Lärm umschwirrten sie Fahrzeuge und Flugzeuge gleich einem aufgescheuchten Mückenvolk. Sie konnte keinen der Eindrücke bewältigen oder in einen Zusammenhang bringen. Von Panik ergriffen rannte sie auf der Suche nach einem vertrauten Ort um den gesamten Institutskomplex und durchschritt ein schmiedeeisernes Tor. La/Bme gelangte auf den Weg, den sie als Zeichen der Außenwelt von ihrem Fenster aus hinter dem alten Holzzaun erahnt hatte.

Plötzlich herrschte eine erholsame Stille. Das Frühjahr war gerade erwacht. Der Duft von sattem Gras und frisch ausgetriebenen Obstbaumblättern lag in der feuchten Luft, noch gemischt mit dem mineralischen Geruch des Schnees. Schwarze Baum- und Zweiggerippe schimmerten wie vorgeschichtliche Schriftzeichen durch einen lindgrünen Flaum aus feinen Blättchen. Die Sonne strahlte, und es war beinahe schon warm, hätte nicht der leichte Wind die Kälte des Schneeschorfes noch mit sich getragen, der unter dem Schatten der Büsche lag, wie ein letztes Geschenk des gerade vergangenen Winters. Nur die blühenden Heckenbüsche in den Pflanzbeeten waren in klares Sonnenlicht getaucht. Daneben lagen die rauen Steine des gepflasterten Weges entlang des verwitterten Holzzaunes, der nach Teer roch. Singvögel zwitscherten aufgeregt aus allen Richtungen und begrüßten den Frühling, den sie zuvor so lange wortlos herbeigesehnt hatten. Erst nach und nach gewöhnten sich La/Bmes Sinne daran, den Reichtum dieser neuen Wahrnehmungsbandbreite in vollen Zügen aufzusaugen. Sie hatte nicht ahnen können, welche Schönheit ihr bisher verborgen geblieben war.

Erst einige Stunden nach La/Bmes Flucht meldete Edon/Moal-14 den Ausbruch eines Versuchstiers. Erwartungsgemäß spielte es für den Institutsleiter keine Rolle, um wen oder was es dabei ging, und er wies die Sicherheitsbehörden sofort mit der Suche an. Aus Gründen der interkonkregalen Sicherheit, die fraglos an oberster Stelle stünde, sei das Subjekt auch unverzüglich zu terminieren.

Edon/Moal-14 hatte La/Bme ein kleines Dienstbotenhaus, in einem uralten Anwesen vor den Toren der Stadt vermittelt, das dem Institut gehörte. Einst diente das Gelände der Forschung; längst war es jedoch vergessen und die meisten Gebäude standen leer. Es war ein gewisses Risiko, aber Edon/Moal-14 hoffte, die Suche des Instituts würde sich am wenigsten auf sein eigenes Umfeld beschränken. Hier war La/Bme inmitten einer weitläufigen Hügellandschaft völlig ungestört. Sie fühlte keinerlei Einsamkeit. Im Gegenteil. Sie war glücklich, endlich ganz über sich selbst zu verfügen. Um das zweigeschossige Häuschen wand sich ein verwunschener Garten, gestaltet von einem berühmten Landschaftsarchitekten, einem Berufszweig, der längst unnütz geworden war. Einige Reihen von schlanken, hochgewachsenen Nadelbäumen staffelten sich in einem sanften Rhythmus in die Ferne und geleiteten den Blick über freie Flächen zu weiteren Gruppen aus Laub- und Obstbäumen, die wiederum eine gezielte Sichtachse zu einem nahegelegenen Gebirge öffneten.

La/Bme hatte beobachtet, dass die Berge eine immer wiederkehrende typische Form besaßen, indem sich ihre gezackten, wesensähnlichen Hänge in weichen Schwüngen abwechselnd von links und rechts hintereinander in die Tiefe des Raumes staffelten. Dabei stellte sie fest, dass sich das Prinzip auch in kleineren Maßstäben wiederholte. Denn diese Staffelung prägte sowohl größere Felsblöcke und einzelne Steine als auch Kies, Sand und Staub. Der Berg selbst hatte all dieses Material geboren und seine grundsätzlichen Wesenszüge darin weitervererbt. Vielleicht, dachte La/Bme, war das ein universelles Prinzip, für lebende Wesen wie für augenscheinlich tote Materie. Eines Tages bestieg sie auch die Berge und von den Gipfeln konnte sie den unerschöpflichen Reichtum der Schöpfung in seiner ganzen Pracht ermessen. Ein merkwürdiges Gefühl war es, dort oben zu stehen. Obschon sie sich in größter Entfernung zum Planetenmittelpunkt befand, fühlte La/Bme eine ungeahnt starke Verbindung, beinahe als wäre sie ein Teil dieser steinernen Welt.

Wenn La/Bme gerade nicht von ihren Ausflügen abgelenkt war, das Innere der Natur zu erforschen, oder Besuch von ihren Freundinnen Edon/Moal-14 und Iros/Ateh-21 bekam, lebte sie meist in der ständigen Angst, gefasst zu werden. Selten verließ sie das Haus und kam nur in die Stadt, wenn sie Besorgungen zu erledigen hatte. Doch auch diese so gegensätzliche Welt konnte ihrer Neugier und feinen Auffassungsgabe noch Nahrung bieten. So machte sie eines schwülen Sommertages, als sie die Metropole besuchte, die sie nicht kannte, obgleich sie so lange ihre Heimat gewesen war, eine bedeutsame Erfahrung.

24

Ros/Aki-10 hatte große Mengen weiterer Literatur verschlungen und fühlte sich gewappnet, spielend vor dem scharfsinnigen und herablassenden Les/Aht-9 bestehen zu können. Dieser begrüßte ihn in einem großzügigen, modern-kühlen Foyer. Nachdem sie eine endlos scheinende Abfolge verwinkelter Flure durchschritten hatten, betraten sie die Laborräumlichkeiten der Abteilung für physikalische Grundlagenforschung. Die Fakultät führte ein Schattendasein. Lediglich fünf Räume standen zur Verfügung. Diese Anzahl spiegelte die Art der Wertschätzung wider, die der exotische Forschungszweig im Ansehen der Öffentlichkeit genoss, denn längst rechnete niemand mehr in der Welt mit bahnbrechenden Erkenntnissen in der Physik. Es gab nur vier Mitarbeiter für das Projekt, allesamt intelligenteste Vertreter der intelligentesten Art des Universums. Les/Aht-9 stellte seinen Chef vor, einen blutjungen Mann mit kantigen Gesichtszügen und einem militärisch wirkenden, eckigen Kurzhaarschnitt. Sein Name war Horos/-Psohp-10.

„Herzlich willkommen“, sagte dieser knapp. Dabei sah er Ros/Aki-10 mit kaltem Blick direkt in die Augen. „Bitte fass nichts an, das sind alles ganz hochempfindliche Instrumente. Wir wollen doch nicht, dass ich dich gleich wieder nach Hause schicken muss, oder?“

„Und ich heiße Ros/Aki-10. Vielen Dank übrigens für die freundliche Einladung.“

„Also, dann wollen wir mal anfangen. Wir müssen jetzt zuerst die Grundlagen klären“, sagte der gnädige Les/Aht-9. „Hier sehen Sie einen Apparat, den man Interferometer nennt. Damit wurde vor langer Zeit ein entscheidendes Experiment angestellt."

Die Anordnung stellte ein gleichseitiges Kreuz von etwa zwei Metern Länge dar, das auf einem großen Tisch lag. Im Kreuzungspunkt befand sich ein kleiner Spiegel, der um fünfundvierzig Grad gedreht war. Am Ende des linken Schenkels saß ein Laser, am Ende des rechten Schenkels ein rechtwinkliger Spiegel und genauso am Ende des oberen. Am Ende des unteren Schenkels befand sich ein weißer Karton.

„Der Laser auf der linken Seite sendet jetzt einen Lichtstrahl zur Mitte aus", dozierte nun Les/Aht-9. „Dort ist ein halbdurchlässiger Spiegel gegeben, der den Strahl teilt. Einen Teilstrahl denken wir uns vom Spiegel um neunzig Grad nach oben abgelenkt, den anderen lässt er durch, geradeaus nach rechts. Und jetzt stellen wir uns vor, dass die Spiegel an den rechten und oberen Punkten schließlich beide Strahlen in ihre Gegenrichtung zurück reflektieren, wieder zu dem halbdurchlässigen Spiegel im Mittelpunkt. Soweit kapiert?"

„Was hat das Ganze denn jetzt mit der Äquivalenztheorie zu tun?" wich Ros/Aki-10 aus. Er hatte das vage Gefühl, dass er schon jetzt nichts mehr verstand.

„Warten Sie es ab, ich komme gleich dazu. Jetzt stellen wir uns vor, dass die Rückseite des halbdurchlässigen Spiegels den horizontalen Strahl um neunzig Grad nach unten ablenkt, während sich der vertikale weiter von oben nach unten durch den Spiegel fortpflanzt. Auf dem Karton am unteren Punkt denken wir uns also beide Strahlen wieder vereint." fuhr Les/Aht-9 unbeirrt fort.

„Wie können wir denn wissen, welcher Strahl jetzt jeweils in welche Richtung verläuft? Die Lauflinien überdecken sich doch alle, das kann man doch alles gar nicht mehr auseinander halten.“ sagte Ros/Aki-10. Er dachte sogleich, dass er jetzt sicherlich eine vollkommen dumme Frage gestellt hatte.

„Es geht zuerst einmal um etwas ganz Anderes“, führte Les/Aht-9 weiter aus und schüttelte bedauernd den Kopf. „Sofern wir uns die gesamte Apparatur nämlich in Ruhe denken, legen beide Teilstrahlen die gleiche Strecke zurück. Die Wellenberge und -täler der beiden Strahlen überlagern sich und erzeugen eine Interferenz, die sich als konzentrische Lichtringe auf dem Karton abzeichnet.“

„Das ist doch Unsinn, denn es gibt nichts, was sich nicht bewegt!“ warf der schlaue Ros/Aki-10 ein.

„Oh, da haben Sie jetzt einen treffenden Einwurf gemacht“, erstaunte sich Les/Aht-9 und zog die dichten Augenbrauen hoch. „Die Bewegung des Planeten um die Sonne und dieser wiederum um die Galaxis führt nämlich die Apparatur mit sich, während sich die Lichtstrahlen fortpflanzen. Wir müssen uns jetzt nur vorstellen, dass der Lichtstrahl nach der klassischen Physik nicht etwa ebenfalls mit Kina mitgeführt wird, sondern sich nur relativ zu einem ruhenden Weltraum ausbreitet, was auch immer dieser sei. Wir denken uns jetzt, dass der Planet die Apparatur mit den Spiegeln genau nach rechts bewegt. Der horizontale Teilstrahl muss jetzt dem Spiegel am rechten Ende hinterherlaufen und eine längere Strecke zurücklegen. Auf seinem Rückweg wird der Weg zwar dafür umso kürzer, aber gleicht die Gesamtdifferenz nicht zu Null aus. Den vertikalen Strahl allerdings müssen wir uns von der Bewegung unbeeinflusst denken, so dass die beiden Strahlen unterschiedliche Strecken überwinden. Die Interferenz muss sich verschieben. Vor allem dann, wenn wir uns den Tisch mit dem Apparat jetzt ganz einfach in Gänze um neunzig Grad gedreht vorstellen, so dass sich die Situation der beiden Strahlen vertauscht."

„Das hört sich für mich vernünftig an. Können Sie das Experiment jetzt auch einmal vorführen?" fragte Ros/Aki-10 neugierig.

Les/Aht-9 lächelte milde und schaltete den Laser an. Mit seinen kurzen Fingern justierte er erstaunlich geschickt die an Feingewindeschrauben montierten Spiegel, bis sich der gleichmäßige Lichtfleck auf dem Karton in ein wunderbar ordentliches Ringmuster verwandelte.

„Jetzt haben wir doch die Interferenz. Dann ist doch alles so, wie es nach der klassischen Physik sein sollte!" freute sich Ros/Aki 10, doch er hatte es noch nicht ganz begriffen. Les/Aht-9 sah ihn mitleidig an. Er drehte jetzt den ganzen Tisch um neunzig Grad um seine Mittelachse und es passierte – nichts. Die Ringe verschoben sich nicht im Geringsten. Sie waren so deutlich wie zuvor.

„Das verstehe ich jetzt nicht", musste Ros/Aki-10 zerknirscht zugeben.

„Das kann ich mir vorstellen. Machen Sie sich nichts daraus, die Physiker damals haben es auch nicht verstanden", beruhigte ihn Les/Aht-9. „Allerdings konnte die Äquivalenztheorie das Phänomen ganz einfach erklären. Sie postulierte, dass die Geschwindigkeit der Lichtstrahlen immer gleich sei, unabhängig von Bewegungsrichtung und Geschwindigkeit des Apparates."

Das war ganz die Art von Logik wie die des fahrenden Zuges, an dessen Enden der Blitz einschlägt, dachte Ros/-Aki-10.

„Wir müssen uns dieses Experiment als die eigentliche Ursache für den durchschlagenden Erfolg der Äquivalenztheorie denken. Denn die Wissenschaftler fanden keine andere Erklärung, so sehr sie auch über Jahrzehnte danach suchten“, ergänzte Les/Aht-9. „Ich glaube aber, in Wahrheit müssen wir uns die Dinge viel komplizierter vorstellen. Das Licht belügt uns.“

„Vielleicht bin ich ja einfach zu dumm. Nur wenn ich einen Ball werfe, wird er doch die gleiche Geschwindigkeit haben, egal ob er nach Osten oder Westen fliegt? Warum soll es dann mit dem Licht nicht auch so sein?“ meinte Ros/Aki-10.

„Das stimmt allerdings“, sagte Les/Aht-9. Es war nicht ganz klar, ob er damit womöglich die erste der eben von Ros/Aki-10 gemachten Aussagen meinte.

„Es gab noch andere Theorien, die haben das auch so gesehen. Nämlich dass wir uns das Licht mit der Bewegung des Planeten mitgeführt denken müssen. An einer solchen Gravitulenztheorie arbeitet unser Team jetzt seit zwanzig Jahren. Es gibt nur ein Problem. Wir können damit das Phänomen der stellaren Aberration nicht erklären. Entschuldigung, das wissen Sie natürlich nicht. Ich erläutere Ihnen, was dieses Wort...“ wollte Les/Aht-9 sagen. Er grinste dabei mitleidig, aber Ros/Aki-10 fiel ihm ins Wort.

„Ich bitte Sie, mein lieber Les/Aht, ich weiß natürlich, worum es bei der Aberration geht. Dass das Teleskop dem Lichtstrahl quasi seitlich wegläuft und infolge dessen gekippt werden muss, was den sogenannten Aberrationswinkel erzeugt!“ sagte er stolz.

„Oha, jetzt kränken Sie mich allerdings in meiner Überlegenheit. Schon das vierte Mal!“ beschwerte sich Les/-Aht-9. Ros/Aki-10 dachte erstmals, eine feine Spur von Selbstironie in der ganzen Arroganz herauszuhören.

„Bei der Gravitulenztheorie denken wir uns, dass das Licht von der Schwerkraft des Planeten, oder überhaupt von der Gravitation mitgeführt wird“, erklärte Les/Aht-9. „In diesem Fall wäre der Versuch mit dem Interferometer und auch die nicht vorhandene kinestrische Aberration sofort schlüssig, denn das Licht würde sich natürlich in alle Richtungen mit gleicher Geschwindigkeit ausbreiten. Andererseits müssten wir uns den Lichtstrahl dann auch bei einer Sternbetrachtung im Teleskop mitgeführt denken, der Strahl würde gerade durch das Teleskop hindurchwandern. Es gäbe keine stellare Aberration.“

Ros/Aki-10 war sich jetzt nicht mehr so sicher, ob er die Aberration wirklich verstanden hatte, wagte aber dennoch eine alles entscheidende Frage zu stellen.

„Warum bewegt sich das Teleskop denn eigentlich nur in der Zeit seitwärts, die das Licht durch das Teleskop benötigt? Und nicht während der gesamten Zeit, die das Licht auf der Strecke vom Stern aus unterwegs ist?“ fragte er.

„Was redet dieser Kerl mit der krummen Nase denn ständig für einen Unsinn!“ blökte Horos/Psohp-10 vom Nebenzimmer aus, wo er offenbar auf einem Ohr zugehört hatte. „Das würde ja bedeuten, dass das Licht vielleicht eine Milliarde Jahre unterwegs war und dann den Planeten trifft, der sich in dieser Zeit schon viermal um die Galaxis gedreht hat! Der seitliche Versatz des Teleskopes wäre eine Million Lichtjahre!“

Les/Aht-9 indessen schwieg. Eine senkrechte Falte grub sich tief in seine Stirn bis zum Nasenansatz. Darunter bildete sie eine Linie mit dem Philtrum und seiner gekerbten Kinnspitze, was sein ganzes Gesicht vor Konzentration mitten auseinander zu spalten schien. Dann musste er plötzlich lachen.

„Was, wenn Ros/Aki Recht hätte? Wir müssten die Strecke innerhalb des Teleskops oder auch auf dem Planeten gar nicht als relevant denken? Weil es eigentlich nicht um diese kurze Entfernung ginge, sondern tatsächlich um die unvorstellbar viel größere Distanz vom beobachteten Stern bis zum Betrachter? Zumindest würden wir uns die Strecke im Teleskop im Verhältnis so kurz denken können, dass der Versuch mit dem Wasser im Teleskoprohr gänzlich bedeutungslos wäre“, sagte Les/Aht-9, und Ros/Aki-10 stellte eine leichte Rötung in seinem Gesicht fest, die da vorher nicht war.

„Jetzt drehen hier ja alle durch“, schimpfte Horos/-Psohp-10. „Glauben Sie denn wirklich, dass tausende von Wissenschaftlern in mehr als tausendsechshundert Jahren diese Möglichkeit noch nicht durchgespielt hätten? Außerdem, wie soll denn die Richtung einer Lichtwelle überhaupt ermittelt werden, wenn man nicht weiß, welcher Abschnitt der Kugeloberfläche ihrer Wellenfront eigentlich auf das Teleskop trifft? Denn als schmaler Strahl kommt das Licht vom Stern wohl eher nicht daher, auch wenn das immer stillschweigend unterstellt wird.“

„Nun mal ganz langsam“, erwiderte Les/Aht-9 ruhig. „Was Sie gerade gesagt haben, Horos/Psohp, hat vielleicht genau damit zu tun. Wir sollten dem Ganzen eine Chance geben. Stellen Sie sich nur vor, der Mann hätte Recht. Wir könnten damit die Gravitulenztheorie vollenden und dazu mit dem Televergenzprinzip vereinen. Dann würden Sie jede Auszeichnung erhalten, die die Welt zu vergeben hat! Aber dafür brauche ich Ihre Unterstützung und das Team."

Horos/Psohp-10 raufte sich die kantig geschorenen Haare. Er schwieg, denn er musste nachdenken. Dieses Argument war natürlich überzeugend, wie er fand. Außerdem forschten sie schon zu viele Jahre ohne Erfolg, und die Mittel drohten allmählich zu versiegen. Er kam zu dem Schluss, dass er nichts zu verlieren, nur zu gewinnen hatte. Schließlich ließ er alle seine Mitarbeiter antreten. Der geniale Les/Aht-9 hatte die ganze Sache bereits im Kopf durchgespielt.

Mit vor Aufregung zitternden Händen schraubte er ein kegelförmiges Glasprisma aus einer der Versuchsanordnungen für optische Experimente und stellte es aufrecht mitten auf einen Tisch.

„Wir stellen uns vor, dass das der Stern ist, den wir beobachten wollen, viele Lichtjahre entfernt." sagte er.

Danach nahm er den Becher mit seinem abgestandenen und längst zähflüssigen Quicktrunk vom Schreibtisch und kippte ihn über dem Prisma aus. Langsam vergrößerte sich die entstandene kreisrunde Lache, in deren Mittelpunkt der Glaskegel stand.

„Und das denken wir uns als Licht, das sich kugelförmig um den Stern ausbreitet." erklärte er und zeigte auf die krümelige schwarze Pfütze. Les/Aht-9 genoss den Anblick der Gesichter um ihn herum, die ihn ungläubig anstarrten.

Nun kramte er eine kleine Glasperle aus seiner Schreibtischschublade und erklärte „das ist unser Planet, von dem aus die Beobachtung stattfindet."

Er legte die Kugel ein Stück weit links unterhalb der Pfütze hin und markierte ihren Standort mit einem Stück Klebeband. Dann gab er ihr einen leichten Schubs, so dass die Glasperle parallel zur Tischkante gleichmäßig in Richtung der sich weiter ausbreitenden Quicktrunklache rollte.

„Wir stellen uns jetzt vor, dass die Kugel an irgendeinem Punkt an den Rand der Pfütze stoßen wird. Beide bewegen sich dabei. Die Perle rollt zur Pfütze, und der Rand der Pfütze fließt dabei immer weiter über den Tisch.“ erklärte Les/Aht-9. Als die Kugel an der Pfütze angekommen war, markierte er den Treffpunkt und legte ein Stück Lötdraht, den er vorher gerade gezogen hatte, von dort aus zum Prisma.

„So, das hätten wir. Dieser Draht bezeichnet die eigentliche Beobachtungsrichtung zum Stern zu dem Zeitpunkt, wo das Sternenlicht beim Beobachter eintrifft. Der Draht bildet einen bestimmten Winkel zur Tischkante, zur Bewegungsrichtung der Glasperle also.“ freute sich Les/Aht-9 mit einem kindlichen Grinsen.

„Wo ist denn jetzt die Aberration?“ fragte Horos/Psohp-10 nervös.

„Abwarten. Zuerst einmal sollten wir das im Computer grafisch korrekt darstellen“, sagte Les/Aht-9 und fertigte hastig eine kleine Handskizze an, die das ganze Szenario in Form von Kreisen, Winkeln und Linien darstellte.

„Sie haben gehört, was er gesagt hat. An die Arbeit, Herrschaften!“ rief Horos/Psohp-10 und spielte erregt mit seinen Fingern. „Wir nehmen für die Lichtgeschwindigkeit der Quicktrunkpfütze einen abstrakten Wert von fünf, für die Bahngeschwindigkeit des Glaskugelplaneten den Wert zwei und für den Abstand zum Prismastern den Wert siebenkommafünf!“

Les/Aht-9 spitzte die Lippen und kniff die Brauen zusammen. „Ich fürchte, Sie haben noch vergessen, dass wir den Treffpunkt erst berechnen müssen. Wir müssen uns den Lichtkreis mit der Geschwindigkeit fünf wachsend denken, während sich der Richtungspfeil der Perle mit der Geschwindigkeit zwei nach rechts verlängert..." brachte er in Erinnerung.

„Sie beide bilden Team eins und erstellen die Berechnung", er zeigte auf zwei seiner Mitarbeiter. „Und Sie beide als Team zwei die Grafik im CAD dazu!" befahl Horos/Psohp-10 ungeduldig.

Die vier Forscher verkrümelten sich ohne Widerrede und klemmten sich vor ihre Bildschirme. Bald stellten sie fest, dass die Grafik die Berechnung bedingte und umgekehrt. Les/Aht-9 skizzierte abstrakt die Dreiecksgeometrie, die das System abbildete. Horos/Psohp-10 gab Anweisung, welche Winkelfunktionen für die Ermittlung der Winkel und Strecken anzuwenden sind. Alle Bewegungen waren konzentriert und zügig. Das Ergebnis war eine grafische Darstellung des Treffpunktes, an der der Radius des Kreises und die Länge des Pfeiles maßstäblich gemessen werden konnten. Sie standen genau im Verhältnis fünf zu zwei.

„Der größte Teil ist schon geschafft. Die gefundenen Formeln setzen wir nun in eine automatische Routine ein, so dass wir danach die Werte verändern und beliebig damit herumspielen können", sagte Les/Aht-9 vergnügt, doch die Schweißperlen auf der Stirn verrieten seinen angespannten Zustand.

„Wo ist denn jetzt die Aberration?" wiederholte Ros/-Aki-10 und hörte die knackenden Finger von Horos/Psohp-10, der gerade ungeduldig zur gleichen Frage anheben wollte.

„Nur die Ruhe. Zuerst stellen wir uns eine zweite Grafik vor, bei der alles gleich bleibt, nur die Geschwindigkeit der Glaskugel denken wir uns mit einskommafünf statt zwei. So als ob sich Kina und der Beobachter mit einer Geschwindigkeit von nullkommafünf um seine Sonne dreht, die sich wiederum mit zwei um die Galaxis bewegt. Danach eine dritte Grafik mit zweikommafünf. Dann denken wir uns diese beiden Bilder übereinander gelegt", erklärte Les/Aht-9.

Hektisch gab Horos/Psohp-10 die Anweisungen dazu. Hypnotisiert starrten die Forscher auf die Bildschirme in Erwartung des Ergebnisses.

„Sieh an, jetzt verstehe ich. Der Betrachtungswinkel verändert sich je nach Geschwindigkeit des Beobachters ein wenig!" jubelte Horos/Psohp-10 aufgeregt.

„Und der Winkel zwischen den Betrachtungswinkeln beider Grafiken mit einem Wert von elfkommavierachtacht Grad müsste jetzt der Aberrationswinkel sein." ergänzte Les/Aht-9 und wischte sich den Schweiß von der rötlichen Stirn.

Sein Gesicht glühte umso mehr, als eine weitere Darstellung offenbarte, dass die Bewegung der Lichtquelle unbedeutend war. Sogar wenn sich der Stern mit der gleichen Geschwindigkeit und Richtung wie Kina bewegte, blieb der Aberrationswinkel unverändert. So wie wenn sich der Prismenstern bewegt hätte, nachdem der Quicktrunk schon ausgeschüttet worden wäre.

„Damit erklärt sich auch gleich ein uraltes Rätsel. Bisher konnte nur die Äquivalenztheorie erklären, warum zwei Doppelsterne, die einander mit hoher Geschwindigkeit umkreisen, dennoch immer den gleichen Aberrationswinkel aufweisen. Wir können es jetzt auch erklären." behauptete Horos/Psohp-10 stolz. Wieder knackten die Finger.

„Und noch mehr. Es ist ja immer noch schleierhaft, wie die Äquivalenztheorie eine Aberration erklärt, wenn Stern und Beobachter gar keine relative Geschwindigkeit zueinander haben. Für diesen Fall sollte es der Theorie nach keinen Unterschied zur kinestrischen Aberration, mithin gar keine Aberration geben. Andererseits konnten wir noch nie auch nur einen einzigen Himmelskörper beobachten, der nicht der Aberration unterliegt. Sollen wir uns wirklich vorstellen, dass es keinen Stern im ganzen Universum gibt, der sich zufällig mit der gleichen Geschwindigkeit und Richtung bewegt wie Kina?“ Ros/Aki-10 fühlte sich an die erste Kränkung erinnert, als die Abstraktschaft lernen musste, dass Kina nicht der Mittelpunkt des Universums war.

„Lieber Les/Aht, das wird ja immer besser. Die Gravitulenztheorie hat diesen Mangel ja nicht!“ begeisterte sich Horos/Psohp-10, der sich selbst schon als den eigentlichen Urheber der Entdeckung sah.

„Wie finden wir jetzt heraus, ob der Winkel mit den tatsächlichen Beobachtungen übereinstimmt?“ fragte Ros/-Aki-10, der als einziger ganz ruhig war und die Tragweite der Angelegenheit noch nicht verstanden hatte.

„Dafür übertragen wir jetzt das Modell auf realistische Werte. Dazu haben wir die Berechnungsroutine, denn eine CAD-Grafik würde die winzigen Winkel nicht mehr auflösen können“, schlug Les/Aht-9 mit leise bebender Stimme vor. Er spürte sein Herz bis zum Hals schlagen, denn allmählich wurde ihm klar, dass hier gerade ein historisches Ereignis von ungeheurer Wichtigkeit stattfand.

Horos/Psohp-10 gab die entsprechenden Anweisungen. „Bitte folgende Parameter in die Routine eingeben: Lichtgeschwindigkeit zweihundertneunundneunzigtausendachthundert km/s; Geschwindigkeit Kina dreihundertachtundsechzig km/s relativ zur kosmischen Hintergrundstrahlung, plus minus fünfunddreißig km/s um die Sonne. Jetzt lasst endlich sehen!“

25

Über der tief stehenden Sonne hatte der Himmel eine warme Tönung, die sich in sein klares Blau mischte und die Häuser in goldenes Licht tauchte. Über den Gebäuden zog aus der Gegenrichtung ein Gewitter auf, dessen Regenwolken sich dunkel auftürmten. Die unterschiedliche Brechung der Lichtfarben verlieh den Wolken in einem Zusammenspiel aus Regentropfen und Licht einen unwirklichen Lilastich. Der Kontrast zwischen Himmel und Fassaden, in Farbe wie Helligkeit, hätte nicht spannungsreicher sein können. Unfassbar, wie die Natur solche Schönheit erschaffen konnte, selbst in einer so scheußlichen Umgebung. Da geschah es, dass La/Bme ihre Lebensaufgabe erkannte, für die die Abstraktschaft keinen Begriff besaß. Sie wollte etwas gestalten, das der Natur ebenbürtig war. Sie wollte optische Wahrnehmungsreize wie Licht, Form und Oberfläche selbst komponieren und zu einem Werk fügen. Sie machte es sich zur Aufgabe, alle Geschehnisse und Erscheinungen genau zu beobachten, sich auf jedes noch so kleine Detail zu konzentrieren. Sie schärfte ihre Sinne daran, um das wahre Wesen der Dinge zu ergründen. Oberfläche und Form waren Beschaffenheiten, die sich nicht willkürlich aus der Materie bestimmten. Vielmehr musste

La/Bme die wesenhaften Eigenschaften, die den Dingen ihre Form gaben, aus dem Verborgenen ans Licht bringen.

Neben mehreren Stallungen, in denen sie verschiedene Tiere pflegte, die sie vor Tod und Qual bewahrt hatte, genügte La/Bme ein großer Raum in ihrem Häuschen für ihre schöpferische Arbeit. Dicke Farbspritzer übersäten Boden und Wände, hatten sich im Lauf der Zeit überlagert und eine ganz eigene Textur entstehen lassen. Auf dem Untergrund befanden sich Reste von gesammelten Materialien, Metallen, Mineralien, Papieren, Pappen und Textilien, die der angetrocknete Klebstoff und Mörtel mit dem Untergrund verbunden hatte. Sie experimentierte mit Pigmenten, die sie aus den Böden, Steinen und Pflanzen gewann und mit ausgefallenen Zutaten wie Kalk, Quark, Öl und Eiern zu pastösen Farben anrührte. Damit schuf sie Abbilder und Modelle von Dingen, die sie gesehen und untersucht hatte. Sie übertrug die Schönheit der Natur in ihre eigene Schöpfung.

So wie die Form und der Hangwinkel der Berge und allen dazugehörigen Materials eine tiefere Ursache hatten, indem das besondere Verhältnis von Schwerkraft, Gewicht und Dichte des Steins und seine kristalline Struktur den Berg seit Jahrmillionen in seinem typischen Böschungswinkel abtrugen, mussten auch La/Bmes Arbeiten diese verborgenen Aspekte vermitteln, die eine Vergangenheit und eine Geschichte der dargestellten Dinge erzählten.

La/Bme freute sich schon den ganzen Tag auf den angekündigten Besuch ihrer Freundin Iros/Ateh-21 und deren unterhaltsame Geschichten von der Außenwelt. Iros/Ateh-21 war die letzten zwei Jahre aufgrund einer Krankheit nur selten aufgetaucht. Sie hatte sich Parasiten eingefangen, gegen die die gängige Medizin lange nichts ausrichten konnte. Keine ihrer Vorgängerinnen war besonders alt geworden, alle waren frühzeitig an unterschiedlichen, teils exotischen Infektionen gestorben. La/Bme hatte sich bei der Schilderung dieser Krankheiten oft gefragt, ob eine genetische Veranlagung die Ursache war, oder ob es an Iros/Ateh-21s fehlendem Hang zu Sauberkeit und Ordnung liegen könnte. Diese hatte jedoch das Schlimmste überstanden und rechnete zuversichtlich mit einem Altersrekord in ihrer Dynastie, denn sie war jetzt bereits hundertzweiundzwanzig Jahre alt.

„In deinem Arbeitszimmer herrscht ein Chaos, dagegen ist meine Wohnung ja regelrecht aufgeräumt!" sagte die gut gelaunte Iros/Ateh-21 mit einem Augenzwinkern, als sie eingetreten war.

Sie beäugte den Unrat, der den Fußboden lückenlos überdeckte, und versuchte, einige der merkwürdigen Gegenstände zu identifizieren. Mit den spitzen Absatzschuhen, die ständig ihre rundlichen Beine aus dem Gleichgewicht brachten, stocherte sie neugierig in der knöcheltiefen Abfallschicht. Plötzlich stach ihr eine kleine Plastikkarte ins Auge, auf der in großen Buchstaben ITI und der Name Edon/Moal-14 stand. Mit einem Male war sie wach. Als La/Bme in die Küche ging, um eine Kanne Quicktrunk zuzubereiten, nahm Iros/Ateh-21 die Karte heimlich an sich. Denn vielleicht könnte sie damit Zugang zu den sensiblen Bereichen des ITI erhalten, eine Chance, die sich kein zweites Mal böte. Als La/Bme kurze Zeit später nichtsahnend mit dem Quicktrunk kam, hatte es Iros/Ateh-21 plötzlich eilig.

„La/Bme, ich bin untröstlich. Ich habe meinen Nachsorgetermin beim Arzt völlig vergessen. Ich muss sofort

los." log sie und zog dabei unschuldig die Augenbrauen hoch.

La/Bme, die sich die seltene Gesellschaft der Freundin gegen ihre Einsamkeit so sehr wünschte, sah Iros/Ateh-21 mit ihren graublauen Augen traurig an. „Kommst du mich bald wieder besuchen?" fragte sie flehend.

„Ich werde sehen, ob ich Zeit habe." antwortete Iros/-Ateh-21 harsch, drehte sich um und ging einfach davon. La/Bme wunderte sich über den plötzlichen Abschied, ahnte jedoch nichts von den finsteren Plänen ihrer Freundin.

26

Die Spannung war unbeschreiblich. Die langen Haare von Les/Aht-9 waren mittlerweile schweißnass und klebten in wirren Strähnen um und auf seiner Glatze. Horos/Psohp-10 knackte mit seinen Fingern, dass man Angst bekam, sie würden brechen. Gebannt starrten alle auf den Monitor und fieberten dem Ergebnis entgegen, als Horos/Psohp-10 endlich mit zittrigem Zeigefinger die Eingabetaste drückte.

Vierundzwanzigkommanullacht Gradsekunden stand da auf dem Bildschirm. Dieser Winkel entsprach exakt der beobachteten Aberrationskonstante.

Es herrschte Stille.

„Was bedeutet das jetzt?" Ros/Aki-10 war etwas schwindelig. Er konnte die ganze Aufregung gar nicht verstehen.

„Das bedeutet, dass wir gerade die größte Entdeckung der letzten zweitausend Jahre gemacht haben. Das Licht hat uns zum ersten Mal die Wahrheit gesagt", flüsterte

Les/Aht-9, dessen Brillengläser beschlugen, während sich seine Augen vor Stolz und Glück mit Tränen füllten.

Horos/Psohp-10s Stimme überschlug sich. „Das bedeutet, dass die Erklärung der Aberration ganz ohne Äquivalenztheorie möglich ist und diese ihr wichtigstes Argument verliert. Dass der Weg offen ist für die Gravitulenztheorie, für eine neue Physik und für ein mit dem Televergenzprinzip vereinheitlichtes Weltmodell. Dass wir die wahre Natur des Lichtes enthüllen. Dass die Lichtgeschwindigkeit überwindbar ist. Dass die Abstraktschaft Überlichtflüge zu entfernten Sternensystemen verwirklichen kann!“

Les/Aht-9 ging nochmals die verfasste Formel durch. Plötzlich wurde er blass.

„Ich fürchte, wir haben einen Fehler gemacht. Wenn ich mir die Zahlen anschaue, erscheint es mir so, dass die Lichtlaufzeiten für die beiden Beobachtungswinkel, deren Differenz den Aberrationswinkel ergibt, nicht übereinstimmen. Was noch schlimmer ist, der Unterscheid nimmt zu, je flacher wir uns den Beobachtungswinkel denken. Hat uns das Licht schon wieder belogen?“

„Das würde doch bedeuten, dass wir an zwei genau gegenüberliegenden Punkten des Sonnenumlaufs gar nicht die gleiche zeitliche Situation sehen, oder? Können wir das noch genauer untersuchen?“ forderte Horos/Psohp-10 gereizt.

Les/Aht-9 hatte einen Verdacht. Die Umlaufbahn eines Nachbarplaneten von Kina zeigte schon immer eine scheinbare Abweichung von etwa zehntausend Kilometern auf, die bisher nur die Äquivalenztheorie erklären konnte.

„Können wir bitte unsere Berechnungsroutine mit den Koordinaten unseres Nachbarn überprüfen?“ schlug er vor.

Das Team von Les/Aht-9 fütterte den Computer jetzt mit den Daten des Nachbarplaneten. Der neue Algorithmus ergab sogleich eine zeitliche Differenz, die mühelos den scheinbaren Fehler der Umlaufbahn erklärte. Noch bevor das Gedankengebäude überhaupt das Labor verlassen hatte, erfuhr es also bereits seine erste Bestätigung. Mehr noch, die Formel ergab einen weiteren Unterschied zum Wert der Äquivalenztheorie von hundert Metern. Ein weiteres Hunderttausendstel der Bahnabweichung des Planeten. Verfeinerte astronomische Messungen könnten also empirische Belege für das Gedankenmodell liefern. Darüber hinaus hatte die Formel, anders als die klassischen Berechnungsmethoden, auch eine Abhängigkeit von den Quadraten der Geschwindigkeiten, produzierte also einen Effekt zweiter Ordnung, wie die Physiker das nannten. Das war auch eine der wesentlichen Eigenschaften, die die Formel der Äquivalenztheorie bislang von allen anderen unterschied.

Die Erklärung, dass die Aberration durch den gesamten Weg des Lichtes vom fernen Stern zum Beobachter entsteht, war der fehlende Puzzlestein. Er löste das letzte offene Problem von Les/Aht-9s Gravitulenztheorie. Diese ging von der Annahme aus, dass das Licht von der Schwerkraft beeinflusst wird, ganz so wie jede übliche Materie, und alle einschlägigen Experimente konnte er längst lückenlos damit erklären. Sogar einen weiteren historischen Versuch, der wider Erwarten eine Abweichung der Lichtlaufzeiten aufgrund der Eigendrehung des Planeten aufzeigte und auch von der Äquivalenztheorie nie ganz überzeugend beschrieben werden konnte, hatte er aufgeklärt. Dieses Experiment sei mit der Mitführung des Lichtes durch die Gravitation nicht vereinbar, so behaupteten die meisten. Allerdings war ein grundlegender Denkfehler für dieses Missverständnis verantwortlich. Die Forscher glaubten nämlich, dass sich das Gravitationsfeld eines Planeten mit seiner Eigen-Rotation mitdrehen würde. Das war natürlich Unsinn. Les/Aht-9 hatte zur Erklärung dieses Denkfehlers eine griffige Frage formuliert: Würde jemand, der über einem Karussell schwebt, automatisch mit dem Karussell rotieren, wenn er es gar nicht berührt? Aber würde er nicht trotzdem durch die Schwerkraft herunterfallen? Genauso sollte es auch dem Licht ergehen.

27

Politischer Aktivismus hatte eine lange Tradition in der Abstammungslinie von Iros/Ateh-21, und so war sie seit langer Zeit eine glühende Anhängerin der Gaiaiden. Nach Überwindung der Krankheit konnte sie sich jetzt wieder ganz ihrer Aufgabe widmen, die in der Beschaffung von Waffen und Munition für die terroristische Bewegung bestand. Bei der Durchführung ihres nächsten Projektes hatte ihr der Zufall geholfen. Sie hoffte inständig, dass La/-Bmes Codekarte, womit diese einst aus dem interkonkregalen Technischen Institut geflohen war, noch funktionierte. Denn das ITI beschäftigte sich mit physikalischer Grundlagenforschung und barg wissenschaftliche Schätze, die die Gaiaiden bestens gebrauchen konnten.

Vor fünfzig Jahren, kurz nach der Widerlegung der Äquivalenztheorie, hatte Iros/Ateh-21 auf einer Party ihres Bekannten Ros/Aki-10 ein interessantes Gespräch mit einem seiner Freunde, der Physiker war und damals am ITI arbeitete. Ganz stolz erzählte ihr der Forscher von seiner Arbeit an einem neuartigen Raumschiffantrieb. Wie sein Team festgestellt hatte, war die Energie, die aus der Materie geschöpft werden konnte, entgegen der Annahme der Äquivalenztheorie, nicht durch die Lichtgeschwindigkeit bestimmt. Vielmehr kam es auf den Maßstab an, in dem eine Reaktion stattfindet. So wie eine Atomkernfusion weit mehr Energie als ein chemischer Prozess auf molekularer Ebene freisetzt, potenziert sich die Ausbeute bei Manipulationen mit noch kleineren Materiezuständen. Die Grenze war erst bei der kleinstmöglichen Stückelung der Materie, den sogenannten Wirkungsvergenzen erreicht. Diese waren jedoch ein Trilliardstel kleiner als ein Atomkern, und die enthaltene Energie verhielt sich umgekehrt quadratisch zur Dimension. Ein Triebwerk mit dieser Technologie konnte einen Schub freisetzen, der vierzig Größenordnungen höher lag als die Leistung eines herkömmlichen Fusionsantriebs. Doch die Gaiaiden hatten ganz andere Pläne.

Nachdem einer von Iros/Ateh-21s Mitstreitern die Funktionsfähigkeit der Karte an einem Nebeneingang des ITI überprüft und einen groben Grundriss aufgezeichnet hatte, begab sich Iros/Ateh-21 auf ihre Mission. Im weißen Kittel schlenderte sie zur Mittagszeit zielstrebig zum Institut. Schon aus einiger Entfernung donnerte ein lautes Geräusch wie ein orkanartiger Wind. Sie sah zum Dach des Gebäudes. Dort stieg eine Säule aus flirrender Luft auf, die nur einige Meter schmal war, jedoch bis weit in den Himmel hinaufreichte und dort ein Loch aus der Wolkendecke stanzte. Unbehindert vom nachlässigen Sicherheitspersonal benutzte Iros/Ateh-21 ihre Codekarte. Die Televergenzclava dirigierte sie anhand des Grundrisses durch die endlose Abfolge der Flure. Nachdem sie siebenmal links und neunmal rechts abgebogen war, hatte Iros/Ateh-21 jegliche Orientierung verloren. Ein ungutes Gefühl beschlich sie. Ob sie wohl jemals das Gebäude heil wieder verlassen würde? Doch um ihr Ziel zu erreichen, war sie bereit, alles zu opfern. Sogar ihr eigenes Leben.

Erschrocken hörte sie plötzlich eine Stimme, die leise ein Kinderlied summte. Sie kam aus einem der Büros, dessen Tür einen Spalt weit offenstand. Abrupt blieb sie stehen, lugte vorsichtig in den Raum und sah vor einem unordentlichen Schreibtisch den schütteren Hinterkopf eines uralten Mannes, dessen graues Haar in meterlangen Strähnen bis zum Boden hing. Irgendetwas kam ihr bekannt vor an diesem Mann. Sie erlaubte sich nicht, darüber nachzudenken. Auf keinen Fall durfte sie zulassen, ihre Mission zu gefährden. Lange würde dieses alte Männlein eh nicht mehr leben. Behände schlich sie hinter den Rücken des wehrlosen Alten, ergriff ein Bündel seiner langen Haare, warf sie um seinen Hals und zog zu. Sofort verstummte das Liedchen, und schon nach kurzer Zeit glitt der leblose Körper von seinem Drehstuhl auf den Boden. Die Welt hatte ihren größten Wissenschaftler verloren.

Leise schlich Iros/Ateh-21 wieder aus der Tür und gelangte schließlich in die Abteilung für physikalische Grundlagenforschung. Diese hatte sich seit der Widerlegung der Äquivalenztheorie immens vergrößert. Sicherlich waren hier hunderte Forscher beschäftigt, wenn nicht gerade Essenszeit war. Sie erreichte die Labore und schlich an merkwürdigen Versuchsaufbauten vorbei. Unzählige Spiegel, Prismen, Laser, zylindrische Glastuben, Rohre und Flansche aus blank poliertem Stahl waren dort in wirrer Anordnung mit endlosen Kabelsträngen und Glasfaserleitungen untereinander verbunden. Ihre Televergenzclava zeichnete alles auf, was sie sah, und sendete die Information direkt in das Hauptquartier der Gaiaiden.

Je näher sie einer große Halle kam, desto lauter wurde ein zuvor nur leise vernehmbares Grollen. Ihre Codekarte vermochte die große Zugangsschleuse zu öffnen, und nach einer zweiten Tür stand sie wie vor einer Wand aus ohrenbetäubendem Lärm. Vierundzwanzig baumdicke Stahlröhren waren von mächtigen, suprагekühlten Magnetspulen umhüllt und füllten igelförmig die riesige Halle aus. Vierundzwanzig schraubenförmig verdrillte Laserstrahlen kreuzten sich dicht über einem nur handgroßen Stahlwürfel. Dieser wiederum lag auf einem Betonfundament mit einer Seitenlänge von zwölf Metern und vermutlich ebensolcher Tiefe unter der Bodenplatte der Halle. Über dem kleinen Würfel schwebte eine stecknadelkopfgroße, durchsichtige Kugel. Iros/Ateh-21 konnte nicht einschätzen, aus welchem Material sie bestand, vielmehr schien sie ganz unmateriell zu sein. Von der Oberseite der winzigen Kugel schlug eine gigantische, flirrende Hitzesäule durch eine Öffnung des Hallendaches in den Himmel. Der Energiestrom presste die Kugel mit einer derart drastischen Kraft auf den Stahlwürfel, dass dessen Oberfläche um eine Daumenbreite eingebeult war, wie bei einem winzigen Meteoriten, der einen riesigen Krater geschlagen hat. Iros/Ateh-21 war schwer beeindruckt und malte sich aus, welche unfassbaren Energien das Gerät entfesseln würde, wenn es erst sein Laborstadium verlassen hätte. Was sie hier sah, war der erste Versuchsprototyp eines neuartigen suprakinetischen Raumschiffantriebes. Wie dankbar war sie doch ihrem Bekannten Ros/Aki-10, der sie einst mit einer beiläufigen Bemerkung auf die Idee gebracht hatte, dass mit einer solchen suprakinetischen Reaktion sicherlich eine schöne Bombe zu bauen wäre. Das war auch viel einfacher, denn ein unkontrollierter Energieausstoß würde all die gigantischen Apparaturen zur Bändigung der Reaktion verzichtbar machen.

Der wichtigste Teil der Mission lag nun noch vor ihr. Iros/Ateh-21 musste an die technischen Unterlagen, Zeichnungen und Berechnungsmethoden des Antriebs herankommen, ohne die der ganze Handstreich wertlos war. Zur Minimierung der Leitungswege war das Rechenzentrum glücklicherweise direkt neben der Halle angegliedert. Lautlos öffnete sie die Tür und fand sich in einem flachen Raum mit mehreren Reihen von jeweils dreißig Hardware-Racks. Sie schloss einen der Schränke auf und dockte ihre Televergenzclava an eine Schnittstelle an. Im Nu hatte sie einige Exabyte verschlüsselter Daten abgesaugt, die ihre Clava auch sofort an die Gaiaidenzentrale televergierte. Sie mussten dort nur noch entschlüsselt werden.

„Was machen Sie da!" tönte plötzlich eine männliche Stimme aus dem Nichts unmittelbar hinter ihr. Erschrocken drehte sie sich um und sah in die stahlblauen, eiskalten Augen eines älteren Mannes mit kantigem Kurzhaarschnitt.

28

Es dauerte fünf Jahre, ehe sich die neuen Erkenntnisse in der gesamten Wissenschaft durchgesetzt hatten. Alle historischen Versuche wurden überprüft, unzählige neue und verfeinerte Experimente angestellt. Les/Aht-9 erntete bereits die Lorbeeren für die bahnbrechende Neuinterpretation der Aberration und genoss seinen interkonkregalen Ruhm in der Physikergemeinde. Er baute die Idee zu einer umfassenden Theorie über das Wesen des Lichtes aus, die von den Experimenten immer wieder bestätigt wurde. Auch Horos/Psohp-10 wurde für herausragende Führungs- und Teamfähigkeit belohnt und zum Leiter des gesamten Instituts befördert.

Die Abstraktschaft brauchte weitere fünf Jahre, um das Gleichgewicht der physikalischen Weltanschauung wiederherzustellen. Daraus entsprangen große Fortschritte. Die Modelle zu Urknall, Expansion und Alter des Universums wurden von Grund auf verändert, das dynamische Himmelsgefüge musste ganz neu aufgestellt werden. Denn bislang dachten die Astronomen, der wahre Standort der Sterne würde nur um den kleinen Aberrationswinkel von der sichtbaren Position abweichen. Doch dieser Winkel war nur die Differenz von zwei vielfach größeren Winkeln, die die tatsächliche Abweichung ausmachten. Skurrile Hilfskonstruktionen wie dunkle Materie, dunkle Energie und expandierender Raum wurden überflüssig. Nicht etwa die Raumzeit, wie die Äquivalenztheorie forderte, wurde durch die Gravitation gekrümmt, sondern das elektromagnetische Feld, was die Gravitulenztheorie inzwischen beweisen konnte. Doch das Licht war der Informationsträger über die ganze Himmelsmechanik. Die Verkrümmung des Lichtes schuf Artefakte, die von einer Raumzeitverkrümmung durch nichts zu unterscheiden waren. Die Abstraktschaft hatte es verstanden: Misstraue dem Licht!

Allerdings war es eine grundlegend andere Mathematik, die diese Ergebnisse zeitigte. Doch bereits die ersten

Versuche, diese Mathematik nun mit dem Televergenzprinzip zusammenführen, verliefen vielversprechend. Die Grundlagen für eine universelle Theorie für Gravitulenz und Televergenzprinzip setzten sich danach wie Puzzlesteine zusammen. Die Zeit wurde wieder eine Größe, die überall im Universum und bei jeder Geschwindigkeit absolut war.

Wie bei jeder umwälzenden Erkenntnis der Wissenschaft gab es leider auch eine Schattenseite. Bislang hatte die weiterhin gültige, aus kinetischen Prinzipien entwickelte Formel $E=m\cdot c^2$ die Zerstörungskraft der schlimmsten Waffen begrenzt. Wenn jedoch vielfache Lichtgeschwindigkeiten möglich waren, potenzierte sich auch die Energie, die theoretisch aus der Materie zu schöpfen war. Tausendfache Lichtgeschwindigkeit würde millionenfache Energie und Zerstörungskraft erzeugen. Televergenzien fanden simultan, mit unendlichfacher Lichtgeschwindigkeit statt. Unendlich hohe Energien wären demnach möglich. Eine Hand voll Bomben, koordiniert gezündet, könnte den ganzen Planeten in einer einzigen, großen Detonation zerstören. Außerdem wäre es nicht mehr klar, ob es nicht auch elektromagnetische Wellen gäbe, die sich schneller als mit der einfachen Lichtgeschwindigkeit fortpflanzen könnten. Schließlich führte die Gravitation das Licht mit sich. Das Licht könnte auf einer Materiewolke reiten, die von einer Explosion auf ein Vielfaches der Lichtgeschwindigkeit beschleunigt worden wäre.

Horos/Psohp-10s Ehrgeiz war dennoch nicht befriedigt. Seit Jahren rang er nun auch um einen empirischen Beweis gegen die Äquivalenztheorie. Indes, ein solcher stellte sich als schwierig heraus. Die Äquivalenztheorie mit ihrer pauschalen Lichtgeschwindigkeit lieferte immer ein korrektes Ergebnis, denn schließlich war ihre Mathematik dazu angelegt, für jeden anzunehmenden Fall gefeit zu sein. Deshalb war sie tauglich gewesen und trotz ihrer unlogischen und falschen Grundvoraussetzungen ein mächtiges Werkzeug für treffsichere Voraussagen. Horos/Psohp-10 wusste, es gäbe nur einen radikalen Ansatz, nämlich ein Objekt auf Überlichtgeschwindigkeit zu befördern. Die neue Theorie erlaubte solche Geschwindigkeiten, die Äquivalenztheorie nicht. Glücklicherweise hatte sich die Technik der Kernfusion in den letzten Jahrhunderten enorm entwickelt. Es gab bereits Reaktoren, die in einer Hosentasche Platz fanden. So entwickelte Horos/Psohp-10 in Zusammenarbeit mit der interkonkregalen Weltraumbehörde ISA eine kleine, unbemannte Raumsonde, die über Monate pausenlos einfach nur beschleunigen sollte. Eine Televergenzclava an Bord würde den jeweiligen Standort der Sonde losgelöst von Zeit, Entfernung und Geschwindigkeit simultan übermitteln.

Die Raumsonde erreichte bereits nach fünf Tagen die Lichtgeschwindigkeit. Welch ein Schritt war es für die Abstraktschaft, die bisher nicht über die Entfernung von Lichtminuten hinausgekommen war, als die Sonde nach weiteren fünf Jahren eine Distanz von dreihundertsiebzig Lichtjahren überwunden hatte. Erst dann war der Treibstoffvorrat erschöpft, und die Sonde flog in alle Ewigkeit mit beinahe hundertfünfzigfacher Lichtgeschwindigkeit weiter. In fünfhundert Jahren verließe sie die Galaxis, sofern sie nicht durch eine Kollision mit einem Stern oder Stein aufgehalten würde. Doch die Leere zwischen den Himmelskörpern war so unvorstellbar groß, dass die Chance dafür praktisch Null war. Dennoch blieben Orte in kosmischen Entfernungen für die Abstrakten weiterhin unerreichbar, denn die Beschleunigung für bemannte Raumflüge war begrenzt. So würde eine Reise von einer Milliarde Lichtjahren zwanzigtausend Jahre dauern, und das bislang vermutete Ende des Universums wäre erst nach mehr als achtzigtausend Jahren erreicht. Allerdings nur falls genug Treibstoff an Bord wäre, um über eine solche Zeitspanne überhaupt ständig weiter beschleunigen zu können. Und sofern das Universum nicht doch viel größer war. Denn entlegene Objekte konnten sich längst mit Überlichtgeschwindigkeit entfernen. Ihr Licht hätte Kina ganz einfach nie erreicht. Die Abstraktschaft konnte somit von ihrer Existenz keine Kenntnis haben.

Die Entdeckung des Exoplaneten Rhea und die Chance auf intelligentes Leben dort war inzwischen durch mehrere unabhängige Gutachten mit immer höheren Wahrscheinlichkeiten bestätigt worden. Die weitere Sicherheit, dass Überlichtflüge realisierbar waren, trieb die interkonkregale Weltregierung nun dazu an, enorme Mittel für den Bau von zwei Raumfahrzeugen bereit zu stellen, deren Reisegeschwindigkeit ein Vielfaches der Lichtgeschwindigkeit sein würde. Das erste war für die Vorerkundung gedacht, sollte zwei Personen befördern und nach Kina zurückkehren. Das zweite Raumschiff musste fünfzig Passagiere aufnehmen und dazu genügend Verpflegung, Gerät und Material, um die Mannschaft auf Rhea ein Jahr lang autark zu versorgen. Das Raumschiff würde bereits für seinen Hinflug so groß und kostspielig werden, dass an einen Rückflug gar nicht zu denken war. Trotzdem befürwortete eine große Mehrheit der Abstraktschaft die Verwirklichung des Überlichtflugs, und längst gab es keine Konkregate und

Rustikate mehr, die sich in einer solchen Frage hätten streiten können. Dennoch gab es eine ständig wachsende Gemeinschaft, die sich Gaiaiden nannte und diese Entwicklung aufs Schärfste verurteilte. Sie ängstigte sich, dass Kina, einmal von den Abstrakten verlassen, langfristig einem ungewissen Schicksal überlassen werden würde. Außerdem hegten die Gaiaiden Zweifel, ob die kinetische Moral, die schon mehrmals den eigenen Planeten beinahe vernichtet hatte, für eine Verbreitung in der ganzen Galaxis geeignet wäre. Die Anhängerschaft derer, die die bestehenden Verhältnisse zurückdrehen wollten, wurde immer größer. Sie verfügte über Macht, Einfluss und Ressourcen.

Ros/Aki-10 hätte gerne noch alle Entdeckungen und Entwicklungen erlebt, doch alles kam ganz anders. Einige Jahre nach dem Start der Überlichtsonde gab es Gerüchte, dass bald das kleinere Raumschiff zur Ersterkundung nach Rhea aufbrechen würde. Da das Projekt höchster Geheimhaltung unterlag, konnte Ros/Aki-10 selbst viele Jahre später, nach Rückkehr des Raumschiffs und bis zu seinem Lebensende keine weiteren Details in Erfahrung bringen. Ros/Aki-10 hatte, wie seine Vorfahren, stets alle Risiken ignoriert. Doch anstelle eines spektakulären Ablebens, wie es zu einem solchen Stammbaum gepasst hätte, stolperte Ros/Aki-10 im mittleren Alter von hundertsechzig Jahren über einen Bordstein und verhedderte sich in einem Dornblumenbeet. Auf unglückselige Weise schnitt einer der dünnen Stacheln längs und säuberlich seine Halsschlagader auf. Innerhalb weniger Sekunden war er verblutet. Zum Glück hatte er es sich leisten können, jährlich ein Update seines Erbgutes einzulagern.

□□□□□

„Und so bekam ich die Chance, an Bord dieses Rumschiffes zu gelangen“, sagte Ros/Aki-11.

„Deine lieben Vorfahren haben sich ja einiges gefallen lassen. Hat denn eigentlich auch einer die Früchte seiner Ideen ernten dürfen?“ wollte Hena/Ta wissen. Ros/Aki-11 hatte darauf keine Antwort.

„Aber Vater, wenn das alles nicht passiert wäre, dann würde es uns beide doch auch nicht geben!“ stellte Lon/-Lopa mit Entsetzen fest.

„Lon/Lopa, es tut mir leid, manchmal bist du ganz schön beschränkt!“ ätzte Hena/Ta. „Dazu hat ja wohl noch mehr gehört. Vor allem unsere Mutter, ohne die es uns erst recht nicht gäbe.“

„In der Tat. Dass ich sie jemals getroffen habe, verdanken wir sicher noch weiteren Zufällen. Ihre Geschichten dazu werden wir wohl leider nie erfahren“, meinte Ros/Aki-11 traurig.

□□□□□

29

La/Bme war mittlerweile dreiundfünfzig Jahre alt. Es war ihr in keiner Weise anzusehen, denn wie durch ein Wunder sah sie dreißig Jahre jünger aus. Sie hatte sich einen starken, herrlich duftenden Quicktrunk gekocht und hörte gerade die Musik ihres Lieblingskomponisten, der die schönsten Tonartmodulationen aller Zeiten entstehen ließ. Eine Rarität, denn das neue Tonsystem des berühmten Nia/Myhylop-10 hatte diese alte Musik mit atemberaubendem Tempo zum Aussterben verurteilt. Dabei konzentrierte sie sich auf ihre Arbeit, und wollte endlich die amorphe Plastik, an der sie seit Tagen modellierte, mit einem Röntgenstrahler aushärten. Schließlich stellte sie das fertige Objekt auf einen groben Holztisch. Dann bestrich sie es mit der kompromisslos schwärzesten Farbe der Welt, die nur ein Tausendstel Prozent des Lichtes reflektierte. Erst Licht und Schatten jedoch gaben einem Körper seine Räumlichkeit. Das Auge sah die Skulptur nur mehr als zweidimensionale Silhouette, die wie durch Zauber je nach Blickwinkel ganz unterschiedlich erschien. Allein der Tastsinn konnte noch ihr Volumen begreifbar machen. La/Bme wollte gerade dieses herrliche Paradoxon erkunden, inwieweit das Licht eine ganz falsche Information liefern konnte, als sie eine Nachricht aus ihrem früheren Gefängnis empfing. Beinahe fünf Jahre waren vergangen, seit sie vom Institut geflohen war. Meist hatte sie die Angst, noch verfolgt zu werden, erfolgreich verdrängt. Zuerst erschrocken, stellte sie sogleich beruhigt fest, dass Edon/Moal-14 die Verfasserin der Nachricht war. Sie bat sie, zu einem Gespräch in die Anstalt zu kommen. Sie müsse sich keine Sorgen ma-

chen, ihre Flucht sei längst vergessen, galt sie dem Institutsleiter am Ende doch nur als triviales Versuchstier. Mit gemischten Gefühlen ließ sich La/Bme auf eine Besprechung in dem Laborgebäude ein, das so lange ihre unfreiwillige Heimat gewesen war. Edon/Moal-14 hatte von einer einmaligen Mission gesprochen. Sie sei einzig wegen ihrer exzentrischen Persönlichkeit ausgewählt, und niemand wisse von ihrer wahren Identität.

Nachdem sie über eine Stunde im Vorzimmer hatte warten müssen, trat sie zum ersten Mal dem Institutsleiter gegenüber. Er hieß Horos/Psohp-10. Ein älterer Herr mit grauen Haaren, einem trotz des Alters durchtrainiertem Körper und eiskalten, stahlblauen Augen. Dieser Horos/-Psohp-10 war ihr auf den ersten Blick unsympathisch. Allerdings vermittelte er tatsächlich nicht den Anschein, über ihre Identität Bescheid zu wissen. Er kam gleich zur Sache.

„So, Schätzchen, nun zu Ihnen. Sind Sie eigentlich mit der Tatsache vertraut, dass man fast siebzig Jahre vor ihrer Geburt einen Planeten mit dem Namen Rhea entdeckt hat? Auf dem intelligentes Leben vermutet wird?“

„Natürlich habe ich davon gehört. Seitdem ist wohl ein riesiges Superluminarraumschiff in Bau, um seine Entfernung von fast siebenhundert Lichtjahren zu überwinden.“ Misstrauisch sah La/Bme ihn an. Sie überlegte kurz, warum sie sich eine solche Anrede gefallen ließ. Frauenfeindlichkeit gegenüber war sie mehr als empfindlich. Doch sie war ungeübt in Konversation. Sie traute sich nicht, eine angemessene Antwort zu geben.

„Das ist korrekt. Wir haben das Raumschiff gerade fertig gestellt. Sogar gegen den Widerstand der Gaiaiden, die überall mit ihren terroristischen Aktionen dazwischenfun-

ken. Erst vor ein paar Tagen habe ich so ein Gaiaidenmädchen dabei erwischt, wie es sensible Forschungsergebnisse aus dem ITI stahl. Ich habe es fertiggemacht." meinte der Institutsleiter stolz. Er hoffte nur, dass er Kina längst verlassen haben würde, bevor die Gaiaiden zum Äußersten übergingen.

„Übrigens empfangen unsere Radioteleskope seit ein paar Wochen Signale von Rhea. Wir wissen jetzt also, dass es sie gibt!"

„Gratulation. Und was habe ich damit zu tun?"

„Nun ja, wir versuchen, ein Team zusammenstellen, das eine größtmögliche Bildungs- und Fähigkeitsbandbreite unserer Gesellschaft abbildet. Ich habe zwar nicht ganz verstanden, was eine Frau wie Sie dazu beitragen könnte, aber meine Mitarbeiterin Edon/Moal-14 hat Sie zur Auswahl vorgeschlagen. Ich weiß nicht, welche Pläne sie mit Ihnen hat. Es bleibt mir nichts, als ihrem Urteil zu vertrauen", sagte Horos/Psohp-10.

La/Bme kochte innerlich über diesen Widerling. Zudem hatte sie eine leise Ahnung, dass er ihr nicht die ganze Wahrheit sagte.

„Wofür ausgewählt? Glauben Sie ernsthaft, ich würde mich als Forschungsobjekt für Ihr Institut zur Verfügung stellen?"

Er lächelte väterlich jovial. „Keine Angst, darum geht es nicht. Ich bin mit der Leitung einer Mission betraut worden. Sie sollen Teil des Teams sein, das nach Rhea aufbrechen und den Planeten erforschen wird. Eine beinahe unpassende Ehre für jemanden wie Sie."

„Warum dann gerade ich? Was sollte ich überhaupt davon haben?" fragte La/Bme, doch eigentlich kannte sie

ihre Antwort darauf. Es war die Chance ihres Lebens, ihren Bewusstseinshorizont in ganz unbekannte Dimensionen zu erweitern. Angst hatte sie allenfalls vor ihrem Wutausbruch, den sie kaum mehr beherrschen konnte. Damit wäre alles verdorben.

„Ist es ist nicht eine große Ehre für Sie, die Abstraktschaft hierin zu vertreten? Stellen Sie sich vor, Sie werden Teil der Geschichte sein!" sagte Horos/Psohp-10 mit konkregatsmännischer Miene.

„Das interessiert mich nicht. Ich bin froh, dass ich nicht schon Teil der Geschichte bin."

„Nun, bedenken Sie, es wäre auch eine große Herausforderung. Mögen Sie denn keine Herausforderungen?"

„Doch, sicherlich, aber..."

„Ich muss Ihnen allerdings auch sagen, dass es gefährlich sein könnte. Unsere Vorerkundungen waren noch nicht sehr aufschlussreich, wie intelligent die dortige Spezies ist. Außerdem werden Sie nie mehr zurückkehren..."

Da war es.

„Wissen Sie, ich glaube, ich muss mir das alles erst in Ruhe überlegen... Gibt es denn eine Bezahlung dafür?" fragte La/Bme.

„Na hören Sie mal, das Ganze kostet eh schon ein Vermögen. Was wollen Sie denn mit Geld anfangen, auf einem fremden Planeten?" empörte sich Horos/Psohp-10.

„Ich dachte da eher an etwas Anderes. In unserer Zentralbibliothek gibt es das Manuskript für ein Stück meines Lieblingskomponisten, das er im Jahr 1827 komponiert hat. Ich weiß, das ist viel verlangt. Ich möchte eine Erinnerung aus dieser Welt mitnehmen, eine Hinterlassenschaft der Abstrakten!" sagte sie bestimmt, im vollen Bewusstsein dieses ungeheuerlichen Ansinnens.

„Also wissen Sie! Das ist ja schon eine unerhörte Forderung. Halten Sie sich wirklich für so einzigartig, dass man Ihnen einen solchen Wunsch erfüllen würde?“

Vermutlich hatte er Recht. Sie war eine ganz durchschnittliche Person, dachte sie, vielleicht mit einem gewissen Dachschaden. Dennoch wollte sie ihren Wert ausloten.

„Ok, dann lassen wir das einfach. Suchen Sie doch eine andere Dumme für diesen Job...“

„Hmmm, na gut. Ich mache Ihnen einen Vorschlag“, erwiderte der Institutsleiter nach einer Weile genervt, und um das Gespräch zügig zu beenden. „Ich werde einen Antrag bezüglich Ihres Wunsches stellen, danach reden wir weiter.“ Warum nur war Edon/Moal-14 die Auswahl dieser Frau so wichtig, dachte er. Ihr Gesuch würde eine Abstimmung des Parlaments erfordern. Soll Edon/Moal-14 sich doch selbst darum kümmern, entschied er, und sendete ihr eine entsprechende Anweisung.

La/Bme dachte eigentlich, damit wäre es erledigt gewesen. Umso erstaunter war sie, als zehn Tage später eine Antwort kam. Das Parlament gab eine Erklärung ab, dass die Abstraktschaft es als Investition in die Zukunft sehen würde, dieses Werk aus ihrem Kulturschatz herauszureißen. Ein Saatgut sollte es sein, auf dass ein zartes Pflänzchen der Kultur der alten Welt auf der neuen Welt keimen und zu einem großen Baum heranwachsen möge. La/Bme hatte nicht damit gerechnet, dass ein derartiger Wunsch überhaupt befriedigt werden könnte. Zugleich vermochten es diese viel zu schönen Worte nicht, ihren Verdacht auszuräumen, dass sie wiederum nur einen Teil der Wahrheit wusste. Jedenfalls schwor sie sich, diesem Horos/Psohp-10 nie wieder klein beizugeben.

Bereits eine Woche später reisten alle Teammitglieder an. Bei der Personenkontrolle an der Schleuse brach sich einer die Nase, weil er aus vollem Lauf gegen eine Glastür rannte. So ein Blödmann, dachte sich La/Bme.

Das Raumschiff startete und nutzte auf dem Weg gelegene Monde und Planeten als Schwerkraftschleudern zur zusätzlichen Beschleunigung. Wenn es auf seinen endgültigen Kurs einschwenkte, würde die gesamte Mannschaft den überwiegenden Rest der Reise im Tiefschlaf verbringen.

□□□□□

„Papa, du musst uns die Clava jetzt aber wirklich erzählen lassen, wie du Mutter überhaupt kennen gelernt hast!“ Hena/Ta wartete eigentlich schon seit Stunden nur darauf, dass die ständig abschweifende Televergenzclava ihres Vaters nun endlich zum wichtigsten Punkt der Geschichte kam.

□□□□□

30

Es fing nicht gut an für Ros/Aki-11. Er hatte die Glastür wirklich nicht gesehen, die das Licht ungehindert hindurch ließ und keine Warnung über ihr Dasein gegeben hatte. Das Nasenbein bremste seinen forschen Schritt und brach mit einem scheußlichen Knacken. Während er noch medizinisch versorgt wurde, startete das Raumschiff. Danach lud der Kapitän zu einer Einführungsbesprechung ein. Er war ein älterer Herr namens Horos/Psohp-10, Doktor der Physik und Chef des Instituts für Weltraum- und Verhaltensforschung am ITI. In gerader Haltung trat der große Mann an ein Stehpult, nahm seine kantige Schirmmütze vom Kopf, die einen ebenso kantigen grauen Kurzhaarschnitt entblößte, und begann aus seinen Notizen vorzulesen.

„Sehr geehrte Herren, herzlich willkommen. Wir haben den Gaiaiden ein Schnippchen geschlagen, und...“

„Ich erlaube mir den Hinweis, dass auch Damen an Bord sind“, unterbrach ihn eine weibliche Stimme hinter Ros/Aki-11. Wer hatte es gewagt, dem Kapitän bei seiner

Rede ins Wort zu fallen? Messerscharf durchschnitt die durchaus angenehme Stimme die Totenstille.

Mit einem Zischeln aus zusammengepressten Lippen fuhr Horos/Psohp-10 fort „Ich hoffe, Sie hatten alle eine bequeme Ankunft auf meinem Raumschiff…"

„Außerdem, Herr Kapitän, glaube ich nicht, dass es Ihr Raumschiff ist."

Wer war nur diese unverschämte Person? Warum hatte man überhaupt so jemanden für die Reise ausgewählt? Da war doch der Ärger schon vorprogrammiert! Andererseits hatte sie auch Recht. Ros/Aki-11 musste zugeben, dass er beeindruckt war. Wie die versammelte Mannschaft wandte er neugierig seinen Blick nach der Frau hinter dieser Stimme. Fassungslos sah er in die schönsten Augen, die er jemals erblickt hatte.

„Wer hat das eben gesagt?" bellte der Kapitän.

Langsam und selbstbewusst erhob sich eine große Frau, gekleidet in einem zweckmäßigen Overall, dessen Formlosigkeit dennoch die Schönheit ihrer Figur kaum verhüllen konnte. Die obere Knopfreihe war – ganz versehentlich – etwas offen, und ließ ihre Brüste erahnen. Eher klein waren sie, dafür straff, und standen eng zusammen in perfekter, waagerechter Kontur über ihrem schlanken Bauch. Ros/Aki-11 kannte diese Frau. Vor sieben Jahren hatte er sie getroffen, als er seine frühere Dozentin Edon/Moal-14 in ihrem Institut besuchte. Schon damals hatte sie einen bleibenden Eindruck bei ihm hinterlassen, aber er hatte sich nicht einmal getraut, nach ihrem Namen zu fragen. Aber in diesem Moment sah sie ihn geradeaus an. Er fühlte, dass sich alles in seinem Leben verändern würde.

„Wie ist Ihr Name?" fragte Horos/Psohp-10 mit schneidend leiser Stimme.

„La/Bme." Sie hatte ein feuriges Funkeln in den Augen und konnte ihre Wut kaum noch beherrschen.

Da fiel dem Kapitän wieder ein, woher er diese freche, eigensinnige Person kannte. Er war es gewohnt, dass seine Befehle befolgt wurden. Noch nie musste er so große Zugeständnisse machen wie bei der Verhandlung mit La/Bme über ihre Teilnahme an der Reise. Er war entschlossen, die militärische Disziplin unbedingt aufrecht zu erhalten. Wehret den Anfängen!

„Komischer Name. Hinsetzen! Hatten Sie denn gar keine Vorfahren?"

„Was meinen Sie damit? Nur weil ich keine Ziffer in meinem Namen habe? Ich weiß bis heute nicht, wer meine Eltern sind. Ich wurde von Leuten wie Ihnen schon als Kind von einer Pflegefamilie zur nächsten geschubst. Die haben sich nun mal nicht die Mühe gemacht, mir einen anständigen Namen zu geben!"

„Welchen Ton erlauben Sie sich eigentlich? Ist Ihnen klar, dass wir für dic nächsten Jahrzehnte, wahrscheinlich sogar für immer miteinander auskommen müssen? Ich fordere etwas mehr Respekt!"

„Oder bin ich auch nur ein Klon? Ihr seid doch alle nur Klone! Ach kommen Sie, lassen Sie mich in Ruhe", rief La/Bme trotzig.

„Eines kann ich Ihnen sagen, La/Bme, das war noch nicht das Ende. Jetzt folgen Sie meinen Anweisungen und setzen sich!" brüllte Horos/Psohp-10 sie aus voller Kehle an.

Unmittelbar nach diesem kurzen, kalten Ausbruch war der Kapitän wieder völlig gefasst.

„Ich darf Ihnen meine Mitarbeiterin vorstellen, sie heißt Edon/Moal-14. Sie ist meine treue Perle und wird mich auch hier bei meinen Aufgaben unterstützen", erklärte Horos/Psohp-10 in aller Gelassenheit. In militärischem Bürokratismus gab er Erklärungen und Anweisungen zum weiteren Verlauf der Mission.

Nach dem Ende dieses Monologs setzte sich La/Bme alleine an einen Tisch im Aufenthaltsraum. Auch ihr Erfrischungsgetränk vermochte es nicht, die Zornesröte in ihrem Gesicht zu kühlen, die Horos/Psohp-10 entfacht hatte. Sie hatte übelste Laune. Alle waren im Raum zugegen. Niemand wagte es, sie anzusprechen.

Sicherlich würde sich ihre angestaute Wut auch auf Ros/Aki-11 entladen. Trotzdem durfte er seinen Fehler nicht wiederholen. Er nahm all seinen Mut zusammen, stand auf und ging zu ihrem Tisch.

„Geh bloß fort, du Schnösel! Ich bin nicht hierhergekommen, um mich von Langweilern beschwätzen zu lassen", fuhr sie ihn an.

Die Gespräche im Raum verebbten zu einem amüsierten Raunen. Alle verfolgten gespannt die Szene. Ros/Aki-11 setzte sich an ihren Tisch.

„Hast du nicht gehört? Verschwinde von hier!"

Es sah nicht so aus als ob sie ihn erkannte, andernfalls war sie mindestens eine gute Schauspielerin.

„Tut mir leid, ich wollte Ihnen nichts Böses. Wir kennen uns übrigens. Erinnern Sie sich, damals im ITI Gebäude? Ich habe dieses exotische Tier ermordet. Muss um die sieben Jahre her sein", sagte er.

„Ich denke, da täuschst du dich. Einen solchen Blödmann hätte ich doch gar nicht bemerkt!" sagte sie wütend. Ein hämisches Kichern ging durch den Raum. Horos/-Psohp-10 richtete einen kalten Blick zu seiner Mitarbeiterin Edon/Moal-14, flüsterte ihr einige Worte zu, und plötzlich wurde diese kreidebleich. Kurz darauf verließen die beiden den Raum.

„Sie sind ganz schön herablassend", sagte Ros/Aki-11.

„Das ist ja unglaublich. Jetzt kommt der mir so!"

„Was bezwecken Sie denn auf dieser Mission? Hat man Sie dazu gezwungen?"

„Was ich hier will, kann einer wie du sowieso nicht verstehen."

„Woher wollen Sie das denn wissen?" sagte er.

„Schau dich doch nur an, du siehst aus wie ein..."

Sie unterbrach sich und wurde ruhiger.

„Tut mir leid, ich wollte dich nicht beleidigen. Nur dieser Widerling", sie deutete zur Tür, durch die Horos/-Psohp-10 mit Edon/Moal-14 verschwunden war, „war heute einfach zu viel für mich. Ich heiße La/Bme."

Sie schenkte ihm ein kaum sichtbares Lächeln.

„Ich heiße Ros/Aki-11 und muss wohl ein Klon sein."

„Ich meinte das vorhin nicht so und ich bin wahrscheinlich selbst einer. Ich weiß eben gar nicht so richtig, wer ich eigentlich bin."

„Warum wurden Sie denn für diese Mission ausgewählt?" wollte Ros/Aki-11 wissen.

„Edon/Moal-14 hat das wohl eingefädelt, aber ihre Gründe dafür kann ich nicht nachvollziehen. Denn ich mache etwas, das niemand versteht, und ich verstehe selbst nicht, was ich mache", sagte sie. Ros/Aki-11 hatte nicht die entfernteste Vorstellung davon, was sie meinte.

31

Zwei Tage später wollte Ros/Aki-11 sich abends noch einige Stunden Entspannung gönnen und ein wenig mit der holographischen Simulation im Aufenthaltsraum spielen. Er nahm sich einen Drink und vertiefte sich in das beeindruckende Modell der Galaxis. Es war schon erstaunlich, wie sich Rhea, gemessen an der Größe der Galaxis, doch so nahe bei Kina befand. Er schaltete die Simulation in den Zeitraffermodus. Hundertmilliarden winzige Kristalle aus Sternen, die von noch zehnmal mehr Planeten umkreist wurden, alle so einzigartig wie jeder Abstrakte, trieben zwischen einer Wolke aus Staub in einer spiralförmigen Scheibe um den hell erleuchteten Mittelpunkt der Galaxis, der wie ein Juwel schimmerte. Immer wieder gleißten Gruppen einzelner Körner auf, wie Brillanten, deren Facetten das Auge mit schillerndem Farbspiel bestreuten, wenn es in einer jungen Region zu Sternengeburten kam. Über dem Zentrum der galaktischen Scheibe tanzten glitzernde Edelsteine in Kugelsternhaufen, wie Mückenschwärme im Gegenlicht der späten Nachmittagssonne. Seltener funkelten in diesen kosmisch älteren Zonen einzelne rötliche Gemmen, wenn ein Stern sein Ende erreichte und in einem letzten Lichtausbruch starb. Ros/Aki-11 stellte sich dazu die vielfältig geformten und gefärbten Geschmeide der hundertmilliarden weiteren Galaxien vor, die sich zu Haufen und Superhaufen zusammenschlossen und am Ende das Filament des gesamten Universums bildeten, das an eine biologische Struktur unter dem Mikroskop erinnerte. Welch prachtvolle Schönheit! Welch eine Freude, die sie bereitete!

„Ist es nicht faszinierend, wie die Natur ihren Formenbaukasten in so unterschiedlichen Maßstäben anwendet, in den allergrößten wie den allerkleinsten?“ murmelte Ros/-Aki-11 im Selbstgespräch. Er spürte einen sanften Lufthauch im Rücken, der einen angenehmen Geruch mit sich trug. Sie hatte ihn beobachtet.

„Vielleicht würdest du doch verstehen können...“ flüsterte La/Bme. Sie wirkte nachdenklich.

„La/Bme, du bist es. Was würde ich verstehen?“

„Ich dachte, vielleicht würde jemand, der diese wunderschöne Galaxis so sinnlich bestaunt, auch meine Welt verstehen“, sagte sie. Ihre Augen hatten dabei den schönsten melancholischen Ausdruck, den Ros/Aki-11 je hatte erblicken dürfen. Zaghaft begann sie, von ihrer eigenwilligen Lebensaufgabe zu erzählen, ihrer Arbeit, die darin bestand, die Schönheit der Natur nachzuempfinden und neu zu schöpfen. Sie sprach davon, wie einsam sie damit war, wie sie sich nach Anerkennung sehnte, doch nie eine Spur des Verständnisses erlebte. Bei ihren Schilderungen durfte Ros/Aki-11 ihre vollen Lippen betrachten, die auf der Oberseite nur eine flache Einbuchtung hatten, und auch ihr wohlproportioniertes Kinn, das sich weich und anmutig gegen ihren langen Hals rundete, ohne dabei zu spitz zuzulaufen. Trotz La/Bmes beinahe übernatürlicher Schönheit musste Ros/Aki-11 an das hässliche, exotische Tier denken, das er in ihrer Gegenwart getötet hatte. Beiden haftete eine geheimnisvolle Ausstrahlung an.

„Wie schaffst du es, für deine Berufung gegen das Unverständnis der ganzen Welt anzukämpfen?“

„Ich scheue den Kampf nicht. Früher, als es Befehlsregierungen und Tyrannen gab, hatte das Werk derer, die bereit waren, dafür im schlimmsten Fall auch das eigene Leben zu opfern, die größte Kraft."

„Während in unseren Abstraktokratien meist nur Durchschnittliches entsteht..." sagte Ros/Aki-11.

„Das stimmt. Vielleicht sind wir einfach zu satt, es findet alles so sehr an der Oberfläche statt. Ich vermisse die Musik meines uralten, längst vergessenen Komponisten, der es vermochte, so vielschichtige Klangfarben zu erschaffen. Hier, ich zeige dir etwas."

La/Bme holte das Manuskript hervor, das ihr besonderer Sold für diese Reise war. Ros/Aki-11 erkannte die Musik, die sein Vorfahre einst zusammen mit seinem Freund im Konzert gehört hatte. Wie dieser wusste sie ihm all die Feinheiten und Geheimnisse der Komposition zu erklären. Behutsam fing Ros/Aki-11 an, seine eigenen unfertigen Gedanken und die seiner Vorfahren in Worten frei zu legen. Er bemerkte, wie er das erste Mal in seinem Leben eine Zuhörerin hatte, mit der er einen Dialog führen konnte, einen Austausch von Gedanken. Ros/Aki-11 sprach von der Natur in ihrer Schönheit, der Schönheit in der Mathematik, und wie alle diese so unterschiedlichen Dinge in einem höheren Einklang verbunden schienen, dass man manchmal dachte, es müsse einen Plan dahinter geben. Er fühlte sich stark zu ihr hingezogen. Ihre Aufmerksamkeit füreinander blendete alle Welt um sie aus, die Zeit schien jegliche Macht über die beiden verloren zu haben. Ros/Aki-11 hätte diesen Zustand für alle Ewigkeit bewahren wollen. Er wusste, dass es ihr gerade genauso ging. Was passierte da?

„Ich habe einst von einer wunderbaren Geschichte gehört“, sagte er, durch Vertrautheit in seinem Mut gestärkt, seine intimsten Gedanken zu teilen. „Vor langer Zeit haben unsere Vorfahren an Götter geglaubt. Der höchste und mächtigste dieser Götter hatte unsere Art erschaffen. Wir hatten vier Beine, und vereinten Mann und Frau in einem Körper.“

„Das ist eine seltsame Geschichte“, sagte La/Bme nachdenklich.

„Eines Tages wurden dem Gott diese Wesen zu mächtig. Sie konnten sich in alle Richtungen bewegen, nach allen Seiten sehen. Sie besaßen gleichzeitig Vernunft und Gefühl. Da zerteilte der Gott die Wesen in zwei Hälften...“

„...Und seitdem leben sie getrennt als Mann und Frau in der Welt...“ flüsterte La/Bme. Sie hatte verstanden. Der Lebensinhalt dieser beiden Wesen war es seither, ihre verlorene zweite Hälfte wiederzufinden.

32

Am nächsten Morgen wachte Ros/Aki-11 vom zufriedenen Schnarchen seines Zimmergenossen auf, einem Mann seines Alters, der Ampous/Lem-23 hieß und von Beruf Kryptologe war. Unter einigen glucksenden und schmatzenden Lauten drehte er sich mehrmals um. Dann atmete er eine beängstigende Weile gar nicht mehr. Gesund hörte sich das nicht an, und gesund sah Ampous/Lem-23 auch nicht aus. Plötzlich öffnete er seine Augen, die in dunkle Ringe eingebettet waren. Verwirrt sah er um sich.

„Ähh. Wo bin ich? Wo ist es? Ach so.“

„Guten Morgen Ampous/Lem. Wie war der Schlaf, unter dieser ekelhaften, permanenten Beschleunigung?“ fragte ihn Ros/Aki-11, denn er fühlte sich wie jemand, der hundert Kilo zu viel mit sich schleppt.

„Wunderbar. Großartig. Erholsam. Ist mir entwischt, das grüne Kaninchen.“

Ros/Aki-11 war verwirrt und dachte, womöglich befände sich Ampous/Lem-23 noch in seinem Traum. Doch dann erinnerte er sich dumpf an den Begriff, der mit der stochastischen Mengenlehre zu tun hatte.

„Was macht eigentlich ein Kryptologe?“ wollte er wissen.

„Einfach. Sprachen entschlüsseln. Häufigkeiten von Buchstaben, Begriffen. Zählen. Übersetzen.“ Sparsam, dachte Ros/Aki-11. Einfach hörte sich das nicht an, doch Ampous/Lem-23 war sicherlich einer ganzen Dynastie von Kryptologen entsprungen.

„Welche Sprachen denn?“ fragte Ros/Aki-11 „Die gibt es doch schon seit dem dreiundzwanzigsten Jahrhundert nicht mehr.“

„Archäologie, Spionage, Entzifferung kodierter Nachrichten.“

Wieder schwieg Ampous/Lem-23. Offenbar wollte er sich auch nicht dazu äußern, in welchem dieser Bereiche er selbst tätig war.

„Wozu braucht man das in unserer Mission?“ wollte Ros/Aki-11 wissen.

„Könnte sein, dass wir lesen müssen. Manchmal schwierig, Sprache ist metamorph.“

„Was bedeutet das?“

„Zum Beispiel ‚Stehen‘. Stehen eben. Ent/Stehen? Etwas steht auf? Oder Be/Stehen. Stehen bleiben. Einfach.

Nahe liegende Herleitungen von Stehen. Aber Ver/Stehen? Daraus ent/steht Ver/Stand! Plötzlich sind wir bei einer Bedeutung, die ein regelrechtes Universum in sich birgt. Das meine ich mit metamorph, die Bedeutung hat sich inhaltlich verwandelt. Aus einem Wort mit eindimensionaler Bedeutung wurde ein Begriff mit einer unerhörten Bandbreite. Die wenigsten denken darüber nach."

Ampous/Lem-23 war in Fahrt gekommen. Er musste seinen Beruf innig lieben, wenn er jetzt in so ausschweifenden Sätzen sprach. Er wurde Ros/Aki-11 richtig sympathisch.

„Und was machst du?" fragte Ampous/Lem-23.

„Ich beschäftige mich mit Ektozoologie."

„Was? Nie gehört!" sagte Ampous/Lem-23 wieder in der Kürze, die er belanglosen Themen zuerkannte.

„Das ist die Erforschung der Biologie exokinetischer Lebewesen. Viel wissen wir nicht, wir müssen die möglichen Lebensformen aus den Randbedingungen erschließen", erklärte Ros/Aki-11.

„Aha."

□□□□□

„Papa, hattet ihr jetzt eigentlich schon die Lichtgeschwindigkeit erreicht?" wollte Hena/Ta wissen.

„Nein, so weit war es noch nicht. Doch bereits lange davor geschehen eigenartige Dinge", erklärte Ros/Aki-11. „Zum Beispiel verändern sich die Farben außerhalb des Raumschiffs. Der sogenannte Wellendichteeffekt staucht und dehnt die Lichtwellen. Deshalb erscheint die Welt vor dem Raumschiff zunehmend bläulich und dahinter rötlich. Der ganze Sternenhimmel hat einen regenbogenartigen Farbverlauf. Im Inneren des Schiffs dagegen bewegen sich

Lichtquelle und Beobachter mit der gleichen Geschwindigkeit. Die Wellendichteeffekte heben sich gegeneinander auf. Deshalb gibt es dort auch keine Veränderung.“ Lon/Lopa verdrehte die Augen aus lauter Unverständnis, doch Hena/Ta gab nicht auf.

„Was passiert denn, wenn man die Lichtgeschwindigkeit erreicht?“

„Das wirst du schon noch erfahren“, vertröstete Ros/Aki -11 seine Tochter. Dann erzählte die Televergenzclava weiter.

□□□□□

33

Ros/Aki-11s Gedanken kreisten ständig um La/Bme. Den ganzen Tag brachte er nichts zustande, er konnte nicht einmal essen. Stattdessen spürte er einen dauernden geheimnisvollen Druck in seiner Bauchgegend, irgendein archaisches Gefühl musste das sein. Am Abend verabredete er sich mit Ampous/Lem-23, um zur Ablenkung ein Bier zu trinken. Es war schon spät, und die meisten hatten sich zur Ruhe gelegt. Am Nachmittag war die Anweisung ausgegeben worden, die gesamte Mannschaft müsse sich bereits am frühen Morgen unverzüglich in die Tiefschlafabteilung begeben. Dennoch saßen Ros/Aki-11 und Ampous/Lem-23 immer noch zusammen und tranken. Das Adrenalin schoss plötzlich in Ros/Aki-11s Brust. Sein Magen verkrampfte sich, als ob sich sein Körper auf die schlimmste Gefahr vorbereiten müsse. Das Gegenteil war der Fall. La/Bme schwebte mit ihrem wundervollen Gang auf den

Tisch zu, wo Ampous/Lem-23 schon kaum mehr ansprechbar war. Sie setzte sich, begrüßte Ros/Aki-11 mit einem leuchtenden, offenherzigen Lächeln und errötete etwas dabei.

„Hallo Ros/Aki. Hast du die Nacht gut überstanden?"

„Ich weiß es nicht genau, habe wenig mitgekriegt. Wir waren ja schon ordentlich betrunken..."

„Jetzt sag bloß, du erinnerst dich nicht. Wir hatten so schöne Gespräche. Gespräche, wie ich sie noch nie mit jemandem hatte..."

Enttäuschung und Hoffnung mischten sich im Ausdruck ihrer Augen, die wie Fenster waren, durch die er in ihre Seele blicken konnte, zugleich auch Spiegel, in denen er sich selbst erkannte. La/Bme fühlte seine Gedanken.

„Es ist wie mit meiner Arbeit. Ich erschaffe ein Werk, das für sich besteht, doch es benötigt auch den Betrachter. Er erfährt einen wechselseitigen Austausch mit dem Werk, es ist keine Einbahnstraße. So wie in einem Augenblick von Schönheit diese auch im Augen/Blick des Betrachters entsteht!"

Ros/Aki-11 fühlte sich, als ob er aus langem Schlaf erwachte. Seine Vorfahren hatten ihm keine solche Erfahrung mitgegeben. Er konnte es nicht wissen.

Wie der Traum im Schlaf ist im Leben die Liebe!

In diesem Moment erst begann sein Dasein, sein bewusstes, sein selbst/bewusstes Da/Sein.

„Ich liebe dich, La/Bme."

Sie nahm seine Hand mit ihren zarten schlanken Fingern, spielte mit ihr, hielt sie fest.

„Ich glaube, wir haben unsere Hälften wiedergefunden. Der große Gott wird böse werden..." flüsterte sie.

Ros/Aki-11 nahm ihren Kopf behutsam in seine Hände, sie schloss die Augen und begann ihn langsam und zart zu küssen. Ihren warmen weichen Atem konnte er spüren, zwischen ihren vollen Lippen, gekrönt mit der schönsten, sanftesten Einbuchtung darüber, die er je hatte kosten dürfen.

Rumms! Krachend fiel ein aufgedunsenes Gesicht seitwärts auf den bebenden Tisch, Ampous/Lem-23 war eingeschlafen. Seine Arme hingen schlaff zu Boden. Der dünne, asymmetrisch von links über die Glatze gekämmte graublonde Haardeckel hatte sich seitlich neben den Kopf auf die Tischplatte heruntergeklappt. Niemand würde ihn jetzt dazu bringen, seine Unterkunft aufzusuchen. Die beiden ließen Ampous/Lem-23 liegen und nutzten die Gelegenheit, sich ungestört in Ros/Aki-11s Zimmer zu begeben.

Ros/Aki-11 war hilflos. Der letzte seiner Vorfahren, der die körperliche Liebe erleben und einen leiblichen Nachfahren zeugen durfte, war Ros/Aki-2. Acht Generationen lang hatte Ros/Aki-11 keinen Sex gehabt. Schüchtern und langsam näherte er seine Lippen den ihren. Sie küssten sich zuerst behutsam, dann immer leidenschaftlicher. Sanft strich er über ihre wohlgeformten langen Oberschenkel, deren Oberseiten anmutig gekrümmt waren. Vorsichtig begann er, ihren Overall zu öffnen. Sie saß auf seinem Schoß und half ein ganz klein wenig ungeschickt dabei. Ros/Aki-11 musste ganz auf die Empathie vertrauen, die ihn nach und nach La/Bmes empfindsamste Stellen erspüren ließ. Bei jeder seiner behutsamen Berührungen durchfuhr sie ein Schauer, und Ros/Aki-11s Phantasie wurde nur noch mehr beflügelt. Zögernd entkleideten sie sich gegenseitig, unter ständigen und immer weitläufigeren Küssen. Keine ihrer

Bewegungen kam dem anderen falsch vor. Es war wie eine Berührung des eigenen Körpers in voller Bewusstheit, jedoch vollendet durch Überraschung, Neugier und Begierde. Alles war so vertraut, und doch so neu und geheimnisvoll. Ros/Aki-11 wollte sich an ihr erfüllen, ihrem Geruch, der Geschicklichkeit ihrer Hände, der Wärme ihrer Haut, der weichen Spannung ihrer Lippen, der schmackhaften Konsistenz ihrer langsam erhärtenden Brustwarzen, der samtenen, feuchtheißen Hügellandschaft ihres Geschlechts. Schließlich am Ausdruck in ihren weit geöffneten, leicht gefältelten Augen, einer vieldeutigen Mischung aus Extase, Schmerz, Glück, Liebe, als beide zum Höhepunkt kamen.

„Ich liebe dich“, sagte sie leise, während in ihrem Körper eine Frucht zu reifen begann.

34

Am nächsten Morgen stieg Ros/Aki-11 aus seinem Bett und betrachtete ungläubig die dort schlummernde schöne Frau. Er sah aus dem Fenster, um den Sternenhimmel zu bewundern, der immer wieder mit Veränderungen überraschte. Erstaunt stellte er fest, dass nur noch Teile des Himmels sichtbar waren, denn bis sechzig Grad zur Flugrichtung waren die Lichtwellen schon über des Ultraviolett hinaus ins Röntgenspektrum getaucht. Von hundertdreiundsechzig Grad an dehnte der Wellendichteeffekt das Spektrum jenseits des Infrarot. Dazwischen konnte er die Galaxis in einem wundervollen Farbverlauf sehen, eine Verletzung jeglicher Wahrnehmungsgewohnheit, dass das

Weltall nicht von überall gleichberechtigt erstrahlte. Irgendwie verkehrtherum, als ob ein Scheinwerfer die Sterne durch ein großes Prisma anleuchtete.

„La/Bme, sieh nur, wie sich auf wunderbare Weise unsere Welt verwandelt hat!“ Ros/Aki-11 drehte sich zu ihr um.

Doch La/Bme existierte nicht mehr.

Sie hatten die Lichtmauer durchbrochen. Das Raumschiff überholte jetzt das von ihm selbst versandte Licht, so dass den Wellenbergen die Zeit fehlte, einen Lichtstrahl zu formen. Stattdessen zwang es die alles durchdringenden Televergenzfelder zu einer Schwingung, die ihnen Überlichtgeschwindigkeit abverlangt hätte. So entstand außerhalb des Raumschiffs eine Schockwelle aus elektromagnetischer Strahlung, die sich in kurzwelligen Gammablitzen äußerte und einem Überschallknall vergleichbar war. Sie bildete bei Erlangung der Lichtgeschwindigkeit eine kreisförmige Wand quer zur Flugrichtung und bei weiter steigender Geschwindigkeit einen immer schmaleren Kegel.

Bereits die ersten Röntgenteleskope vor über tausendfünfhundert Jahren empfingen Gammablitze aus den Tiefen des Universums, die bis zuletzt rätselhaft blieben. Erst nach Widerlegung der Äquivalenztheorie wagten die Astronomen eine Neuinterpretation dieser Blitze, deren enorme Energiedichte davor unerklärbar war. Es handelte sich um ebensolche Stoßkegel, ausgestrahlt von weit entfernten, überlichtschnellen Galaxien. Wiederholten sich solche Blitze in gleichmäßigen Intervallen, konnten diese auch Zeugen interstellarer Shuttleflüge exokinetischer Zivilisationen sein.

Schon viel früher, im zwanzigsten Jahrhundert, war ein ähnliches Phänomen an ganz anderer Stelle bekannt. Unter

Wasser gelagerte Brennstäbe von Kernspaltungskraftwerken strahlten Teilchen aus, die schneller waren als die Lichtgeschwindigkeit in diesem Element. Sie emittierten ein bläuliches, kegelförmiges Licht. Niemand zog damals die richtigen Schlüsse daraus, weder über die kosmischen Gammablitze noch über die Äquivalenztheorie.

Anders als der Schall hatte das Licht kein Trägermedium, das sich mit dem Raumfahrzeug bewegen konnte. So gab es nun auch im Innenraum kegelförmige Schockwellen, und außerhalb dieser Kegel existierte kein Licht mehr. Das ganze Raumschiff war heckseitig jäh abgeschnitten, wie durch eine Wand aus der vollkommensten Schwärze. Erschrocken blickte Ros/Aki-11 in diese unergründliche Dunkelheit, die soeben La/Bme verschluckt haben musste. Erleichtert vernahm er dennoch deutlich ihre noch verschlafene Stimme.

„Ros/Aki, was ist los mit dir? Ich mache mir Sorgen!" flüsterte sie.

Sie sah sein entsetztes Gesicht, doch zugleich spürte auch sie jetzt die Finsternis hinter sich, in der es ihre Wahrnehmung durch nichts mehr vermochte, die Welt zu erkennen. Es war unheimlich. Es kam noch schlimmer. Mit weiter steigender Geschwindigkeit stülpte sich die Schwärze in einen Hohlkegel, der die beiden mehr und mehr in Dunkelheit hüllte.

□□□□□

„Ungeheuerlich! Und wie war es dann, als ihr ein Vielfaches der Lichtgeschwindigkeit erreicht habt?" fragte Hena/Ta. Sie war immer noch neugierig. Alles musste man Ros/Aki-11 so mühsam entlocken. Doch dieser freute sich im Stillen, dass die Tochter seine Intimitäten mit La/Bme überging. Sie nötigte ihn nicht zu einer Rechtfertigung, warum die Televergenzclava diese Details erzählt hatte.

„Zum Glück mussten wir das nicht erleben. Wir waren schon säumig für den Tiefschlaf und krochen schleunigst in die medizinische Abteilung“, sagte Ros/Aki-11 erleichtert.

„Kannst du trotzdem erzählen, was passieren würde?“ beharrte Hena/Ta.

„Bei vielfacher Lichtgeschwindigkeit verschluckt die Schwärze die ganze Welt um uns. Der immer schmalere, hoffnungsvolle Lichtkegel in Flugrichtung würde so klein, dass unsere Augen ihn nicht mehr auflösen könnten. Genauso wie das Regenbogenband außerhalb des Raumschiffs“, erklärte Ros/Aki-11.

„Dann ist eine Reise bei solchen Geschwindigkeiten wohl eine ziemlich dunkle und beängstigende Angelegenheit!“ stellte Lon/Lopa mit bebender Stimme fest. Ros/-Aki-11 jedoch wusste, dass es nicht so schlimm wäre. Gezwungenermaßen empfand er es für immer unwichtiger, welchen Anteil das Licht zum Sein beiträgt. Vielmehr verschaffte ihm das fehlende Augenlicht ein Sehvermögen, das ganz neue Erkenntnisse aus den Erzählungen der Televergenzclava ans Licht brachte.

□□□□□

35

Beinahe achtzehn Jahre vergingen in Bewusstlosigkeit. Während dieser Zeit war Ros/Aki-11 um weniger als zwei Jahre gealtert. Das Raumschiff unterschritt erstmals wieder die Lichtgeschwindigkeit. Die Dunkelheit wich dem Licht, das erst jetzt von neuem die dennoch immer da gewesene Welt ausmalen konnte. Die Tiefschlaftechnik war ausgereift, und die traumlose Zeit war reibungslos vergangen. La/Bme stellte beim Aufwachen verwundert fest, dass sich ihr Bauchumfang verdreifacht hatte. Erst allmählich kam die Erinnerung zurück, wodurch dieser Umstand gekommen sein mochte. Sie war in ihrem Schlaf hoch schwanger geworden. Ihr Körper hatte sich über Nacht völlig verändert, um ihr diese Erfüllung der Evolutionspflicht zu ermöglichen. Die Schwangerschaft war umso erstaunlicher, da die meisten abstrakten Männer seit Jahrhunderten unfruchtbar waren. Die Chance dafür, dass es bei Ros/Aki-11 möglich war, lag bei eins zu zehntausend, und sicherlich würde kein zweiter Reisegenosse weitere Kinder zeugen können. Sofort wurde La/Bme in die medizinische Abteilung verlegt, wo man zügig alle Untersuchungen einleitete, denn schließlich war eine biologische Schwangerschaft ein schwieriger Vorgang, der Körperfunktionen, Chemie und Hormonhaushalt in so feinstofflicher Weise aufeinander abstimmen musste und dabei immer eine fragile Angelegenheit blieb.

Das erbarmungslose Schicksal schenkte Ros/Aki-11 sein leibliches Kind von einer fast fremden Frau, die er nur drei Tage vor der Geburt überhaupt kennen lernen durfte. Ohne ihn zu fragen, hatte das Universum entschieden, dass er mit ihr zusammen sein sollte. Sie war so schön und klug wie nicht von dieser Welt. Ungewiss, ob sie seine Gefühle teilen würde, kam Ros/Aki-11 in die Krankenstation, wo La/Bme, angeschlossen an alle möglichen Kabel und Schläuche, schon in den Wehen lag. Offenbar erging es ihr ähnlich. Sie schien erleichtert bei seinem Anblick und empfing ihn mit einem intimen Lächeln. Trotz der Strapazen, die ihr anzusehen waren, war sie noch schöner als die Vorstellung, die seine Erinnerung von ihr bewahrt hatte.

„Ich habe dich vermisst, mein Liebster. Es ist verrückt. Ich kenne dich kaum, schon kriege ich ein Kind von dir. Aber von keinem anderen würde ich es jemals wollen", flüsterte sie Ros/Aki-11 ins Ohr. Plötzlich riss beinahe sein Trommelfell, so laut schrie sie von ihrer nächsten Wehe.

Der I-Hebamme wies ihn an, behilflich zu sein. Er solle ihren Kopf in einer bequemen Lage halten, sie trösten und zum Atmen ermuntern. Unversehens brüllte ihn La/Bme an, er solle sich zum Teufel scheren, er mache alles falsch, sie werde ihn sofort verlassen. Nun musste der I-Hebamme Ros/Aki-11 trösten, den unerfahrenen und verwirrten Mann. Nach weiteren fünf Stunden unbeschreiblicher Beleidigungen, Entschuldigungen und Beschuldigungen war es endlich geschafft. Es war der größte Glücksmoment in Ros/Aki-11s Dasein, ein archaischer Vorgang, in dem sich die Frau ihrer urtümlichsten Aufgabe fügte, die sich seit Bestehen der Abstraktschaft nie verändert hatte. Es war eine Angelegenheit vollkommen außerhalb seines Universums, die weibliche Befähigung, Leben zu schenken. Eine winzige Faust, hochgestreckt wie zum revolutionären Gruß, quälte sich neben dem haselnussförmigen Köpfchen aus seiner Mutter. Hena/Ta nannten die beiden das kleine Mädchen, das sie da mit lautem Geschrei in ihrer Welt begrüßte.

36

Das Raumschiff schwenkte in eine Umlaufbahn weit außerhalb der Atmosphäre um Rhea ein. Auf Befehl des Kapitäns startete ein Raumgleiter mit Lebensmitteln und Gerät in Richtung des Planeten. Der Transporter war einige hundert Kilometer vom Mutterschiff entfernt und längst nicht mehr sichtbar. Plötzlich tauchte eine Explosion die Mannschaft in ihr geräuschlos gleißendes Licht. Rhea schien von einer Art nuklearem Minenfeld geschützt, das soeben den Transporter in Nichts aufgelöst hatte. Erst Minuten später erholten sich ihre Augen von der Blendung, und vor ihnen glomm ein dunkelroter Ball, der sich langsam ausdehnte. Seine Oberfläche war durchzogen von feinen, verästelten Filamenten, ganz ähnlich den Resten einer Supernova oder dem Muster der kosmischen Hintergrundstrahlung. Strukturen einer Explosion im All, die sich einmal mehr auf allen räumlichen und zeitlichen Maßstäben glichen. Horos/Psohp-10 ordnete die Absendung von einigen der flugfähigen Wartungsrobotern an, die auf gleichem Kurs weitere Explosionen auslösten und so endlich einen Weg durch den Minenteppich ebneten. Zwei Tage später schließlich konnte ein zweiter Raumgleiter ohne weitere Zwischenfälle Material, Versorgungsmittel und Bodenfahrzeuge auf Rhea absetzen.

Auch Kina war an seiner Oberfläche vom Wasser geprägt. Doch dieser blau schimmernde Planet, der jetzt wie ein Juwel majestätisch vor dem Raumgleiter schwebte, war so reich an diesem Element, dass alles Leben dort daraus gemacht sein musste. Der Planet besaß Meere, die einen Großteil seines Äußeren umhüllten. Auf dem Land gab es

Seen in allen Größen, Flüsse, Bäche und sprudelnde Quellen. Wie Adern und Drüsen auf der Haut eines lebenden Wesens waren diese Elemente des Wassers. Endlich tauchte das Schiff in die Atmosphäre des Planeten ein und durchbrach die Wolkendecke. Sie näherten sich einer Gebirgskette, deren höchste Berge etwa fünftausend Meter maßen. Unter ihnen mäanderte ein Fluss. An jede Biegung des Flussufers schmiegten sich weiße Sandbänke an, die der Strom auf der Wasserseite dagegen kantig geschliffen hatte, wie schillernde Perlmuttsplitter an einem silbernen Schmuckhalsband. Der Raumgleiter setzte auf einem schmalen Landfinger auf. Wie aus den Voruntersuchungen zu erwarten, gewährte Rhea annähernd ideale Bedingungen für die Abstrakten, und die Atmosphäre besaß alle für den Lebenserhalt erforderlichen Gase. Der niedrige Luftdruck erschwerte zwar die Atmung, die schwache Gravitation hingegen erleichterte in gleichem Maß alle Bewegungen, sodass dass sich die Abstrakten schon nach wenigen Tagen im Einklang mit Rhea fühlten. Wohin das Auge auch blickte, gab es Pflanzen und Tiere jeglicher Art. Dieser Planet war von Leben derart gesättigt, dass man glauben mochte, er müsse auch selbst eine Art Lebewesen sein. Die steinige Oberfläche war üppig bedeckt mit Bäumen, Büschen und Gräsern in großer Artenvielfalt, in allen Schattierungen bis zum sattesten Grün. Die Bäume erreichten Größen von dreißig bis vierzig Metern, viel höher als auf Kina. Überhaupt schien die Natur auf Rhea urtümlich und weitgehend ungestört zu sein. La/Bme bewegte sich in dieser wilden Pflanzenwelt mit einer erstaunlichen Ungezwungenheit und bemerkte, dass auch die Bäume, ähnlich den Bergen, einem grundlegenden Prinzip der Verästelung und Vererbung gehorchten. Die senkrechten Stämme teilten sich in schräg stehende Äste, die sich wiederum in Zweige und kleinere Stängel zergliederten. In gefächerten Gruppen standen daran die Blätter, deren Adern sich abermals nach diesem Schema gabelten.

37

Einige Monate nach der Landung war der Forschungsalltag eingekehrt. Sie waren noch keinem intelligenten Lebewesen begegnet. Immerhin fanden sie bearbeitete Bleche und Metalle, die weiter ihre Hoffnung nährten und nebenbei gut für die Verbesserung ihrer Unterkünfte taugten. An einem freien Tag wollte La/Bme Ros/Aki-11 dazu überreden, zusammen mit dem kleinen Mädchen einen Ausflug zu unternehmen. Das Glühen in La/Bmes Augen, diesen Planeten in all seinen Einzelheiten erkunden zu dürfen, entwaffnete Ros/Aki-11. Noch vor Tagesbeginn nahmen La/Bme und Ros/Aki-11 ihre Tochter Hena/Ta an die Hand und brachen zu einem flacheren, kegelartigen Berg auf, der sich in einiger Entfernung erhob. Sein Hang war mit üppiger Vegetation umkleidet und seine merkwürdige Form erweckte ihre Neugier. Was befand sich oben auf dem Berg? Welchen Ausblick hatte man wohl von dort? Es war noch fast dunkel. Ein kühler Wind war aufgekommen, als sie den Berg bestiegen und zwischen seine dicht stehenden Bäume eintauchten. La/Bme konzentrierte all ihre Sinne auf diesen Wald, um die Bäume, diese uralten Giganten der Schöpfung, bei ihrem langsamen Leben zu beobachten und die Musik ihres Rauschens zu genießen. Wie erstaunlich es doch war, wie die Natur die Bäume stimmte, wie Farbe, Geräusch und Anfühlung zueinander passten! Manche weißstämmigen Laubbäume hatten hellgrüne, hauchdünne Blättchen, die einen flirrenden Klang erzeugten. Andere Bäume mit ledrigen, dunkelgrünen Blättern trommelten ein tiefes Brummen, die Büsche und Gräser indes brachten wieder andere Geräusche hervor. Größe, Gewicht und Form der Blätter bestimmten die Klangfarben der Instrumente. Der Wind war der Dirigent dieses Orchesters, der ihnen Einsatz und Dynamik diktierte. Ein Konzert, das die Natur selbstlos zur Freude der gesamten Schöpfung gab.

Der Weg war durch diesen üppigen Wald blickdicht überwölbt und überraschte erst kurz unterhalb des Gipfels plötzlich mit einem überwältigenden Ausblick auf weite Ebenen bis zum Horizont, die sich am Fuße des Berges anschmiegten. Die Spannung zwischen der rauschenden Enge und dieser stillen Weite, die einen warmen Wind leise empor trug, war ein geradezu körperliches Erlebnis. Tränen erfüllten La/Bmes Augen.

„Das ist so unbeschreiblich schön! Diese Natur hat eine Gestaltungskraft, die mich ganz bescheiden werden lässt. Dagegen erscheint meine Arbeit nur noch ganz klein und lächerlich..." flüsterte La/Bme.

Die drei gingen zur Rückseite des Bergkamms, der nur noch durch einzelne Baumreihen besäumt war. Sie standen am Rand eines Kraters, der einen beinahe perfekten, zwei Kilometer weiten Kreis um seinen Kessel formte. Schroffe Abhänge führten hinunter, die es keinem höheren Wesen jemals erlaubt hätten, dieses Land zu betreten. Auf der Sohle des Trichters befanden sich sumpfige Wiesen in einem lichten Grün, flache Büsche und ein glasklarer See. Unzählige Tiere tummelten sich in diesem Garten, der seit

Urzeiten völlig ungestört schien. Der ganze Schauplatz war geprägt von Frieden und Stille, die nur durch das Hauchen des warmen Windes gestört wurde, und die gerade aufgehende Sonne tauchte den Ort in ein magisches Licht. Plötzlich bewegte sich eine dunkelgraue Masse unweit neben ihnen, die sie im Gegenlicht nicht bemerkt hatten. Ein riesiges Tier, mit bulligem Nacken und flachen Hörnern, die an eine Mittelscheitelfrisur erinnerten, döste mit verschränkten Vorderhufen am Kraterrand. Mit verklärtem Blick, scheinbar in vollem Bewusstsein der Schönheit dieser Szenerie, sah es in den Garten hinab. Als das Tier träge seinen Kopf wendete und Ros/Aki-11 anstarrte, spürte dieser eine latente Angriffslust, als ob es sagen wollte, ‚Ihr stört hier, verschwindet!‘. La/Bme war zutiefst enttäuscht, dass das Tier diesen Anblick erhabener Schönheit nicht mit ihnen teilen mochte, und so brachen sie vorsichtig zum Abstieg auf. Am Fuß des Vulkans lag ein großes, von stinkenden Gegenständen übersätes Feld, das eine einstmalige Mülldeponie gewesen sein musste.

„Wie konnten sie nur die Schönheit dieser weiten Ebene derart vergewaltigen." seufzte La/Bme, die dieser Natur in tiefstem Gefühl verbunden schien. Ros/Aki-11 bückte sich zu Boden und machte einen erstaunlichen Fund. Ein kleines, dickes Buch lag da zwischen mumifizierten Lebensmittelresten.

38

Zweikommavierfünfsieben Kinajahre waren vergangen, als die Gefährten den ersten Zyklus der Jahreszeiten auf Rhea durchlebt hatten. Der Winter war mild gewesen, nur selten waren die Temperaturen in der Nacht unter zehn Grad gefallen. Inzwischen war La/Bme abermals schwanger geworden, doch anders als beim ersten Mal, als alles ohne ihr Zutun passierte, fühlte sie sich beschwert, trotz der Leichtigkeit auf diesem Planeten. Ein ganzes Jahr lang hatte die Mannschaft vergeblich nach weiteren Zeichen intelligenter Lebewesen auf Rhea gesucht. Zwar hatten La/Bme und Ros/Aki-11 von dem gefundenen Buch berichtet, und zuerst war die Aufregung groß gewesen. Bei einem Griff in ihre Umhängetasche hatte La/Bme allerdings mit Erstaunen feststellen müssen, dass es spurlos verschwunden war. So gab es nicht mehr als diesen Hinweis, und manche verloren schon die Hoffnung auf einen Erfolg. Sie waren der Meinung, man solle es aufgeben, sich stattdessen komfortabel auf diesem schönen Planeten einrichten und endlich das Leben genießen. Vielleicht war Rhea auch einfach zu dünn besiedelt, sagten andere, und schlugen vor, einen neuen Standort zu suchen, um den Aktionsradius zu erweitern. Durch eine Abstimmung und das gewichtige Wort des Kapitäns behaupteten sich Letztere. Eine kleinere Expeditionstruppe brach auf und sollte hundert Kilometer südlich nach einem geeigneten Ort für ein neues Basislager suchen. La/Bme und Ros/Aki-11, wie immer neugierig, hatten sich freiwillig gemeldet. Auch E-don/Moal-14 war dabei.

Ihr Fahrzeug mühte sich lange durch dichten Wald, als plötzlich ein metallisches Glänzen durch die Bäume blitzte und die lang ersehnte Überraschung ankündigte. Sie erreichten eine Lichtung mit einer großen Halle aus Stahl und Metallblechen, die kaum eingewuchert war. Nur an ein paar Stellen stach der Rost durch den Anstrich der Fassaden. Mit einem mulmigen Gefühl näherten sich La/Bme, Edon/Moal-14 und Ros/Aki-11 langsam der offenbar benutzten Halle. Erstmals seit Ankunft auf Rhea wurde ihnen bewusst, dass sie unbewaffnet waren. Stillschweigend hatten sie vorausgesetzt, dass eine lange Historie von Kriegen eine Spezies geläutert haben sollte, die vor siebenhundert Jahren die elektromagnetische Strahlung beherrschen lernte. Diese Wesen konnten große Gebäude errichten. Vermutlich hatten sie auch den nuklearen Minenteppich um Rhea entwickelt. Wer weiß was sonst noch. Vielleicht hatten sie sich bisher nur verborgen. Die drei überwanden ihre Angst, schlichen weiter an die Halle heran und fanden eine schmale Lücke zwischen den Metallpaneelen. Vorsichtig späten sie durch den Spalt. Im Innenraum wanden sich lange Montagestraßen aus schwarzem Faserverbundstoff. Roboterarme bewegten sich hektisch über den Fließbändern. Doch nicht nur Maschinen waren es, die dort verschiedene Einzelteile zu Fahrzeugen zusammensetzten.

□□□□□

„Papa, ich erinnere mich an das Buch!“ unterbrach Hena/-Ta. „Es hatte ganz zerbrechliche Seiten. So dünn, dass die zahllosen winzigen Schriftzeichen hindurchschimmerten.“

„Erstaunlich, dass du dich daran erinnerst. Du warst noch nicht einmal ein Jahr alt!“ tat Ros/Aki-11 verwundert.

„Ich weiß es noch ganz genau. Eine Schrift aus Gold war in den Ledereinband geprägt. Sie fühlte sich so besonders an, jedes Mal wenn ich mit den Fingern darüberstrich.“ erzählte Hena/Ta mit selig leuchtenden Augen.

□□□□□

39

Sie verhielten sich still. Keinesfalls wollten La/Bme, E-don/Moal-14 und Ros/Aki-11 die Handlung stören und entdeckt werden. Zweierlei Lebewesen in der Halle zeigten ihnen eine groteske Darbietung. Die einen waren körperlich gedrungen, kräftig und am ganzen Leib behaart, mit platten Nasen und wulstigen Lippen, die fast an Mäuler erinnerten. Gelangweilt saßen sie auf den Fachwerkbindern des Stahldaches und pickten sich gegenseitig die Läuse aus Pelz und Ohren. Die anderen wiederum hatten nur wenige Haare, waren im Körperbau größer und filigraner. Ihre Gesichter waren den abstraktischen nicht unähnlich. Sie hätten beinahe eine Art urtümlicher Vorfahren der Abstrakten sein können. Sie hantierten fleißig an den Fließbändern, während bereits ein fertiges Automobil aus dem Ende der Produktionsstraße lief. Sofort schwangen sich die behaarten Wesen, mit ihren langen Armen motorisch weit überlegen, vom Dachgebälk. Sie stürzten sich auf das Fahrzeug. In einem Bruchteil der Zeit, die für den Zusammenbau nötig war, zerlegten die Geschöpfe das Fahrzeug wieder fein säuberlich in seine Einzelteile. Dann sprangen sie entspannt zurück zu den Artgenossen, um in aller Ruhe die

Fertigung des nächsten Fahrzeugs abzuwarten. Eine Weile sahen sich La/Bme, Edon/Moal-14 und Ros/Aki-11 dieses amüsante Schauspiel an, das immer wieder von neuem begann. Schließlich verließen sie es ungestört. Sie fuhren zur Basisstation, um Bericht zu erstatten.

Erst spät am Abend kehrten sie ins Lager zurück, wo der Rest der Mannschaft bereits gesättigt und leicht angetrunken am Feuer saß. Horos/Psohp-10 blickte versunken in die Glut. Er nahm einige frische Scheite. Dann ordnete er das Feuer, fühlte sich hinein in das Bedürfnis der Holzstücke nach freier Atmung und optimaler Flamme, richtete die Stämme in Abstand und Winkel aus. Er war liebevoller Gebieter über die Thermik des gesamten Scheiterhaufens. Endlich aus seiner Trance erwacht, nahm der Kapitän die Anwesenheit der drei wahr und ließ sie über die Ergebnisse der Expedition berichten.

„Ich verstehe das alles nicht. Da gibt es eine Fabrik, in der hochtechnisierte Fahrzeuge hergestellt werden, und wir alle haben den nuklearen Minenteppich erlebt. Außerdem senden sie elektromagnetische Signale. Aber wo sind sie, die das alles vollbracht haben?“ fragte Horos/Psohp-10 ungläubig.

„Die zotteligen Wesen sind beinahe Tiere und kommen sicherlich nicht in Betracht. Wenn sie auch geschickt sind, dürfte die Evolution da noch eine Weile zu tun haben“, sagte Edon/Moal-14.

„Aber wer sind die anderen? Sie wirken doch wesentlich höher entwickelt. Sie wissen auch nicht so richtig was sie tun...“ ergänzte Ros/Aki-11. Womöglich hatte diese Spezies aber auch mit einem Bildungsproblem zu kämpfen, dachte er insgeheim, und hatte sich geistig zurückentwickelt.

„Vielleicht sind die intelligenten Wesen schon ausgestorben, und diese hier arbeiten in einer Art Sklavenverhältnis. Sie haben einfach nicht bemerkt, dass es vorbei ist“, meinte La/Bme voller Mitgefühl.

„La/Bme, bei aller Liebe. Du hast eine blühende Phantasie. Alles nur Spekulation. Ich denke, du solltest es anderen überlassen, die Schlussfolgerungen zu ziehen!“ fuhr Edon/Moal-14 sie an. La/Bme fragte sich, warum ihre Freundin seit geraumer Zeit ihr gegenüber so feindselig war.

„Ich schlage vor, dass wir eine weitere Expedition aufstellen“, beschwichtigte Horos/Psohp-10. „Wir werden schon noch herausfinden, was dahintersteckt.“ Hätte La/Bme Recht, wäre es doch immerhin interessant, wie sich eine intelligente Spezies so schnell selbst vernichten konnte, dachte er.

Die Televergenzclava meldete ein Gespräch von der Kommandozentrale auf Kina. Der Kapitän ließ sich verbinden.

„...Das war nur eine Frage der Zeit, bis die Presse davon Wind bekommt. Eine solche Geheimhaltung lässt sich auf Dauer auch schwer aufrechterhalten...“ sagte Horos/Psohp-10.

„...Da gebe ich Ihnen Recht. Das wäre ein schlimmer Skandal...“

„...Ok, habe verstanden. Machen Sie sich keine Sorgen, ich werde das regeln.“

40

Erst einige Monate später entschloss sich die Mannschaft, das gesamte Lager aufzugeben. Die Abstrakten hofften, einen ergiebigeren Ort zu finden. Edon/Moal-14 hatte nach müheseliger Auswertung der hochauflösenden Aufnahmen aus dem Orbit eine regelmäßige Geländeformation entdeckt, die ein Stadtgrundriss hätte sein können und sich fünf Tagesreisen südlich ihrer Position befand. Bereits nach zwei Tagen strapaziöser Fahrt sollten sie indes erste Antworten auf ihre Fragen erhalten.

Vor den Reisenden lag eine langgestreckte, grüne Hügellandschaft. Die Straße tauchte in das bewaldete Gelände unter die Hügelkette ein und führte sie durch einen dunklen Tunnel aus Beton, der sich nach einigen Kilometern in einen unterirdischen Parkplatz aufweitete. Überall hingen verrostete Bewehrungsstäbe von der Decke, und sie konnten nur hoffen, dass die ganze Konstruktion nicht einstürzen würde. Auf der gesamten Fläche stand schmutziges Wasser, so dass der Boden darunter nicht zu sehen war. Es gab nur einen Ausgang, eine brüchige Tür, die mit einem rätselhaften Symbol aus drei gelben Kreissegmenten beschildert war. Auf Anweisung von Horos/Psohp-10 verließ Edon/Moal-14 als erste vorsichtig das Fahrzeug. Das gelegentliche Knacken ihres Zählers für hochenergetische Teilchenstrahlung wurde ein langsames Knistern. Die Mannschaft folgte ihr durch das knöcheltiefe Wasser, und Horos/Psohp-10 zog es vor, Edon/Moal-14 den Befehl zum Öffnen der Tür zu geben. Sofort schwoll das Prasseln ihres Messgerätes zu einem lauten Rauschen an, und schnell schlug sie die Tür wieder zu. Doch die Neugier war viel zu groß, um die Erkundung jetzt abzubrechen. Alle legten ihre silbrig glänzenden Strahlenschutzanzüge an, und E-don/Moal-14 öffnete abermals den Ausgang. Dicke Moosschichten auf allen Oberflächen eines Flures schluckten das Licht der Taschenlampen. Unmöglich war es, das Ende zu erkennen. Vorsichtig schlichen sie auf dem pelzigen Belag, bis sie nach etwa fünfzig Metern endlich ein Treppenhaus erreichten, das mehrere Geschosse nach oben führte. Ängstlich stiegen sie die rutschige Treppe hinauf, deren Geländer der Rost bereits zu fadendünnen Stäben zerfressen hatte. Nach drei Stockwerken warfen die Ritzen einer weiteren verbeulten Tür schmale Lichtstrahlen ins Treppenhaus. Die Tür konnte einem entschlossenen Fußtritt von Horos/Psohp-10 nicht widerstehen und sprang unter einem lauten Krachen auf.

Gleißendes Sonnenlicht überflutete ein riesiges Areal, auf dem es einst an die hundert Gebäude gegeben haben musste. Eine ringförmige Hügelkette, deren Kamm lediglich zu abgerundet war, um ein Meteor- oder Vulkankrater zu sein, umschloss das Gelände lückenlos und schützte es vor Wind und neugierigen Blicken. Die Wandreste einiger Häuser waren noch zwischen wuchernder Flora erkennbar, die meisten Gebäude allerdings bis zu den Fundamenten eingestürzt. Dazwischen lagen große Mengen von verrosteten Rohrleitungen und brüchigen Kabeln herum. Nur eine hohe, beinahe würfelförmige Halle in der Mitte der Anlage hatte noch ihr Dach. Die Mannschaft machte sich auf einen müheseligen Fußmarsch durch die Botanik auf, währenddessen zottelige, aufrecht gehende Tiere mehrmals aus dem Nichts auftauchten und scheu wieder verschwanden. Ein paar von ihnen waren über und über mit Schmuck behangen, den sie aus Kupferleitungen und golden schimmernden Täfelchen geflochten hatten.

Schließlich betraten die Gefährten die Halle. Eine zylindrische Betonkonstruktion, die von fünf Stockwerken aus zugänglich war, füllte das Gebäude bis zur Decke. Ein torusförmiger Stahlbehälter mit einem Durchmesser von rund zwanzig Metern war dort aufgehängt, der mehrere runde Sichtfenster und zahllose Öffnungsklappen besaß. Vergeblich versuchten sie, einige der festgerosteten Klappen zu öffnen. Ros/Aki-11 spähte durch eines der Fenster und konnte schemenhaft das Innere erkennen. Anders als er erwartet hatte, erschien der Raum weder gleichmäßig rund noch in irgendeiner Richtung symmetrisch zu sein. Vielmehr war der gesamte Ring auf wunderliche Weise verdreht und verwunden. Horos/Psohp-10 suchte nun eine Eisenstange, brach schließlich eine der Türen auf und betrat als erster forsch den Torus. Kleine, mit einer dicken Goldschicht plattierte Kacheln aus Keramik umkleideten die Wände des mannshohen Innenraums.

„Man könnte meinen, dass Gold in üppigen Mengen auf dem Planeten vorhanden ist. Was war nur der Zweck dieser kostspieligen Einrichtung?“ fragte Ros/Aki-11 leise.

Ohne zu antworten, nahm Horos/Psohp-10 ein paar Täfelchen ab, die er unauffällig in seine Tasche steckte, und fand darunter riesige Magnetspulen, die von noch größeren Kühlschlangen umwunden waren.

„Die Konstruktion erinnert mich an eine Anlage, mit der die Abstraktschaft schon im einundzwanzigsten Jahrhundert ergebnislos an der Kernfusion geforscht hat.“ erklärte Horos/Psohp-10 und schüttelte den Kopf.

„Aber wie kann es sein, dass wir heute tragbare Reaktoren besitzen, wenn offenbar ein solcher Aufwand dafür nötig ist?“ wollte Ros/Aki-11 wissen.

„Nun, die Abstraktschaft hat schon nach dem ersten Versuch eingesehen, dass dem Problem nur mit Grundlagenforschung zu begegnen war. Die hier haben das wohl nicht kapiert.“ brummte Horos/Psohp-10 und runzelte mitleidig die Stirn.

„Und was verschaffte der Abstraktschaft den Durchbruch?“ fragte Ros/Aki-11 neugierig nach.

„Wir entdeckten ein schweres, negativ geladenes Elementarteilchen, das sich mit einem positiven Atomkern beinahe wie von selbst fusionierte. Anders hätten wir es gewiss auch nie geschafft.“ erklärte Horos/Psohp-10. „Es war übrigens einer meiner Vorfahren, der dafür verantwortlich war.“ ergänzte er selbstgefällig.

„Würden Sie sagen, dass die intelligente Spezies dieses Planeten bei der Erforschung der Kernfusion erfolgreich war?“ fragte Ros/Aki-11.

„Ich kann es mir kaum vorstellen, sonst hätten wir das damals auch hingekriegt. Ehrlich gesagt war der ganze Ansatz ziemlich brachial.“ meinte Horos/Psohp-10.

Sie verließen den Behälter und erkundeten weitere Stockwerke des Gebäudes. Alle technischen Installationen, die zur Anlage gehörten, waren sorgfältig demontiert und gestapelt.

„Bemerkenswert. Ich möchte zu gern wissen, was unsere zotteligen Wesen mit all den Dingen anstellen wollen.“ stellte Edon/Moal-14 mit einem wohlwollenden Grinsen fest.

Im achten Geschoss erreichten sie schließlich das Dach, das einen guten Ausblick über das Gelände bot.

„Seht mal, da sind ja noch mehr von den Behältern!“ rief La/Bme erstaunt. Tatsächlich lagen acht weitere, gänzlich verrottete Torusbehälter zwischen den Gebäuderesten.

Jeder von ihnen hatte eine unterschiedliche, jedoch ebenso verdrehte Form. Und sicherlich waren ihre Innenräume gleichermaßen mit großen Mengen von Gold verkleidet.

„Oho, die haben wohl nicht so schnell aufgegeben. Das müssen ja gigantische Investitionen gewesen sein." murmelte Horos/Psohp-10 ungläubig.

La/Bme blickte verträumt in die Ferne. Plötzlich zeigte sie mit dem Finger energisch auf eine Stelle nahe der Hügelkette.

„Schaut mal, da ist ja ein noch viel größerer Torus!" rief sie.

Tatsächlich war der Umriss einer riesigen Rundform erkennbar, die sich in einigen hundert Metern Entfernung unter dem Pflanzenbewuchs abzeichnete. Ein ganzes Gebäude hätte allein im Mittelloch des Torus Platz gefunden.

Horos/Psohp-10 ließ seinen Blick jetzt über den Kamm der Hügelkette wandern, die das Gelände von allen Seiten umschloss.

„Schon merkwürdig. Was war wohl der Grund dafür, diese Anlage in einen Vulkankrater hinein zu bauen?" wunderte er sich und kratzte sich an seinem fleischigen Ohr. Sein Interesse galt nun dem gleichförmigen Kraterrand, den er konzentriert anstarrte. Die Finger knackten, und plötzlich hörte Ros/Aki-11 seinen überraschten Aufschrei.

„Das ist ja Irrsinn! Seht ihr den gigantischen Torus, der das gesamte Gelände umrundet?"

Sie verstanden zuerst nicht, was er meinte, doch Horos/Psohp-10 hatte Recht. Die Hügelkette war viel zu gleichmäßig, um eine natürliche Geländeformation zu sein.

„Vielleicht hat sich diese unbeholfene Spezies mit ihrem sturen Versuch, ihr Energieproblem zu lösen, selbst ausgelöscht?" fragte Edon/Moal-14 mit abschätzig gekräuselten Lippen.

41

Am nächsten Morgen verließ die Reisegesellschaft den Ort dieses wissenschaftlichen Scheiterns und fuhr bald durch eine flache, verödete Landschaft weiter südlich in Richtung der mutmaßlichen Stadt. Nach einem halben Reisetag tauchte in großer Ferne die flimmernde Fata Morgana einer langgestreckten Geländestufe auf. Die Spiegelung des Lichtes täuschte eine gewaltige Höhe dieser Verwerfung angesichts ihrer Entfernung vor. Als die Konturen nach einer halben Stunde Fahrt schärfer wurden, blieb die absolute Höhe jedoch immer gleich, so dass die Kante tatsächlich stets flacher sein musste. Gleichzeitig bemerkten die Reisenden, dass die seitlichen Ausläufer der Geländestufe jetzt neben ihnen lagen. Offenbar waren es zwei Linien, die den Konvoi trichterförmig umfassten und sich in einem Punkt trafen, auf den sie nun immer weiter zusteuerten. Dort befand sich schließlich ein flaches Gebäude. Erst jetzt verstanden sie, dass die Geländestufe in Wirklichkeit aus zwei nicht einmal vier Meter hohen Betonröhren bestand, die zwischen sich einen rechten Winkel bildeten und vom Gebäude weg mehrere Kilometer geradeaus bis zum Horizont reichten. Ihre Neugier spornte die Mannschaft an, auch diese archäologische Kuriosität genauer zu betrachten.

In der Mitte des ansonsten wie durch Geisterhand leer geräumten Gebäudes befand sich ein Rahmengestell aus Metall, unter dem eine mannsgroße, zylindrische Scheibe senkrecht an einer komplizierten Flaschenzugkonstruktion aufgehängt war. Sie pendelte genau im halben Winkel der beiden rechtwinkligen Betonröhren, deren schwarze Innenseiten jetzt sichtbar waren. Die Scheibe war dunkelgrau und hatte eine samtige Oberfläche. Auf Horos/Psohp-10s Befehl betastete Edon/Moal-14 die runde Form vorsichtig mit ihren dünnen Fingern, die sofort in einer tiefen Staubschicht versanken. Im Nu erfüllte eine dichte Wolke den ganzen Raum, als plötzlich der gesamte Belag von der Scheibe herabfiel. Er enthüllte ein viel kleineres, zylindrisches Objekt aus dickem Glas, das auf einer Seite dünn mit einem rosasilbrig glänzenden Metall beschichtet und gleichzeitig durchsichtig war.

„Welchen Zweck hat denn dieser halbtransparente Spiegel? Und welche Aufgabe haben die riesigen Röhren?“ fragte Ros/Aki-11 Horos/Psohp-10, der sicherlich am besten darüber Auskunft geben konnte.

„Bei aller Liebe, Ros/Aki. Vor hundertvierzig Jahren habe ich das alles schon einmal deinem Vorfahren erklärt. Ich kann doch nicht alles zweimal erzählen.“ brummte Horos/Psohp-10 missmutig.

Bis dahin war Ros/Aki-11 nicht klar gewesen, wie uralt Horos/Psohp-10 schon war. Er hatte sich tatsächlich prächtig gehalten. Auch wusste Ros/Aki-11 nicht, dass Horos/Psohp-10 seinen Ahnen gekannt hatte.

„Weißt du, Ros/Aki, lass dich doch einfach von deiner Televergenzclava darüber aufklären.“ ergänzte Horos/Psohp-10 genervt.

Edon/Moal-14 holte einen Vermessungslaser aus dem Fahrzeug. Sie montierte ihn auf einen stabilen Dreifuß und richtete den grünen Laserstrahl in die dunkle Tiefe der linken Röhre. Mit ruhiger Hand justierte sie die Richtung des Lasers, bis auf dem halbdurchlässigen Spiegel ein zittriger grüner Fleck auftauchte. Am mehrere Kilometer entfernten, unsichtbaren Ende der Röhre musste sich ein weiterer Spiegel befinden, der den Strahl des Vermessungslasers zurück reflektierte.

„Diese Anlage ist ein riesiges, sogenanntes Interferometer. Durch die Überlagerung eines Lichtstrahls, den der halbdurchlässige Spiegel in beide Röhren teilt, kann man geringste Längenänderungen beobachten. Die Strahlen ergeben bei ihrer Wiedervereinigung ein Interferenzmuster, das für Abweichungen weit unter der Größenordnung der Lichtwellenlänge empfindlich ist." dozierte Horos/Psohp-10 stolz.

„Aber welche Längenänderungen denn? Die Röhren bewegen sich doch nicht." fragte Ros/Aki-11 verständnislos.

„Dein Ahne hat damals auch so lange gebraucht, um das zu verstehen. Hast du denn gar nichts von ihm gelernt?" tadelte ihn Horos/Psohp-10 mürrisch.

„Das hier ist ein Gravitationswellenteleskop. Die Äquivalenztheorie sagte winzige Schwankungen der Raumzeit und damit auch der Längen voraus, wenn irgendwo eine große Masse beschleunigt wird und dabei Erschütterungen der Gravitation verursacht. Tatsächlich ist es natürlich so, dass diese Beben das elektromagnetische Feld erzittern lassen, nicht die Raumzeit. So oder so ist es aber damit möglich, Beobachtungen an entfernten, massereichen Himmelskörpern anzustellen." erklärte Horos/Psohp-10 mit gewichtiger Miene.

„Dann war die Spezies dieses Planeten immerhin darin erfolgreich? Vielleicht war sie ja doch viel höher entwickelt und hat den Planeten schon längst verlassen?" mutmaßte Ros/Aki-11.

„Wie man es sieht. Um echte Gravitationswellen aufzuzeichnen, mussten sie alle Störsignale herausrechnen. Denn es genügte schon ein kleines Tier, das in einiger Entfernung der Röhre entlangschlich, um einen viel größeren Stoß zu bewirken als die eigentliche Gravitationswelle.“ gab Horos/Psohp-10 zu bedenken.

„Also waren sie erfolgreich oder nicht?“ beharrte Ros/Aki-11. Er hasste es, wie Horos/Psohp-10 ihm mit halben Antworten seine Überlegenheit zeigte.

„Vielleicht mit den Gravitationswellen...“ erklärte Horos/Psohp-10 und machte eine längere Pause. Er genoss es sichtlich, seine Macht über Ros/Aki-11s Unwissenheit auszuspielen. In sanftem Ton, wie man zu einem kleinen Jungen spricht, fuhr er schließlich fort. „Aber die wichtigste Erkenntnis ist ihnen dabei entgangen. Mit den Störfaktoren mussten sie zwangsläufig auch das schwache, tageszeitabhängige Signal ausradieren, das die Wahrheit über das Licht entlarvt hätte. Die Abstrakten verfolgten einst mit der Interferometrie eine Spur, die auf die ungleiche Lichtlaufzeit in Abhängigkeit vom jährlichen Sonnenumlauf hätte hindeuten können. Das Signal war im Rahmen der Messgenauigkeit jedenfalls viel geringer als das vorausgesagte Maß, und das genügte den Forschern, um die bis dahin herrschende Theorie zu verwerfen. Keiner dachte daran, nach dem zehntausendfach kleineren Signal zu suchen, das von der täglichen Eigenrotation des Planeten herrührt. Andererseits könnte aber auch nur ein Interferometer der Größe wie dieses eine so geringe Verschiebung der Interferenz aufzeigen. Noch dazu müsste es allerdings drehbar gelagert sein. Diese Spezies begriff die Lichtgeschwindigkeit bis zu ihrem Ende als Maß aller Dinge.“

Die Wesen auf diesem Planeten hatten wirklich keine Anstrengung gescheut, dachte Ros/Aki-11. Dennoch war es ihnen nicht gelungen, die wichtigsten, alles entscheidenden Erkenntnisse in der Wissenschaft zu erlangen. Mit ihrem ungelösten Energieproblem und der unausweichlichen Bindung an den Planeten hatte diese Spezies ihren Fortbestand verspielt. Sie hatte dem Licht vertraut.

42

Erst nach zwölf Kilometern umkurvte die Reisegruppe die Betonröhre, und nach einer weiteren zweitägigen Fahrt durch zerklüftetes Terrain mussten die Abstrakten mit Enttäuschung feststellen, dass es an ihrem Ziel keine stadtartigen Strukturen gab. Nur üppiger Pflanzenbewuchs überdeckte die Gegend. Lediglich ein ebenmäßiger, flacher Hügel mit etwa fünfzig Metern Durchmesser weckte ihre Neugier. Sie bestiegen ihn in der Hoffnung auf einen besseren Überblick. Als sie bereits auf der Kuppe standen, sank plötzlich der Boden unter ihnen ein. Ein großes Loch tat sich in der Mitte des Hügels auf. Es verschlang das umliegende Erdreich in sich, beinahe mitsamt Ampous/Lem-23, den Horos/Psohp-10 gerade noch am Ärmel erwischte. Vorsichtig näherte sich Ros/Aki-11 dem Rand der kreisrunden Öffnung. Er sah hinunter in einen dunklen Innenraum, auf dessen glatten Boden das Sonnenlicht schräg einfiel. Es zeichnete eine Ellipse, mehr als vierzig Meter unter dem Gelände. Auf halber Höhe hing eine etwa zwei mal fünf Meter große Platte aus dickem Stein an dünnen Seilen und schien im Raum zu schweben. Seitlich deutete sich schemenhaft ein Eingang an. Sie untersuchten den Rand des Hügels und fanden eine Stelle, an der das Erdreich locker war. Nach mehreren Tagen harter Arbeit gab der Boden in dreißig Metern Tiefe eine Öffnung frei. Durch diese gelangten sie zu einem Foyer, an dessen steinernen Wänden Inschriften eingemeißelt waren.

„Sie kannten die Schrift", flüsterte La/Bme andächtig. Ampous/Lem-23 scannte den Text und begann mit der Entzifferung.

Die Mannschaft ließ Ampous/Lem-23 mit seiner Arbeit alleine und erkundete die weiteren Gebäudeteile. Das Foyer hatte einen rechteckigen Grundriss mit vierzehn mal dreißig Metern Seitenlänge. Die dem Eingang gegenüberliegende, längere Wand war ohne Öffnungen, zeigte aber Spuren eines zugemauerten Eingangs. An beiden Schmalseiten führten röhrenförmige Flure zu weiteren Räumlichkeiten, während sich in der Mitte des Bodens ein rundes Treppenauge öffnete, das in dunkle Tiefen des Gebäudes blicken ließ. Die Röhren waren von kreisförmigem Querschnitt, mit einem Durchmesser von etwa fünf Metern, und wölbten sich in einer sanften Kurve zueinander, so dass nur vierzig Meter der Flurlänge sichtbar waren. Durch einen waagerechten Glasschlitz in mittlerer Höhe der äußeren Röhrenwand war nur Erdreich und Wurzelwerk zu sehen. Die ehemals weißen Farbschichten hingen als handgroße Fetzen an den Wänden, denen das Streiflicht der Taschenlampen ein schuppenartiges Relief verlieh. La/Bme war ganz aufgeregt und entschied sich mit Edon/Moal-14 für den rechten Flur, während Ros/Aki-11 zusammen mit Horos/Psohp-10 die Röhre zur linken Seite erforschte.

Ampous/Lem-23 brachte bereits eine halbe Stunde mit der Entzifferung der Texte zu, als plötzlich aus dem Nichts eine leise Musik aus dem linken Flur ertönte. Neugierig betrat er die Röhre, in der seine Kameraden vor einiger Zeit verschwunden waren. Er lief so weit, bis er den Eingang nicht mehr sehen konnte. Erst jetzt bemerkte er, dass der Flur stetig anstieg. Auch der Krümmungsradius verjüngte sich. Zugleich verminderte sich der Querschnitt. Die stets gleiche Proportion der Röhre täuschte so über die Veränderung ihrer Größe hinweg. Es fühlte sich beinahe so an, als ob Ampous/Lem-23 selbst nur einfach wuchs. Die Musik wurde lauter, je weiter er hineinging. Dann jedoch war sie ab und zu von Stille unterbrochen. Das Lichtband folgte der gesamten Flurlänge, stets auf mittlerer Höhe der Röhre. Der Flur tauchte jetzt aus dem Erdboden auf. Ein Gewebe aus grünlichem Licht, das die milde Sonne durch allerlei Blattwerk projizierte, vermischte sich an den Wänden, deren schuppige Oberflächen nun mit dem Wind zu flirren schienen. Plötzlich flutete das ganze Licht herein und Ampous/Lem-23 sah durch das Lichtband schräg über sich in den Himmel. Er ging weiter und erlebte veränderliche Perspektiven, als das Band durch die Verkleinerung des Querschnitts immer weiter herunterkam.

Als das Lichtband auf Augenhöhe war, malte er sich in seiner Phantasie zuerst eine prächtige Aussicht über eine steinerne Stadt aus, mit großen Kuppelbauten, baumbesäumten Alleen und lauschigen Gärten in den Atrien ihrer Häuser. Dann lag das Fenster etwas tiefer, und vor seinem inneren Auge sah er die Fassaden der gegenüberliegenden Gebäude mit harmonisch in die Tiefe gestaffelten Säulen und Gesimsen, Blendwerk aus verschiedenfarbigen Steinsorten und fein gegliederten Reliefs aus geglättetem Verputz. Erst zum Schluss zwang ihn das Fensterband, seinen

Blick hinunter zur Straße zu richten. Er stellte sich das Lebenstreiben auf den Gehsteigen vor. Schreiende Händler, quängelnde Kinder und anmutig stolzierende Damen, die ihre neueste Mode zur Schau trugen und dabei schmeichelnd von den Herren beäugt wurden.

Bevor sich Ampous/Lem-23 nach insgesamt zweihundertdreißig Metern bücken musste, endete der Flur. Ein quaderförmiger Raum mit einer Seitenlänge von etwa dreizehn Metern befreite ihn aus der beklemmenden Enge.

Edon/Moal-14 war mit einem kleinen metallenen Kästchen mit mehreren Schaltern, Lampen und Drehreglern in einer Wandnische beschäftigt. Horos/Psohp-10 und Ros/-Aki-11 bastelten mit den Batterien der Televergenzclava an einer Stromversorgung, als Ampous/Lem-23 den Raum betrat.

„Ampous/Lem, sieh dir das bitte einmal an!“ rief Ros/-Aki-11 und zeigte auf ein verwittertes Manuskript, das prominent auf einem Steinsockel inmitten des Saales lag. Ampous/Lem-23 sah sich die vielen schwarzen Punkte auf den insgesamt hunderteinundvierzig Blättern an, die in mehre ren Zeilen geordnet waren. Durch seine Beschäftigung mit den Schriftzeichen des Foyers hatte er die Sprache erstaunlich schnell begriffen. Er konnte sofort bestätigen, dass es sich um eine Partitur für ein Musikstück handelte, und sogar genauer um ein orchestrales Werk mit einem Soloinstrument. Aufgeregt berichtete er von seinen ersten Erkenntnissen über die Schriften im Eingangsraum.

„Der Text erzählt von vier Gebäudeabschnitten, die zusammen ein Museum für die Ausstellung der schönsten Werke in der gesamten Historie dieser Spezies bilden. Es geht dabei immer wieder um einen Begriff, den ich nicht übersetzen kann. Er bezieht sich übergeordnet auf alle Gebäudeteile, jedoch in einem noch engeren Sinn auf den dritten und vierten."

„Eine Quintessenz der gesamten Kultur dieser Wesen?" flüsterte die mittlerweile hochschwangere La/Bme mit bebender Stimme.

„Im ersten Raum geht es um die Musik, das wissen wir schon, der zweite Raum befasst sich mit Literatur. Worum es im dritten und vierten Raum geht, verstehe ich noch nicht", erklärte Ampous/Lem-23.

„Steht über die Musik noch mehr geschrieben?" fragte Ros/Aki-11.

„Das Stück stammt von einem der berühmtesten Komponisten dieser Wesen und hat eine Besetzung mit insgesamt vierundachtzig Instrumenten. Es setzt erstmalig ein Konzert mit einem Soloinstrument in einen Rahmen, wie er bis dahin nur für symphonische Werke bestimmt war. Außerdem leitete dieser Meilenstein der Musikgeschichte eine neue Epoche ein", schilderte Ampous/Lem-23. „Nun erklär mir doch endlich, woher eigentlich diese wundervolle Musik kommt!"

„Es gibt hier ein Abspielgerät. Wie Sie sehen, befindet sich am Eingang zu jeder Röhre ein großer Lautsprecher", sagte Edon/Moal-14. Sie deutete auf zwei schneckenförmige Steinsäulen, die sich unmittelbar vor den Flurzugängen befanden.

„Jetzt verstehe ich. Der Schall reflektiert sich an den Wänden der spiralförmigen Röhren wie bei einem Glasfaserkabel bis zum Ausgang. Dort konnte ich jedoch nur den Solopart hören. Wird dann in der zweiten Röhre der Orchesterteil ertönen? Und erst im Foyer oder hier im Raum treffen dann beide zusammen?“ wollte Ampous/Lem-23 wissen.

„Wir waren gerade dabei, das heraus zu finden. Es muss noch einen zweiten Tonkanal geben, der den anderen Flur beschallt“, erwiderte Edon/Moal-14. Sie machte sich wieder an die Arbeit. Kurz darauf schaffte sie es endlich, beide Kanäle zum Leben zu erwecken.

Das Stück begann leise mit einem simplen Akkord des Soloinstruments, gefolgt von einer kurzen, einfachen Melodie. Behutsam setzte das Orchester ein, modulierte das Thema und entwickelte es zu einem Fortissimo, in dem sich zum ersten Mal die gesamte Bandbreite seines Klangkörpers enthüllte. Die hoch entwickelten Instrumente entfalteten dabei eine Räumlichkeit, die den Rahmen des Darbietungsraums bei weitem sprengte, denn mit geschlossenen Augen fühlte Ros/Aki-11 sich erhaben, wie in freier Natur auf einem Berg stehend, als ob diese schönen Klänge von weither aus den Ebenen eines Tales zu ihm herangetragen würden. Er ahnte, dass der Komponist diese Musik noch in weit größeren Raumdimensionen gefühlt haben mochte. Mit einer Tonartmodulation leitete das Orchester ein zweites Thema ein. Beide Themen überlagerten sich nun, wechselten sich ab, spielten miteinander, wie zwei sich umtanzende Spiralen. Das Soloinstrument, das bisher nur am Anfang gesprochen hatte, durfte sich nun sacht in einen Dialog einmischen, bis das Orchester verebbte. Die schnellen Tonfolgen des Tasteninstruments erzeugten eine sich immer höher schraubende, wunderbare Melodie, die am Ende fast schwerelos abzuheben schien. Das Orchester antwortete, und jetzt waren Soloinstrument und Orchester umschlungen im Gespräch. Endlich kulminierten sie in einem Höhepunkt, beide in vollster Pracht ihres klanglichen

Ausdrucks. Plötzlich war es still. Nach einer wohldefinierten Pause bahnte alleine das Soloinstrument leise, dennoch bestimmt, das erste Thema wieder an. Eine Verdoppelung der Töne verfremdete dabei sein Klangbild, und danach setzte das Orchester wieder ein. Aber da war noch etwas Anderes.

Ros/Aki-11 bat Edon/Moal-14, den ersten Orchesterpart zu wiederholen. In der Begleitung entdeckte er jetzt ein verborgenes drittes Thema, das langsam und unauffällig der gesamten Komposition folgte. In einem übergeordneten, langwelligen Bogen verband es Anfang und Ende des Werkes. Ros/Aki-11 fühlte den schwingenden Rhythmus, der sich im Entstehen und Vergehen der Sterne, Galaxien und am Ende des ganzen Universums wiederspiegelte.

□□□□□

„So etwas Ähnliches hast du doch vorhin schon erzählt, ich meine über ein verborgenes Thema!" erinnerte sich Lon/-Lopa. Er war plötzlich ganz hellhörig, wenn es einmal nicht um die Wissenschaft ging. „Die Geschichte mit dem Komponisten. Mia/Nylypop oder wie der hieß..."

„Vielleicht ist das der höchste Wert einer Komposition. Eine verborgene Struktur, die nur dem dafür Bestimmten offenbart wird", sagte Ros/Aki-11.

„Aber Vater! Setzt sich die Gestaltung des Museums nicht auch mit der Musik auseinander?"

„Ja. Sie fügt der Übersetzung einer Idee in die Musik eine weitere Übersetzung der Musik in die Architektur hinzu. Vollendete Schönheit!" stellte Ros/Aki-11 fest. Er war erstaunt, was der Junge da alles verstanden hatte. Lon/Lopa kam offenbar ganz nach seiner Mutter.

Hena/Ta drängelte, und Ros/Aki-11 ließ die Televergenzclava fortfahren.

□□□□□

43

Sie liefen in einer der geschwungenen Röhren zurück zum Foyer. Von dort aus ging es vierzig Meter hinunter, in die Dunkelheit des zweiten Gebäudeteils. Durch eine lange Wendeltreppe betraten sie erwartungsvoll einen sieben Meter hohen Raum, der der Literatur gewidmet war. In der Mitte seines quadratischen Grundrisses mit acht Metern Breite befand sich ein massiver Quader mit drei Metern Seitenlänge und einer Höhe von acht Metern, einen Meter höher als die ihn umschließende Raumkante. In seine tiefschwarzen Oberflächen waren zahllose Schriftzeichen graviert. Zwischen den oberen Kanten von Raum und Quader wölbte sich eine konturlose Schwärze.

„In diesem Raum geht es um einen Dichter", erklärte Ampous/Lem-23, „der in historischer Zeit gelebt und es sich zur Aufgabe gemacht hat, alte Sagen, die zu seinen Lebzeiten bereits verblassten, in lyrische Gedichte zu fassen. Eines seiner Werke stellt einen Zusammenhang mehrerer einzelner Geschichten her, die jeweils von einer Verwandlung erzählen. Die hier an den Wänden ausgeschriebene Geschichte aus dem achten Buch des Gesamtwerkes handelt von einem alten Ehepaar, das in ärmlichen Verhältnissen lebt." Nach einer kurzen Denkpause gab Ampous/Lem-23 eine Zusammenfassung der Erzählung.

„Zwei rätselhafte Fremde besuchen ein Dorf, dessen Bewohner ihnen keine Unterkunft gewähren wollen. Nur die braven Alten, mit der einfachsten Hütte der ganzen Ortschaft, empfangen sie mit herzlicher Gastfreundschaft. Mit ihren letzten Vorräten bereiten sie ein anständiges Abendmahl. Viel zu wenig Wein können sie anbieten, um den Durst der beiden Fremden zu löschen, dennoch sehen sie nach einiger Zeit, dass sich ihre Krüge nicht leeren, soviel die Gäste auch davon trinken. Verängstigt schicken sie sich an, ihre letzten Habseligkeiten für die geheimnisvollen Fremden darzubieten. Sogar ein altes Huhn wollen sie schlachten, das einzige lebende Vieh in ihrem Besitz. Den Gästen, in deren Obhut das Huhn nun flüchten will, geht das entschieden zu weit. Sie offenbaren ihre wahre Identität als Götter. Zum Beweis ihrer Macht beschließen sie, alle Nachbarn zu bestrafen und nur dem alten Ehepaar zu verzeihen. Zusammen steigen sie auf eine Anhöhe, und sogleich versinkt die gesamte Ortschaft im Morast. Indes, die kleine Hütte der Alten wird verschont, und verwandelt sich in einen Tempel. Als Gegenleistung für gewährten Respekt und Gastfreundschaft bieten die Götter den erschrockenen Alten die Erfüllung eines Wunsches an. Nach nur kurzer Beratung bitten sie darum, bis ans Ende ihrer Tage den Tempel hüten zu dürfen. Dieselbe Stunde möchte sie fortnehmen, dass keiner des anderen Grab sehen müsse. Der Wunsch wird gewährt, und in ihrer Todesstunde verwandeln sich die beiden Alten in eine Eiche und eine Linde. Für immer und ewig stehen sie von da an am Eingang des Tempels, in eng umschlungener Zweisamkeit."

„Eine große Liebesgeschichte, in der dieses Wort kein einziges Mal vorkommt..." murmelte La/Bme, die tief in die Gefühlswelt dieser Wesen eingetaucht schien.

„In dieser Erzählung geschehen gleich mehrere Verwandlungen, die das Äußere der Personen und Dinge betreffen, aber es gibt auch eine verdeckte Verwandlung, als die beiden Alten sehen, dass sich die Weinkrüge nicht leeren“, erklärte Ampous/Lem-23. „Dieser Moment ist der zentrale Dreh- und Angelpunkt der Handlung, in dem die Geschichte noch offen ist, der dennoch bereits das Ende vorzeichnet. Dafür wird der Begriff fruchtbarer Moment verwendet. Ein einziger Vers leitet diesen Punkt ein, sogar ein einziges Wort. Sehen. Es befindet sich im siebzigsten von insgesamt hundertvierzehn Versen, was beinahe exakt dem Verhältnis des goldenen Schnitts entspricht. Auch innerhalb des Verses befindet sich das Wort im goldenen Schnitt. Außerdem hat es eine Betonung, einen Apostroph, der sich im achtundzwanzigsten von fünfundvierzig Schriftzeichen des Verses befindet, und im dreitausenddreiundvierzigsten von viertausendneunhundertdreiundsechzig Zeichen der gesamten Erzählung. Jedes Mal taucht also das Zahlenverhältnis von nullkommasechseinsacht in einer Genauigkeit auf, dass es kein Zufall sein kann.“

„Wie vollkommen dieses Gedicht ist, in Ausdruck, Form und Inhalt!“ rief La/Bme voller Freude.

Plötzlich wurde der Quader von hellem Licht überflutet, das sich jetzt von oben über seine Wände ergoss. Der ganze Raum war nach oben hin offen, und darüber musste ein System aus Spiegeln sein, das das Sonnenlicht des späten Nachmittags lenkte und jetzt eine goldene Färbung der Schrift auf dem tiefen Grund ihrer Gravierung offenbarte. Der ganze Quader erschien von innen heraus zu leuchten. Die Schriftzeichen wirkten wie zahllose kleine Öffnungen in seiner Oberfläche. Auch der Raum war von einer völlig neuen Qualität, denn über ihnen erhob sich ein riesiger

Saal, der bis dahin verborgen geblieben war. Eine Verwandlung.

44

Ein Geflecht verwinkelter Flure und Treppen zwang die Gefährten, mehrmals die Richtung zu wechseln, führte sie aufwärts und abwärts, bis sie schließlich den würfelförmigen Saal mit dreißigkommasieben Metern Seitenlänge über sich erklommen. Er war der dritte Teil des Museums. Aus der Mitte des Abgrundes, den der Literaturraum darunter bildete, erhob sich der leuchtende Quader einen Meter über den Fußboden. Der Abgrund machte den Sockel unerreichbar. Auf ihm thronte ein Gegenstand. Doch es war ein Gegenstand, den die Abstrakten nicht denken konnten, weil sie kein Ding kannten, dessen Bezugnahme es ihnen erlaubte, ihn zu denken, der nur existierte, weil andere ihn hatten denken können: Eine steinerne Skulptur.

Drei nackte Wesen waren dargestellt. Wären ihre Körper nicht so ungeheuerlich gut durchtrainiert gewesen, hätten sie beinahe Abstrakte sein können. Die mittlere, größte der drei Personen kämpfte gegen zwei um sie gewundene Schlangen. Sie war zur linken Seite geneigt, gerade so, dass sie ihren eigenen Schwerpunkt noch halten konnte, allerdings nur mit Hilfe einer der kleineren Figuren, die nach rechts wies und das Gegengewicht verkörperte. Einige Gliedmaßen der Gruppe waren parallel in einer Diagonale orientiert, wiederum ausgependelt durch andere, die in die Gegenrichtung zeigten. Trotz der enormen Spannung in der Figurenanordnung befand sich das Werk insgesamt in einem vollkommenen Gleichgewicht. Es strahlte Ruhe und

Harmonie aus. Auch aus jedem beliebigen Blickwinkel genügte die Figurengruppe diesen hohen Gestaltungsansprüchen, wobei die Komposition dann überraschend variierte, aber nie von geringerer Qualität war. Ampous/Lem-23 projizierte die gescannten Inschriften an eine der Wände. Er musste dabei einige Verzerrungen ausgleichen. Denn die Raumkanten waren nicht ganz lotrecht, gerade so schief, dass der Raum eine ungewohnte Perspektive erzeugte. Dann begann er seine Erklärungen.

„Es geht wieder um die Darstellung einer alten Sage, um einen Priester eines bestimmten Gottes, der zuständig war für den Begriff, den ich immer noch nicht übersetzen kann."

„Dieses Wort hast du jetzt schon zweimal erwähnt. Worum kann es dabei nur gehen?" sagte La/Bme mit einem so leidvollen Ausdruck in ihren Augen, als ob ihre ganze Existenz an dieser Frage hinge.

„Ich hoffe, wir werden das noch verstehen lernen. Dieser Priester wollte dem Gott in seinen Fähigkeiten – da ist wieder das Wort – gleichstehen, ja ihn überflügeln. Da diese Kenntnis jedoch eine göttliche und den Sterblichen nur eingeschränkt erlaubt war, wurden der Mann und seine beiden Söhne bestraft. Der Gott schickte mehrere Schlangen und ließ sie töten", erklärte Ampous/Lem-23.

„Diese Spezies strebte nach Göttlichkeit und durfte sie nicht erreichen. So wie wir dieses Werk nicht erreichen dürfen, hinter diesem Abgrund..." sagte La/Bme mit fester Stimme, „Und wieder spiegelt die Architektur den Geist des Werkes."

„Sie entwickelten also eine Kultur, in der sie den göttlichen Plan der Natur nachbildeten. Oder erschufen sie ihn vielmehr ganz neu, lediglich mit der Natur als Lehrmeisterin?“ überlegte Ampous/Lem-23.

Das war ganz der Sinn der Worte, die La/Bme für die Beschreibung ihrer eigenen Tätigkeit benutzt hatte. Jedenfalls war diese Skulptur nicht nur eine Abbildung, denn sie erzählte eine Geschichte, auch wenn sie dafür keine Zeitlichkeit zur Verfügung hatte. Die dargestellte Schlange biss gerade noch nicht zu, der Kampf war noch offen, und dennoch war die weitere Handlung vorgezeichnet. In diesem fruchtbaren Moment, der in seiner Gegenwart zugleich Zukunft und Vergangenheit enthielt.

La/Bme war von Freude überwältigt, von den Geistesgaben dieser Spezies, die ein tiefes Wissen über die Schönheit bewiesen.

45

Jeder Bereich des Museums bot bisher eine Art von Steigerung, und alle waren aufs Äußerste gespannt, was sie im vierten Raum erwarten würde. Welchen Höhepunkt ihres Kulturerbes würde ihnen diese Spezies darbieten? Doch die Entdeckung dieses letzten Geheimnisses musste warten. Gerade als sie den vermauerten Zugang freilegen wollten, stieß La/Bme einen erschütternden Schrei aus und sackte auf ihre Knie. Viel zu früh und völlig überraschend hatte sie ihre erste Wehe empfangen. Die Gefährten brachen die Erkundung ab und trugen La/Bme auf einer aus Ästen zusammen gezimmerten Bahre in die Unterkunft. Bald darauf saß sie auf einem bequemen Sessel und erholte sich von den Strapazen weiterer Wehen. Ros/Aki-11s Geist beschäftigte sich unaufhörlich mit den Eindrücken, die die

Werke dieser Spezies hinterlassen hatten. Er wollte ihren tieferen Sinn begreifen. Er fühlte, dass La/Bme mehr wusste als ihr be/wusst war, denn ihr Werk besaß ähnliche Qualitäten. Ihr Verstehen vom grundlegenden Gefüge des Universums musste anderen als den abstraktisch-rationalen Quellen entspringen.

„Kannst du dich erinnern, wie du über den Augenblick in deinem Schaffen gesprochen hast?" fragte Ros/Aki-11 La/Bme. „Ich habe schon viel darüber nachgedacht, aber es nie ganz verstanden."

Sie lächelte ihn an. „Ich glaube, meine Tätigkeit hat eine Besonderheit. Meine Werke stellen doch immer nur einen Zeitpunkt dar, sie bewegen sich nicht."

„Dabei erzählen sie doch eine Geschichte, und die hat eine zeitliche Dimension, oder?" Ros/Aki-11 kam sich vor wie ein dummer Junge, so weit war sie ihm voraus.

„Genau das meine ich mit dem Augenblick; er hat eine doppelte Bewandtnis. Erstens muss ich eine Zeitdauer zwangsläufig in einem Zeitpunkt, also Augenblick verdichten. Dieser Zeitpunkt muss die Geschichte, den Inhalt trotzdem einschließen, mit seiner ganzen zeitlichen Komponente. Sonst würde sich mein Werk nicht von einer Fotografie unterscheiden. Verstehst du das?"

„Ich glaube schon, aber ist das nicht ein unlösbarer Widerspruch?" meinte Ros/Aki-11. Er sah direkt in ihre sanften Augen, und sie schüttelte langsam den Kopf.

„Das Licht betrügt uns. Es täuscht vor, Antworten über die Zeit geben zu können, dabei erzählt es uns immer nur einen Teil der Geschichte. Deshalb muss ich das Licht überlisten. Ich transportiere zusätzliche Informationen, die indirekt Auskunft über einen zeitlichen Verlauf, eine Geschichte geben. Wenn ich die Wesenhaftigkeit der Rinde eines Baumes erfasst habe, die eine Haut des sich immer verändernden Baumstamms ist, die aufreißt und wieder verheilen muss, um dem Baum sein Wachsen und Leben zu erlauben, versuche ich, diese brüchige Materialität in ihrer Zeitlichkeit in der Schichtung meines Farbauftrages nachzufühlen und zu modellieren. Wenn es gelingt, dass der Betrachter diese Einfühlung erlebt, dann ist die Geschichte erzählt. Erst dann erhält der Augenblick seine zweite Bedeutung, denn er ist noch etwas anderes als ein Zeitpunkt. Nämlich aus Sicht des Betrachters, wenn sein Augen/Blick auf das Werk trifft. Erst seine Wahrnehmung, das Auge des Betrachters, erschafft die volle Geschichte im Werk, gemischt mit seiner eigenen Deutung."

„Und diese gibt er dem Werk sozusagen zurück. Das meintest du auch damit, dein Werk sei keine Einbahnstraße?"

„Richtig. Das Werk entsteht in Gänze erst durch beide, Schöpfer und Betrachter, das Werk ist ein Angebot zum Dialog."

Ros/Aki-11 hatte verstanden. Oder vielmehr war er am Beginn des Verstehens. Denn ihm wurde klar, dass es mit seiner Liebe zu La/Bme eine ähnliche Bewandtnis hatte.

□□□□□

Lon/Lopa wachte aus seiner Gedankenversunkenheit auf. „Wie ist es dann zu verstehen, dass die Werke unserer Mutter eine Art Zwiegespräch mit dem Betrachter führen?“ fragte er.

„Ich denke, ihre Werke sind eher eine Art Vermittler. Das eigentliche Gespräch findet zwischen Betrachter und dem Geist des Universums statt. Die vermittelnde Sprache ist das Wissen über die Schönheit.“ erklärte Ros/Aki-11. Seit dem Tod seiner Frau vor mehr als zwölf Jahren dachte er jeden Tag darüber nach. Er hatte in dieser Zeit vieles verstanden.

Lon/Lopa nickte ergriffen. Aber Ros/Aki-11 hatte noch einen anderen Zugang und holte zu einer weiteren Darlegung aus.

„Das Televergenzprinzip beweist, dass Energie und Materie nicht gleichzeitig fassbar sind. Lediglich im Moment einer Beobachtung treten sie entweder in ihrer Bewegung als Energiewelle oder in ihrer örtlichen Dimension als Materie überhaupt in Erscheinung. Der eine Aspekt wird unscharf, sobald der andere schärfer wird. Energie und Materie sind Eins, sie sind überall und nirgendwo, schweben wie eine große Wahrscheinlichkeitswolke im Universum. Ihre Seinwerdung als das eine oder andere geschieht nur durch die Wahrnehmung eines Abstrakten.“

„Das ähnelt auffallend dem Prinzip von Mutters Werk!“ freute sich Lon/Lopa.

„So ist es, Lon/Lopa. Erst der Beobachter erhebt das Werk mit seiner individuellen Wahrnehmung über die reine Abbildung.“ Ros/aki-11 fragte sich allerdings dabei, ob dies auch ohne Hilfe des Augenlichtes möglich wäre.

„Kann sich der Geist nicht auch überallhin denken, sich unabhängig von Raum und Zeit bewegen?“ überlegte Hena/Ta.

„Es kann sein, dass der abstraktische Geist auch ein Teil dieser Wolke und dieser Unschärferelation unterworfen ist. Wie sonst wäre es möglich, dass er sich die Realität sogar über den Umweg der Wahrnehmung eines Anderen vorstellen kann? Durch Empathie? Der Geist besetzt nur punktuell einen lebenden Körper und somit Ort, wodurch der gesamte Weltgeist vorübergehend im Bewusstsein eines Einzelnen Zuflucht findet. So, dass sich die Energie der eigentlichen Wolke der Beobachtung entzieht, unscharf wird. Vielleicht liegt darin das Scheitern der Hirnforschung begründet, das Wesen des Geistes zu entschlüsseln. Weil der Geist ein Teil dieser Wolke ist. Sicherlich würde der Geist, wenn er nicht in einem einzelnen Bewusstsein gefangen wäre, umgekehrt durch seine örtliche Befreiung in seiner Energie erkennbar und scharf“, erklärte Ros/Aki-11.

„Aber wie soll der Abstrakte diese Erfahrung machen, wenn sein Geist doch in ihm gefangen ist?“ wollte Lon/Lopa wissen.

„Durch das Begreifen des Plans der Schöpfung und der Formensprache des Universums. Oder mit Hilfe der Vermittlung durch ein Werk, wie eure Mutter es erschaffen hat. Oder durch seinen Tod. Das ganze Universum wäre ein einziges geschlossenes Gebilde, und alle Abstrakten ein untrennbarer Teil davon“, überlegte Ros/Aki-11. „Das Universum und alle Wesen, gemeinsam vereint, sind Gott! Eine eigenständige Religion, die ganz und gar nichts zu tun hat mit einem kindischen, allmächtigen Herrscher, der die Abstrakten in Zwei gespalten haben soll.“ Ros/Aki-11 wurde klar, dass dies eine weitere, fünfte Kränkung des abstraktischen Selbstverständnisses bedeutete. Dass das Individuum sein Bewusstsein noch nicht einmal besitzt.

□□□□□

46

Die Geburt war schwierig. La/Bme war jetzt fünfundsiebzig Jahre alt, ein Alter, in dem die Natur für eine Frau keine Geburt mehr vorsah. Doch ihr Körper war wie der einer Dreißigjährigen und hatte die Schwangerschaft nicht abgelehnt. Trotzdem kostete sie die Niederkunft unermesslich viel Kraft. Nachdem sie ihren großen, properen Jungen geboren hatte, erlitt sie eine leichte Gebärmutterinfektion. E-don/Moal-14 war zur Stelle und verabreichte ihr eine Spritze. Wider Erwarten jedoch verschlimmerte sich ihr Zustand im Laufe weiterer Tage. Langsam verdunkelten sich ihre Sinne im Fieber.

„Ros/Aki, mein Liebster! Was geschieht mit mir ...“ fragte sie verstört, aber Ros/Aki-11s Antwort erreichte sie nicht mehr. Es waren ihre letzten Worte, bevor sie ins Koma fiel. Bewusstlos kämpfte sie noch einige Stunden. Am Ende versagten ihre Kräfte. Für das Leben, das sie schenkte, musste sie ihres geben.

„Oh Gott, was habe ich nur angerichtet!“ flüsterte E-don/Moal-14.

Wie zynisch konnte das Schicksal sein! In der größten Freude über die Geburt spaltete ihn zugleich der Schmerz entzwei, der ihn mit dem Verlust seiner erst wiedergefundenen zweiten Hälfte quälte. Der große Gott, den die beiden herausgefordert hatten, ließ sie nicht davonkommen. Was für ein Wesen war La/Bme ge/wesen? Was war hier in Wahrheit geschehen?

„Edon/Moal, ich muss dir eine Frage stellen“, sagte Ros/Aki-11 mit bebender Stimme.

„Ja. Worum geht es?“

„Um La/Bme. Du warst doch Teil des Teams, das einst die erste Erkundung dieses Planeten machte?“ bluffte er, denn er hatte keinerlei Information über die Mission nach Reha, die noch zu Lebzeiten seines Vorfahren stattgefunden hatte.

„Woher weißt du das?“ fragte Edon/Moal-14 zurück, wobei sie schlagartig erblasste.

„Es war eine Vermutung. Wegen deiner Stellung im Institut. Wer sonst sollte dieses Projekt damals geleitet haben?“

Einen unendlichen Moment lang sah Edon/Moal-14 ihn an, schien dabei aber wie abwesend. Schließlich senkte sie ihr Haupt. „Du hast Recht. Ich war noch jung und als Wissenschaftlerin für Verhaltensforschung mit an Bord. Wir gingen davon aus, Lebewesen anzutreffen“, sagte sie matt.

„Klär mich doch auf. Ich weiß, dass das alles furchtbar geheim ist. Aber wer soll es schon von mir erfahren? Wir alle werden doch sowieso nie mehr nach Kina zurückkehren“, bedrängte sie Ros/Aki-11.

„Du hast Recht“, sagte Edon/Moal-14 nach einer weiteren Denkpause. „Ein solches Erbe von Lüge und Misstrauen wäre sicherlich auch ein unglücklicher Start für den Beginn unseres neuen Lebens.“ ergänzte sie leise.

„Wir fanden damals hier auf Rhea ein Forschungslabor. Einer der vielen Kühlräume der Anlage war wie durch ein

Wunder noch mit Strom versorgt. In langen Regalreihen standen unzählige kleine Reagenzgläser aufgereiht, die tiefgefrorene Embryonen dieser Spezies enthielten. In mühseliger Arbeit untersuchten wir jeden einzelnen Behälter. In einem einzigen Embryo steckte noch Leben. Wir brachten ihn zurück nach Kina. Es war La/Bme."

Die Ungeheuerlichkeit, die sie Ros/Aki-11 damit eröffnete, konnte er zunächst gar nicht begreifen. Erst als er lange darüber nachgedacht hatte, fügte diese Geschichte alle Puzzleteile zu einem Ganzen. Sie lüftete das Geheimnis um La/Bmes Einzigartigkeit. Ros/Aki-11 hatte den tieferen Sinn seiner Seelenverwandtschaft mit dieser außerkinetischen Frau begriffen. Sie wurde von aktiver Liebe beider Seiten befruchtet, die kein Element der Selbstliebe enthielt. Erst durch die Liebe des anderen erstand die eigene und umgekehrt. Ein Dialog, ganz ähnlich wie er zwischen Geist und Universum entstehen kann, nur ganz ohne Vermittler. Eine noch weitere Dimension ihrer Beziehung allerdings, die mit der Zukunft zweier ganzer Spezies zu tun hatte, sollte Ros/Aki-11 erst viel später erkennen.

Ros/Aki-11 war jedoch gar nicht in der Lage, sich weiter in solche Gedanken zu vertiefen. Sein verwundetes Herz fühlte sich ebenso zerteilt an wie sein Körper, und seine Schmerzen füllten jede Faser seines Daseins aus. Jeden Tag stieg er in den dunklen Raum hinab, der die Skulptur beherbergte, und setzte sich stundenlang auf den steinernen Boden. Er hoffte, La/Bme würde durch dieses Werk zu ihm sprechen, ihn trösten, ihm alles erklären.

Drei Monate waren so schon vergangen. Verzweifelt versuchte Ros/Aki-11, den Klang La/Bmes Stimme, ihren Geruch, den Ausdruck in ihren klugen Augen zu behalten, aber jeden Tag versank ihr Antlitz tiefer im Dunst seines

Vergessens. Er wollte nicht erleben, wie ihr Andenken bald davongleiten würde, und längst war sein Lebenswille erloschen. Ros/Aki-11 stand am Rand der kreisrunden Öffnung auf dem Gipfel des Hügels, der den vierten Raum überwölbte. Wie einfach wäre es, den Schmerz und die quälenden Fragen zu beenden, sich in die Tiefe zu stürzen.

„Tu das nicht!“ Horos/Psohp-10 hatte sich unbemerkt hinter ihn geschlichen. „Dass La/Bme von uns gehen musste, hatte wichtige Gründe. Im Interesse der interkonkregalen Sicherheit.“ sagte er bestimmt.

„Wie meinen Sie das?“

„Die Öffentlichkeit auf Kina durfte einfach nichts davon erfahren“, erklärte der Kapitän.

Ros/Aki-11 drehte sich um und sah Horos/Psohp-10 ungläubig an. „Wollen Sie mir sagen, Sie haben...“

„So eine Spritze ist eine unauffällige Methode, noch dazu, wenn man sie von anderen verabreichen lässt. Aber du trägst doch selbst den größten Teil der Schuld, Ros/Aki. Als du dich beim Abflug verplappert hast, hegte ich erstmals eine Vermutung über La/Bmes wahre Identität. Ich musste allerdings ein wenig nachhelfen, damit Edon/Moal mir dann alles Weitere verriet“, sagte Horos/Psohp-10 kalt. Wenn sich das Hirn beim Denken verirrt, dachte Ros/Aki-11, kann auch das Herz keinen Ausweg mehr finden.

„Ich war gezwungen, eine Entscheidung zu treffen. Die Toleranzschwelle dieser moralischen Gaiaiden wäre bei weitem überschritten, wenn sie von unseren Machenschaften an einer intelligenten Spezies erführen. Womöglich würden sie auf Kina einen alles vernichtenden Terroranschlag verüben. Manchmal muss man eine einzelne Existenz opfern, um das Leben vieler zu retten.“ ergänzte Horos/Psohp-10.

„Wie können Sie es rechtfertigen, über das Schicksal einer Person zu entscheiden. Sind Sie etwa Gott? Wie kann man nur die Zahl von Leben gegeneinander aufrechnen!" stieß Ros/Aki-11 aus zusammengepressten Lippen hervor.

„Ich möchte deinen veralteten Wertemaßstab einmal umkehren: Wer würde das Leben vieler opfern, um eine einzelne Existenz zu retten? Sicherlich käme niemand auf eine solche Idee. Das Ergebnis wäre aber identisch. Der Unterschied besteht nur darin, entweder eine Person aktiv zu töten, oder viele Abstrakte passiv sterben zu lassen." sagte Horos/Psohp-10 mit süffisantem Grinsen. Ros/Aki-11 entging die verborgene Ironie dieses Gesprächs, denn tatsächlich handelte es sich ja darum, das Dasein ganzer Spezies gegeneinander aufzurechnen.

Horos/Psohp-10 fuhr ungerührt fort. „Ich fürchte auch, Edon/Moal hat dir längst noch nicht die ganze Wahrheit gesagt. Dabei hatte sie alles so geschickt eingefädelt. Nachdem sie schon vor Jahren das Vertrauen von La/Bme gewonnen hatte, begann sie ohne mein Wissen ihre privaten psychologischen Studien anzustellen. Irgendwie kam sie dann auf die Idee, La/Bme mit einem Abstrakten zu kreuzen, und da kamst du ins Spiel. Zuerst musste sie ausschließen, dass La/Bme vorzeitig entsorgt würde. Als klar wurde, dass auch du an der Mission teilnehmen würdest, entschied sie, dass Rhea der richtige Ort wäre, ihre Forschungen weiter ungestört betreiben zu können. Doch das wusste ich zu verhindern. Außerdem habe ich wenigstens zugelassen, dass La/Bme noch deinen Sohn zur Welt bringt. Du müsstest mir eigentlich dankbar sein!"

„Ganz abgesehen davon, was Sie La/Bme, mir und meinen Kindern angetan haben: ist Ihnen überhaupt die Tragweite ihrer Handlung bewusst?" entgegnete Ros/Aki-11, fassungslos und unfähig zur Wut.

„Du musst das verstehen..." Der Kapitän ging einen Schritt auf ihn zu, wie um ihn zu beschwören. Er wollte ihn mit beiden Händen an der Schulter fassen. Angeekelt und reflexartig wich Ros/Aki-11 zurück, und Horos/Psohp-10 verlor das Gleichgewicht. Unter seinen Füßen rutschte der lose Boden ein wenig zur Seite. Er strauchelte und stürzte unter einem leisen Fluch in die Öffnung. Ros/Aki-11 vernahm einen dumpfen Aufschlag. Die Steinplatte, auf halber Höhe im Raum, hatte Horos/Psohp-10 aufgefangen. Dort lag er, auf dem Rücken, die Beine kerzengerade, mit ausgebreiteten Armen. Ungläubig starrten seine toten Augen in die Sonne. Langsam verteilte sich sein Blut auf dem Opfertisch.

□□□□□

„Was hat dich dann umgestimmt? Warum hast du dich nicht umgebracht?" fragte Lon/Lopa mit besorgter Stimme.

„Ich dachte an euch, meine beiden Kinder. Auch wusste ich nicht, welche Ziele Edon/Moal-14 noch verfolgte, ich musste euch beschützen. Außerdem fand ich es gerecht, dass Horos/Psohp-10 an meiner Stelle gestorben war. Ein weiteres Opfer war nicht nötig. Ich muss allerdings zugeben, der wichtigste Grund war, dass ich noch nicht alles verstanden hatte. La/Bme hätte sicher gewollt, dass ich wenigstens den letzten Raum noch erforsche. Und was uns dort erwartete, übertraf alles andere."

□□□□□

47

Die Abstrakten öffneten den vermauerten Zugang und erforschten schließlich das letzte Geheimnis des Museums. Der riesige, mit einer Kuppel überspannte Raum lag unmittelbar hinter dem Eingangsfoyer. Hier war Horos/Psohp-10 in den Tod gestürzt. Tiefe, plastische Kassetten verzierten das Gewölbe und verjüngten sich zum Mittelpunkt der Kuppel. Darüber lag ein Ornament, mit rötlichem Blattgold aufgetragen, das die räumliche Struktur der Kassetten mit bloßer Flächigkeit erwiderte. Das Ornament bildete ein Muster, gleichmäßig wie ein Kristall, dessen überlagernde Kreise, Sterne und Vielecke sich zu irrwitziger Komplexität fügten, ohne sich dennoch dabei zu wiederholen. Ein Quasikristall, der lückenlos die ganze Oberfläche bis an den Rand der Kuppel bedeckte. Nirgendwo schuf die Überlagerung der beiden Strukturen dabei unbefriedigende Restflächen oder Verschnitte. Ornament wie Kassetten bildeten miteinander stets wohlproportionierte, spannungsreiche Figuren. Nur die anspruchsvollste Mathematik konnte eine derartige Vollendung meistern. Das Sonnenlicht fiel durch die kreisrunde Öffnung in der Decke. Die so projizierte Ellipse aus Licht bewegte sich mit dem Verlauf des Zentralgestirns. Auf dem Boden befanden sich zahllose kleine parabolische Spiegel, die mit einem transparenten Material vergossen waren, so dass man auf der gesamten Fläche laufen konnte. Ein Teil war zugleich durchsichtig und erlaubte dem Licht zu einer bestimmten Stunde, die Räume für Literatur und Skulptur zu beleuchten. Der Skulpturraum hatte die Maße eines Quadrats, das genau unter den kreisförmigen Grundriss des Kuppelraums eingeschrieben war. Beide Räume lagen unter dem Bauwerk, während die Röhren des Musikraums die Außenseite der Kuppel in einer Doppelhelix umarmten.

Die kleinen Parabolspiegel waren entsprechend des Sonnenverlaufes jeweils unterschiedlich ausgerichtet. Sie schalteten den Zeitlauf der Sonne aus, beraubten das Licht seiner Macht über die Zeit. Die Spiegel bündelten die einfallenden Strahlen zu jeder Tageszeit gleichmäßig nach oben zur Steinplatte, die das Schicksal von Horos/Psohp-10 gewesen war, und tauchten sie in gleißendes Licht. Auf der Steinplatte befand sich eine Abbildung, die mit Farbe in den mineralischen Putz eingearbeitet war, in zarten, sensibel komponierten Tönen von Ocker, Blau, Grün und Rosa, die dennoch kontrastreich vor einem fast weißen Grund lagen. Auf dem Boden zeichnete die Platte ein ebenso groß umrandetes Rechteck aus dem heruntergetropften Blut des Kapitäns, vermengt mit kleineren Fragmenten des Bildes, die bei dem Sturz herabgefallen waren.

Die Darstellung zeigte zwei Männer, die, diagonal gegen den Rand des Bildes angeordnet, zwischen sich eine fast homogene Farbfläche aufspannten. Der jüngere der beiden Männer auf der linken Seite war nackt und lag entspannt von dem Älteren abgewendet. Er hatte dabei einen – zumal für den Altersunterschied – ungebührlich blasierten Gesichtsausdruck. Der ältere Mann, sein Leib parallel zu dem Jüngeren ausgerichtet, reckte sich von rechts, dessen Arm zu erreichen, der sich nur unwillig zu ihm hochbeugte. Beide Arme lagen in einer Linie zueinander, die diagonal zur Richtung der Körper verlief. Die Zeigefinger ihrer Hände, die sich kontrastreich vom Hintergrund abhoben, trafen sich nur beinahe. Ihre Fingerspitzen befanden sich präzise in einem Abstand vom nullkommasechseinsachtfachen der Bildbreite zum linken Rand. Wieder eröffnete sich der goldene Schnitt und betonte diesen fruchtbaren Moment unmittelbar vor der Berührung. Ros/Aki-11 bedauerte zutiefst, dass La/Bme das nicht mehr erleben durfte.

„Dieser Raum ist der Höhepunkt des Museums. Auch hierzu gibt es eine Geschichte“, erklärte Ampous/Lem-23. „Das Bild handelt von der Schöpfung dieser Spezies durch einen allmächtigen Gott. Er berührt den Mann, der offenbar bis dahin ein tierartiges Wesen war, und pflanzt dabei den Funken der Göttlichkeit in ihn ein. Damit wird der Mann zum Abbild des Gottes. Erst jetzt beginnt seine eigentliche, bewusste Existenz.“

□□□□□

„Mit dieser Geste beginnt also die Geschichte einer ganzen Art?“ fragte Lon/Lopa.

„Ja. Sie wird in diesem fruchtbaren Moment angebahnt, in dem die Berührung noch nicht geschieht. Es kann auch sein, dass der junge Mann bereits diese Zurückhaltung übt, weil er weiß, dass er seinen Gott einst überflügeln wird. Immerhin ist sein Finger auch angewinkelt, während sich der Finger des Gottes gestreckt nach seiner Hand reckt.“ sagte Ros/Aki-11.

„Oder will uns der Schöpfer des Bildes andeuten, dass er seinem Gott bereits überlegen ist? Das wäre eine feine, doppelbödige Ironie!“ murmelte er, während die Televergenzclava schon weiter erzählte.

□□□□□

48

Alles schien Ros/Aki-11 schicksalhaft verwoben auf diesem Planeten. Er musste an La/Bme denken, die allein dieses Werk in seiner ganzen Größe wirklich begriffen hätte. Hena/Ta unterbrach seine Grübeleien und versuchte mit unverständlichem Gebrabbel, seine Aufmerksamkeit zu erlangen. Ros/Aki-11 dachte zuerst an eine Halluzination, als ihm seine Tochter mit ihren kleinen Händchen das Buch entgegenstreckte, das sie damals auf der Müllhalde gefunden hatten. Hena/Ta musste es wohl aus Neugier aus der Tasche der Mutter gestohlen und seitdem wie einen Schatz verborgen gehalten haben. Ampous/Lem-23 stürzte sich sofort darauf und begann zu lesen.

„Das scheint mir die Antwort auf alle Fragen zu sein!" rief er begeistert, nach Lektüre der ersten Seiten. Ros/Aki-11 konnte nicht ahnen, dass es auch die Antwort auf all seine Fragen war.

„Dieses Buch ist eine religiöse Schrift, und die Schöpfung dieser Spezies ist das Thema der ersten Geschichte. Ihr Gott erschuf einen Mann und eine Frau. Ich vermute, das Bild zeigt diesen Mann, den jüngeren, neben seinem Gott. Der Gott erteilte seinen Geschöpfen ein Verbot, von einem bestimmten Baum zu essen. Seine Früchte bargen die Erkenntnis in sich, von Leben und Tod, von Gut und Böse, von Bewegung und Stillstand, dem Gegensatz an sich. Die Frau verführt den Mann dazu, dieses Verbot zu brechen. Er isst von den Früchten. Erst jetzt wird das Wesen bewusst und lebendig, weil es den Gegenpol in sich zu tragen beginnt, der Ursache für alles Denken, Leben und vor allem die Liebe ist. Die Frau erweckt das Wesen, gegen das Gebot des Gottes!"

„Unterstellt das Bild etwa, dieser Gott hätte eigentlich die Widersetzung gegen das Verbot gewollt, um das Wesen zu erwecken? Indem er die Frau dafür nur benutzte? Denn auf der Darstellung ist er es selbst, der dem Mann Geist und Seele einhaucht..." ahnte Ros/Aki-11 und begriff, dass seine Erlebnisse mit La/Bme eine Wiederholung dieser Schöpfungsgeschichte waren. Es ging um viel mehr als nur ihre Liebe!

Ros/Aki-11 sah hinauf zu dem Bild, das diese Geschichte auf so eigenwillige Weise neu interpretierte. Dabei schweifte sein Blick durch den ganzen Raum, und plötzlich verstand er das Geheimnis seiner besonderen Gestaltung. Eine riesige Halbkugel mit einem Durchmesser von dreiundvierzigkommafünf Metern bildete die Kuppel des Raumes, während ein Zylinder der halben Höhe die untere Hälfte der so umschriebenen Kugel umfasste. Sie war der perfekte geometrische Körper, mit der kleinstmöglichen Oberfläche, die dennoch unendlich war. Ohne Anfang und ohne Ende. Dieser Tempel, auf diesem Planeten, der von seinen einstigen Bewohnern *Erde* genannt wurde, so stand es geschrieben, huldigte in alten Zeiten der Versammlung ihrer Götter. Im Mittelpunkt dieser Kugel, dieses Universums, war, im Licht angestrahlt, selbstbewusst, dieses Gemälde, der *Mensch*.

49

Noch immer fesselte Ros/Aki-11 die Aura dieses erstaunlichen Raumes, als die Strahlen des Lichtes aus der Kuppellaterne einen purpurroten Schmetterling einfingen. Dieser taumelte über seinem Kopf durch die riesige Kuppel. In seinen durchscheinenden Flügeln waren im Überfluss die Formen und Muster des ganzen Universums ausgedeutet. Äußerlich war das Tier von vollkommener Schönheit, aber die Quelle seiner Schönheit lag unter der Oberfläche des Lichtes. Denn die Schönheit war der ganze Sinn seiner Existenz. Seine Aufgabe, und die Aufgabe jedes anderen Wesens und Dinges war es, seine besondere Schönheit zu geben, damit sich die gesamte Schöpfung daran erfreue. Alles und alle lebten in einer doppelten Verantwortung, Sinn zu stiften:

Schönheit geben und Schönheit sehen.

Diese Wechselwirkung war der Sinn des Lebens und des gesamten Universums, das großzügige, göttliche Geschenk an die Schöpfung. Und dieser Gott, der erst aus allen Teilen des Universums entsteht, hatte auch dem Menschen im Moment der Berührung von seiner Göttlichkeit gegeben, nämlich die Befähigung zur *Kunst.* Denn auch der Mensch sollte zur Freude der Schöpfung Schönheit darbieten. Sein Ausdruck dafür war die Kunst.

Die Abstraktschaft hatte diese Verantwortung nie erfüllt, dafür die Physik des Lichtes verstanden. Die Menschheit hingegen vermochte es, hinter die Erscheinungen des Lichtes zu blicken, und hinterließ ein einzigartiges Erbe. La/Bme war die letzte Künstlerin und die letzte Überlebende der Menschheit.

□□□□□

„Die Kunst war es also, wonach Ros/Aki seit so vielen hundert Jahren gesucht hat?“ fragte Lon/Lopa andächtig.

„Ihre eigene Gesinnung hat die Menschheit und dazu die Kunst endgültig ausgetilgt. Denn hätte nur eine Zutat des Bündnisses aus Dummheit, Verrat und Kaltblütigkeit gefehlt, würde La/Bme noch leben.“ sagte Ross/Aki-11.

„Aber Vater! Das bedeutet, dass wir das letzte Erbe der Menschheit in uns tragen!“

„Und ein weiteres Erbe, denn seit der Zerstörung von Kina ist die Lage der Abstraktschaft kaum besser. Doch es gibt Hoffnung. In euch vereinigt sich die Kunst mit der Wissenschaft. Ihr seid die Zukunft!“

„Und eine weitere, doppelte Verantwortung“, ergänzte Hena/Ta leise.

Als die Televergenzclava seine Lebensgeschichte beendet hatte, war es Morgen. Überrascht und glücklich stellte Ros/Aki-11 fest, dass er die Dämmerung sehen konnte. Das Licht zeigte doch die schönste der wenigen Realitäten, die seine Sinne ihm geben konnten. Im goldenen Gegenlicht erhob sich der heilige Hügel aus dem kühlen Dunst der Nacht.

□□□□□

Appendix

Architektur Museum

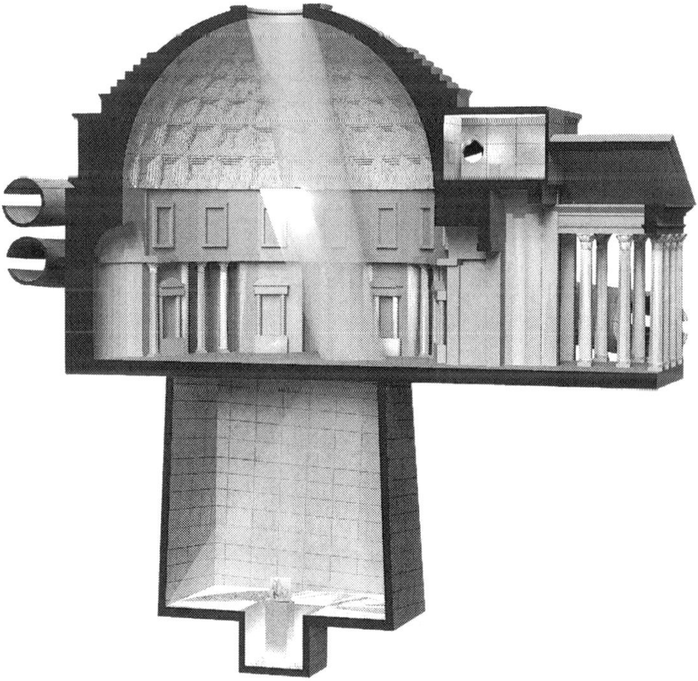

Theorie der Gravitulenz

Der interessierte Leser kann eine detaillierte Ausarbeitung der Gravitulenztheorie in einer meiner wissenschaftlichen Arbeiten hier nachlesen:

https://www.academia.edu/90830603

Jahreslänge auf Kina und Bahngeschwindigkeit

Der Planet Kina hat die 3,5fache Masse der Erde und dreht sich um eine Sonne, die zwei Drittel der Masse unserer Sonne besitzt. Allerdings hat Kina im Vergleich zur Erde nur den halben Abstand zu seiner Sonne, die aber auch wesentlich weniger Wärme abstrahlt als unsere. Es herrschen also recht ähnliche Verhältnisse. Die Umlaufgeschwindigkeit von Kina wurde mit 35.000 m/s festgelegt.

Masse Kina m_1:

$$5{,}97 \cdot 10^{24}\,kg\left(Erde\right) \cdot 3{,}5 = 2{,}09 \cdot 10^{25}\,kg$$

Bahngeschwindigkeit Kina (gewählt):

$$v = 35.000\,\frac{m}{s}$$

Masse Kinas Sonne m_2:

$$1{,}99 \cdot 10^{30}\,kg\left(Erdsonne\right) \cdot \frac{2}{3} = 1{,}31 \cdot 10^{30}\,kg$$

r ist der Abstand Sonne – Kina, den es zu ermitteln gilt. G ist die Gravitationskonstante.

Fliehkraft:

$$F_Z = m_1 \cdot \frac{v^2}{r}$$

Gravitation Sonne:

$$F_G = G \cdot \frac{m_1 \cdot m_2}{r^2}$$

Für die Herstellung eines Gleichgewichts der beiden Kräfte und somit einer stabilen Umlaufbahn ist nötig:

$$F_Z = F_G$$

$$\Rightarrow m_1 \cdot \frac{v^2}{r} = G \cdot \frac{m_1 \cdot m_2}{r^2}$$

$$\Rightarrow v^2 = G \cdot \frac{m_2}{r}$$

$$\Rightarrow r = G \cdot \frac{m_2}{v^2} = 6,67 \cdot 10^{-11} \frac{m^3}{kg \cdot s^2} \frac{1,31 \cdot 10^{20} kg}{\left(35.000 \frac{m}{s}\right)^2} = 7,15 \cdot 10^{10} m$$

Hieraus die Bahnlänge:

$$l = 2 \cdot r \cdot \pi = 2 \cdot 7,15 \cdot 10^{10} m \cdot 3,14159 = 4,49 \cdot 10^{11} m$$

Und die Umlaufzeit:

$$t_U = \frac{l}{v} = \frac{4,49 \cdot 10^{11} m}{35.000 \frac{m}{s}} = 1,28 \cdot 10^7 s = 148,57 Erdtage$$

$$\frac{365,24 Tage (Erdjahr)}{148,57 Tage} = 2,457$$

Ein Jahr auf der Erde dauert also 2,457 Jahre auf Kina. Das bedeutet, dass der Leser das Alter aller Personen gedanklich durch 2,457 teilen muss, wodurch auch La/Bme nach irdischem Maßstab sehr viel jünger ist. Alle in Lichtjahren ausgedrückten Entfernungen müssen ebenso umgerechnet werden. Die Entfernung zwischen Kina und Erde beträgt so in Wirklichkeit nur ca. 284 Lichtjahre. Die Eigenrotation von Kina allerdings entspricht derjenigen der Erde, so dass alle sonstigen Zeit- und Maßeinheiten identisch sind.

Zeitstrahl und Rückkoppelung

Die Geschichte von Ros/Aki beginnt auf Kina im Jahr 2189. Die unterschiedlichen Jahreslängen spannen zwei Zeitstrahlen auf (Kina, Erde), die in einem Ereignis, nämlich der ersten Versendung eines Funksignals im Jahr 1896 durch Guglielmo Marconi und Ferdinand Braun gekoppelt sind. Dieses Signal erreicht Kina nach einer durch die Lichtgeschwindigkeit definierten Zeit von 697 Kinajahren bzw. 284 Erdjahren. In Erdjahren gerechnet endet die gesamte Geschichte im Jahr 2189, womit ein Bogen zum Anfang der Geschichte auf Kina gespannt ist.

Entfernung, Beschleunigung, Reisezeit, Höchstgeschwindigkeit

Die 3,5fache Masse von Kina verursacht bereits eine Schwerebeschleunigung von 34,34 m/s², an die die Abstrakten gewöhnt sind. Die als gesundheitlich verträglich angenommene Beschleunigung eines Raumschiffs, das 3fache der Schwerebeschleunigung, beträgt so 103,01 m/s². Für einen Menschen, der an die irdische Schwerebeschleunigung von 9,81 m/s² gewöhnt ist, wäre dies in den meisten Fällen tödlich. Die Reiseplanung sieht vor, dass das Raumschiff bis zur Hälfte der Entfernung mit 103,01 m/s² beschleunigt, danach gleichermaßen wieder abbremst. Es gilt also die Zeit zu berechnen, die das Raumschiff zur bekannten Hälfte der Entfernung benötigt, bei der bekannten Beschleunigung:

Hälfte der Reisedistanz (Kina-Lichtjahre): 348,5 lj

$$v = \frac{l}{t} \Rightarrow l = v \cdot t$$

v ist die Geschwindigkeit, l die Länge, t die Zeit

$$\Rightarrow l = 348{,}5 \cdot 148{,}57 Tage \cdot 24h \cdot 60\min \cdot 60s \cdot 299.792.458\frac{m}{s} = 1{,}3411 \cdot 10^{18} m$$

$$a = \frac{v}{t} \Rightarrow a = \frac{l}{t^2} \Rightarrow l = \frac{a}{t^2}$$

a ist die Beschleunigung.

$$\Rightarrow t = \sqrt{\frac{l}{a}} = \sqrt{\frac{1,3411 \cdot 10^{18} m}{103,01 \frac{m}{s^2}}} = 1,141 \cdot 10^8 s = 8,889 Kinaj.$$

$$Gesamtzeit = 8,889 Kinajahre \cdot 2 = 17,778 Kinajahre$$

Dann lässt sich die maximale Reisegeschwindigkeit am Reismittelpunkt berechnen:

$$v = \frac{a}{t} = \frac{103,01 \frac{m}{s^2}}{1,141 \cdot 10^8 s} = 2,351 \cdot 10^{10} \frac{m}{s}$$

entsprechend 78,42fache Lichtgeschwindigkeit. Die gesamte Reisezeit beträgt also 17,78 Kinajahre bei maximal 78,42facher Lichtgeschwindigkeit.

Gewicht des Raumschiffs, Teibstoffbedarf bis Zündung Scramfusionsantrieb

Das Raumschiff muss mittels mitgeführtem, fusionierbaren Material bis zu derjenigen Geschwindigkeit beschleunigen, die eine spontane Selbstfusion auslöst. Die Fusion erfolgt mit normalen Wasserstoffatomen (sog. „Wasserstoffbrennen"). Es werden vier H- Kerne in einen Helium-4 Kern nebst zwei Elektronen, zwei Elektronneutrinos und zwei Gammaquanten umgewandelt:

$$4\,{}^1_1H \rightarrow {}^4_2He + 2e^+ + 2\nu_e + 2\gamma$$

Um die Fusion in Gang zu bringen, gilt es zuerst den sog. Coulombwall zu überwinden, also die elektrische Abstoßung der geladenen Kerne. Die dazu notwendige Energie in meV beträgt:

$$E \approx \frac{Z_1 \cdot Z_2}{A^{\frac{1}{3}}}$$

Wobei Z_1 und Z_2 die Kernladungszahlen der beteiligten Atome sind, A ist die Massenzahl des Zielkerns. In diesem Fall also (für jeweils einen Kern):

$$E = \frac{1 \cdot 1}{1^{\frac{1}{3}}} = 1meV$$

Es muss also eine kinetische Energie von 1meV aufgewendet werden:

$$E = \frac{1}{2} \cdot m \cdot v^2 \Rightarrow v = \sqrt{\frac{2 \cdot E}{m}}$$

m ist die Masse eines Wasserstoffkerns

$$1{,}67 \cdot 10^{-27} kg$$

So ergibt sich für v:

$$v = \sqrt{\frac{2 \cdot 1meV}{1{,}67 \cdot 10^{-27} kg}} = 1{,}957 \cdot 10^7 \frac{m}{s}$$

Das entspricht genau 6,53% der Lichtgeschwindigkeit. Ab hier übernimmt also der Scramfusionsantrieb, der kein mitgeführtes Material mehr verbraucht. In der letzten Abbremsphase muss wie beim Start wieder eigenes Material fusioniert werden.

Die mitzuführende Materialmenge lässt sich wie folgt berechnen:

Die beim „Wasserstoffbrennen" frei werdende Energie beträgt 26,7 meV (siehe Fachliteratur) für vier beteiligte Wasserstoffkerne. Je kg entspricht das einer Energie von 6 · 10^{14} Joule/kg. Das Startgewicht des Raumschiffs wurde mit ca. 1.070 Tonnen ermittelt.

Die erforderliche Energie zur Beschleunigung des Raumschiffs auf 1,957 · 10^7 m/s (6,53% der Lichtgeschwindigkeit) beträgt also:

$$E = \frac{1}{2} \cdot m \cdot v^2 = \frac{1}{2} \cdot 1.070.000kg \cdot \left(1,957 \cdot 10^7 \frac{m}{s}\right)^2 = 2,05 \cdot 10^{20} Joule$$

Das entspricht einem Verbrauch von:

$$\frac{2,05 \cdot 10^{20} Joule}{6 \cdot 10^{14} \frac{Joule}{kg}} = 319.477,39kg$$

also rund 320 Tonnen fusionierbares Material. Während der Beschleunigung wie auch Bremsung wird verbrauchtes Material ausgestoßen und das Raumschiff wird so kontinuierlich leichter. Die Menge genügt deshalb im Mittel für Beschleunigung und Bremsvorgang zusammen.

Das eigentliche Gewicht des Raumschiffs ohne Treibstoff beträgt demnach ca. 750 to. Den größten Anteil von knapp 400 to macht der Schirm aus, der aus einem Material mit einer Rohdichte von höchstens $10 kg/m^3$ bestehen muss.

Treibstoffbedarf ab Zündung Scramfusionsantrieb, Größe des Schirms

Das Raumschiffgewicht ist jetzt bereits auf ca. 910 to geschrumpft, da die Hälfte der 320 to Fusionsmaterial bereits verbraucht ist. Mit Einsetzen des Scramfusionsantriebs muss der Schirm jetzt den gesamten Treibstoff einsammeln. Wir berechnen seine Dimension:

Bei einer maximalen Geschwindigkeit entsprechend der 78,42fachen Lichtgeschwindigkeit ($2,35 \cdot 10^{10}$ m/s) lässt sich die benötigte kinetische Energie wie folgt berechnen:

$$E = \frac{1}{2} \cdot m \cdot v^2 = \frac{1}{2} \cdot 910.000 kg \cdot \left(2,35 \cdot 10^{10} \frac{m}{s} \right)^2 = 2,51 \cdot 10^{26} Joule$$

Das entspricht einem zu fusionierenden Materialgewicht von

$$\frac{2,51 \cdot 10^{26} Joule}{6 \cdot 10^{14} \frac{Joule}{kg}} = 3,93 \cdot 10^{11} kg$$

Die gesamte Reise bedarf einer Treibstoffmenge von 393 Millionen Tonnen! Es wäre somit völlig unrealistisch, wenn das Material dazu mitgeführt werden sollte.

Bei einer Reisezeit von 7,24 Erdjahren (17,78 Kinajahre), entsprechend 2,28 · 10^8 s wird je Sekunde allerdings ein viel geringeres Gewicht von

$$\frac{3,93 \cdot 10^{11} kg}{2,28 \cdot 10^{8} s} = 1.721,20 \frac{kg}{s}$$

fusioniert.

Der Schirm hat einen Durchmesser von 236,1 km. Das entspricht einer Fläche von 4,38 · 10^{10} m^2.

Die vorhandene Materiemenge im interstellaren Raum wird von der Fachliteratur mit ca. 1 Milliarde Molekülen je m^3 angegeben. Das entspricht einem Gewicht von 1,672 · 10^{-18} kg/m^3

Je Meter Reiselänge ist auf der gesamten Schirmfläche also ein Material von

$$1,672 \cdot 10^{-18} \frac{kg}{m^3} \cdot 4,38 \cdot 10^{10} m^2 = 7,32 \cdot 10^{-8} \frac{kg}{m}$$

verfügbar.

Bei einer Geschwindigkeit von 2,35 · 10^{10} m/s kann das Raumschiff je Sekunde folgendes Material fusionieren:

$$7,32 \cdot 10^{-8} \frac{kg}{m} \cdot 2,35 \cdot 10^{10} \frac{m}{s} = 1.721,25 \frac{kg}{s}$$

Das verfügbare Material übertrifft das benötigte um ca. 50 Gramm je Sekunde, so dass der gesamte Prozess tatsächlich funktioniert.

Aberration

Die Aberration nach der klassischen Physik folgt diesem Modell:

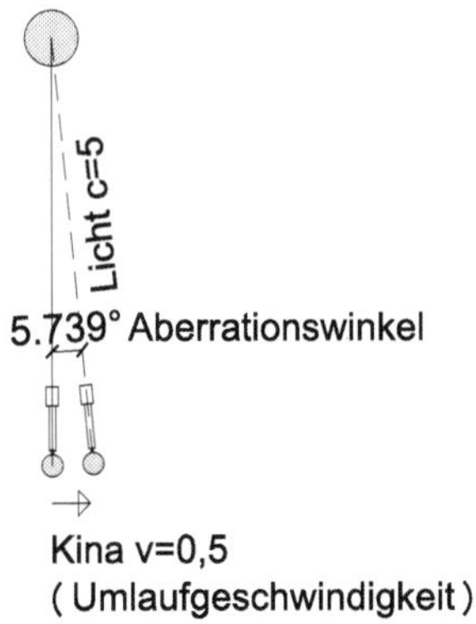

Aus dieser einfachen Geometrie lässt sich der Aberrationswinkel berechnen. Dabei fällt auf, dass die Rotationsgeschwindigkeit der Sonne um die Galaxis oder die Geschwindigkeit gegen CMB (kosmische Hintergrundstrahlung) nicht relevant ist, was für sich schon verdächtig ist.

$$\sin(\gamma) = \frac{v}{c}$$

Der Aberrationswinkel auf der Erde ist somit:

$$\sin(\gamma) = \frac{2{,}979 \cdot 10^4}{2{,}998 \cdot 10^8} = 9{,}936 \cdot 10^{-5}$$

$$\gamma = 20{,}4958''$$

Und auf Kina:

$$\sin(\gamma) = \frac{3{,}5 \cdot 10^4}{2{,}998 \cdot 10^8} = 1{,}17 \cdot 10^{-4}$$
$$\Rightarrow \gamma = 48{,}1606''$$

$$\gamma = 24{,}0803''$$

Entgegen dieser klassischen Formel findet Les/Ath einen anderen Weg. Hierzu die Grafiken, die er skizziert:

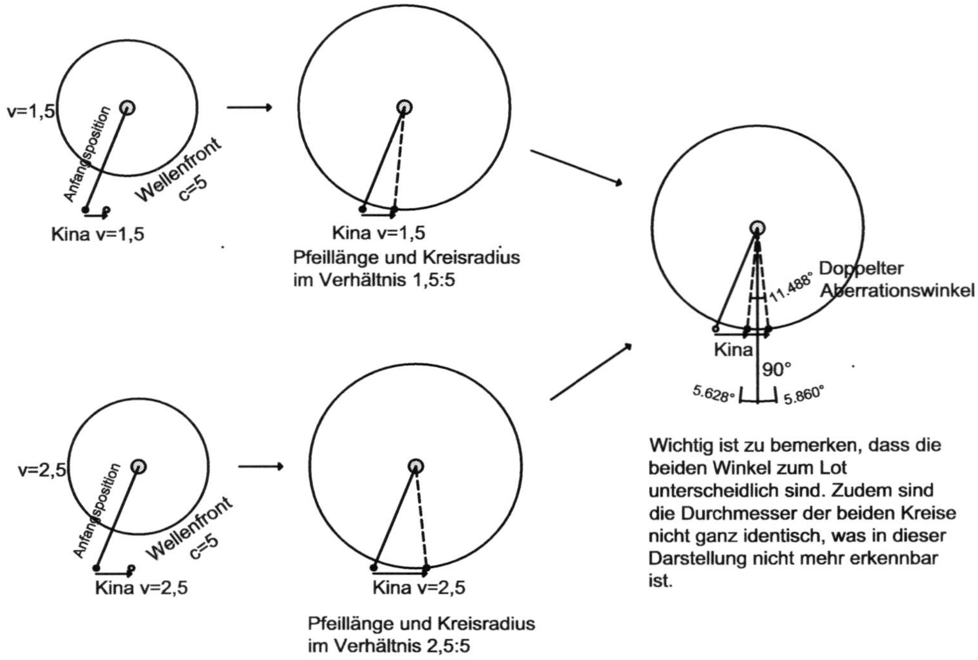

Wichtig ist zu bemerken, dass die beiden Winkel zum Lot unterscheidlich sind. Zudem sind die Durchmesser der beiden Kreise nicht ganz identisch, was in dieser Darstellung nicht mehr erkennbar ist.

Die hierfür gültige Formel bei einem mittleren Beobachtungswinkel von 90° lautet:

$$\sin(\gamma_1) = \frac{v_1}{v} \cdot \frac{1}{\sqrt{1 + c^2/v^2}}$$

$$\sin(\gamma_2) = \frac{v_2}{v} \cdot \frac{1}{\sqrt{1 + c^2/v^2}}$$

Der interessierte Leser kann die Herleitung der Formel aus einer meiner Arbeiten dazu nachlesen:

https://www.academia.edu/35766961

oder hier:

https://vixra.org/abs/1801.0372

Für die Erde ergeben sich aus obiger Formel zwei Winkel, die voneinander abzuziehen sind:

Umlaufgeschwindigkeit der Erde:

$$v = 29.790 \frac{m}{s}$$

Geschwindigkeit Sonne zu CMB:

$$v = 368.000 \frac{m}{s}$$

$$\sin(\gamma_1) = \frac{397.790\frac{m}{s}}{368.000\frac{m}{s}} \cdot \frac{1}{\sqrt{1+\left(2{,}998\cdot 10^8\frac{m}{s}\right)^2 \Big/ \left(368.000\frac{m}{s}\right)^2}} = 0{,}01327$$

$$\Rightarrow \gamma_1 = 0{,}07602°$$

$$\sin(\gamma_2) = \frac{338.210\frac{m}{s}}{368.000\frac{m}{s}} \cdot \frac{1}{\sqrt{1+\left(2{,}998\cdot 10^8\frac{m}{s}\right)^2 \Big/ \left(368.000\frac{m}{s}\right)^2}} = 0{,}001128$$

$$\Rightarrow \gamma_2 = 0{,}06464°$$

$$\gamma_1 - \gamma_2 = 0{,}01139° = 40{,}9915''$$

Und der Aberrationswinkel zum Mittel ist die Hälfte davon, also 20,4958‘‘. Die Abweichung zur klassischen Formel ist bei einem Beobachtungswinkel von 90° bis zur siebten Nachkommastelle nicht unterscheidbar. Für Kina ergibt sich nach obigen Formeln ein Winkel von 24,0803‘‘.

Bei einem Beobachtungswinkel von 60° allerdings findet der Unterschied von klassischer Formel zu Les/Aths Formel bereits in der zweiten Nachkommastelle statt.

Ein Vergleich von Les/Ahts Formel mit der relativistischen Formel ergibt bei 90° sogar erst in der zwölften Nachkommastelle eine Differenz. Nicht allerdings bei 60°, dort taucht die Abweichung wiederum bereits in der zweiten Nachkommastelle auf.

Les/Ahts gesamte neue Theorie wurde ebenfalls in meiner bereits oben zitierten Arbeit detailliert ausgeführt, ebenso ihre zwingende Abhängigkeit von der Aberration.

Musiksystem

	Tonfolge linear Hz	Abstand zum Vorton Hz	1. Teilung	2. Teilung	3. Teilung	4. Teilung	5. Teilung	6. Teilung	7. Teilung	8. Teilung	9. Teilung	10. Teilung	Tonfolge goldener Schnitt Hz	Abstand zum Vorton Hz	Abstand zu linear Hz	in %
Verhältnis Nachbarton	1,06504															
Goldener Schnitt			0,618034													
a	440,000	26,870	440,000	440,000	440,00						440,000	440,000	440,000	26,870	0,000	100,00%
h	468,618	28,618										479,675	479,675	39,675	11,057	102,36%
c	499,098	30,479									504,195	504,195	504,195	24,520	5,098	101,02%
cis	531,559	32,462			543,87					543,870	543,870		543,870	39,675	12,311	102,32%
d	566,133	34,573								583,545			583,545	39,675	17,412	103,08%
dis	602,954	36,822		608,065	608,06			608,065	608,065	608,065			608,065	24,520	5,111	100,85%
e	642,171	39,217							647,740				647,740	39,675	5,569	100,87%
f	683,939	41,768						672,260	672,260				672,260	24,520	-11,679	98,29%
fis	728,423	44,484	711,935	711,935		711,935	711,935	711,935					711,935	39,675	-16,488	97,74%
g	775,800	47,377					776,130						776,130	64,195	0,330	100,04%
gis	826,259	50,459				815,805	815,805						815,805	39,675	-10,454	98,73%
a	880,000	53,741	880,000			880,000							880,000	64,195	0,000	100,00%

Radioteleskope

Die Empfindlichkeit bzw. registrierbare Flussdichte der elektromagnetischen Strahlung heutiger Radioteleskope beträgt ca. 1mJy (MilliJansky). Bei einer überaus großzügig angenommenen elektromagnetischen Sendeleistung eines Signals von 500.000 MW, die dem Gesamtenergiebedarf des Staates Deutschland entspricht, und bei einer Frequenz von 300 MHz lässt sich dann folgende Reichweite des Radioteleskops berechnen:

$$B = \frac{P}{f \cdot A} \Rightarrow A = \frac{P}{f \cdot B}$$

B ist die Flussdichte, P die Leistung, f die Frequenz, A die Fläche.

Die Einheit 1 Jy entspricht 10^{-25} W/Hz·m², die Empfindlichkeit von einem mJy demnach 10^{-31} W/Hz·m².

$$A = \frac{500 \cdot 10^{9} W}{300 \cdot 10^{6} Hz \cdot 1 \cdot 10^{-31} Jy} = 1,67 \cdot 10^{34} m^2$$

Dies ist also die gesamte Expansionsfläche eines Signals, die bei der gegebenen Empfindlichkeit registrierbar ist, entsprechend der Kugeloberfläche einer elektromagnetischen Wellenfront nach Ausbreitung von ihrem Ursprungsort. Durch Ermittlung des Radius der Kugel lässt sich der Abstand ermitteln.

$$r_{Kugel} = \sqrt{\frac{A}{4 \cdot \pi}} = \sqrt{\frac{1,67 \cdot 10^{34} m^2}{4 \cdot \pi}} = 3,64 \cdot 10^{16} m \approx 3,85 lj$$

Vor dem Hintergrund der angenommenen riesigen Sendeleistung und einer ggf. zwischenzeitlich verbesserten Empfindlichkeit liegt eine Empfangsdistanz von 10 Lichtjahren also bereits jenseits der heute technischen Möglichkeiten.

Michelson Morley Versuch

Für das bessere Verständnis des Versuchs eine visuelle Darstellung.

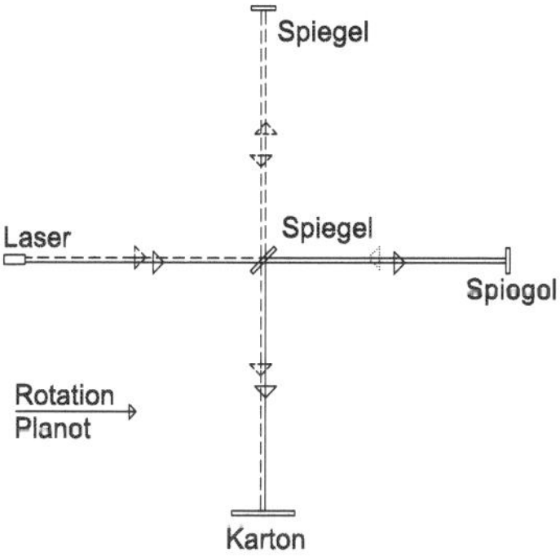

Dopplereffekt, Licht bei Lichtgeschwindigkeit

Die Wellenlänge des sichtbaren Lichtspektrums reicht von ca. 380nm (rot) bis 750nm (violett). Die Unsichtbarkeit des Lichtes setzt also voraus, dass am einen Ende (in Flugrichtung hinten) das violette Licht bis in das Infrarot gestreckt, am anderen Ende (in Flugrichtung voraus) das rote Licht in das Ultraviolett gestaucht wird.

Die Formel für die Ermittlung des klassischen Dopplereffekts nach Lehrbuch ist:

$$\lambda_{Beobachter} = \frac{\lambda_{Ruhe}}{\left(1+\frac{v}{c}\right)}$$

$$\left(1+\frac{v}{c}\right) = \frac{\lambda_{Ruhe}}{\lambda_{Beobachter}} \Rightarrow \frac{v}{c} = \frac{\lambda_{Ruhe}}{\lambda_{Beobachter}} - 1$$

$$v = \left(\frac{\lambda_{Ruhe}}{\lambda_{Beobachter}} - 1\right) \cdot c$$

Das vorausliegende Rot wird also bei folgender Geschwindigkeit in Flugrichtung in Ultraviolett gestaucht (v ist positiv):

$$v = \left(\frac{380}{750} - 1\right) \cdot c = 0,493 \cdot c$$

Und umgekehrt das hinten liegende Violett ins Infrarot (v ist negativ):

$$v = -\left(\frac{750}{380} - 1\right) \cdot c = -0,973 \cdot c$$

Nach der klassischen Physik müssen wir jetzt noch die Geschwindigkeitsvektoren korrekt berechnen:

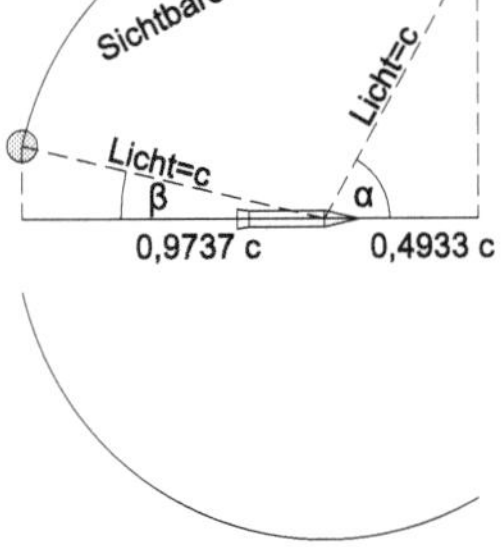

Für das Rot (voraus):

$$\cos\alpha = \frac{v}{c} = \frac{0,4933}{1} \Rightarrow \alpha = 60,4401°$$

Für das Violett(hinten):

$$\cos\beta = \frac{v}{c} = \frac{0,9737}{1} \Rightarrow \beta = 13,17°$$

Über den Autor

Florian Michael Schmitt ist gebürtiger Münchner, lebte einige Jahre in Tanzania und den USA und wohnt derzeit in Berlin. Er ist studierter Architekt und gelernter Betonbaugeselle und beschäftigt sich heute im Hauptberuf mit der Entwicklung von Immobilienprojekten. Er verfügt außerdem über eine fundierte musikalische Ausbildung durch Klavierunterricht seit Kindesalter. Auch das Interesse an der Physik hat ihn seit seiner Schulausbildung im humanistischen Gymnasium nie verlassen. Er hat mehrere Aufsätze zu Relativitätstheorie, Reflexion und Aberration des Lichtes, sowie eine gravitationsbasierte Äthertheorie veröffentlicht.

Printed in Poland
by Amazon Fulfillment
Poland Sp. z o.o., Wrocław

30798253R00151